馬鹿みたいな話！

辻　真先

JN160163

昭和36年のテレビ草創期、中央放送協会（CHK）でプロデューサーとなった大杉日出夫の計らいで、ミュージカル仕立て、生放送のミステリドラマの脚本を手がけることになった風早勝利。四苦八苦しながら脚本を完成させ、ようやく迎えた本番。アクシデントを乗り切り、さあフィナーレという最中に主演女優が刺殺体となって発見された。現場は衆人環視下の放送中のスタジオ。駆け出しミステリ作家・風早と那珂一兵が、テレビ局内の殺人事件の謎解きに挑む。『深夜の博覧会』『たかが殺人じゃないか』に続く、“昭和ミステリ”シリーズ完結篇。

登場人物

風早勝利（29歳）……ミステリ作家
大杉日出夫（30歳）……CHKテレビ楽劇課プロデューサー・ディレクター
那珂一兵（38歳）……CHKテレビ美術課契約職員
村瀬夏也（24歳）……CHKテレビ楽劇課フロアディレクター
野々宮摩耶（23歳）……CHKテレビ楽劇課スタジオディレクター
中里みはる（20歳）……ライオンレコード契約歌手
錠前五十氏（68歳）……もとムーランルージュ新宿座スター
降旗ユイ（15歳）……新人女優。本名は樽井結子
樽井瑠璃子（46歳）……ユイの母。もと帝国新報記者
香川律子（25歳）……『夢中軒』の看板娘
棋策（50歳）……『夢中軒』店主。律子の父

碁介（52歳）……『星の寄生木』マスター。棋策の兄

風早撫子（35歳）……勝利の姉。『ニュー勝風』女将

鶴田梅子（26歳）……『ニュー勝風』接待役

高柳土岐雄（55歳）……もと帝都映画社長。芸名は伊達虎之助

伊丹龍三郎（52歳）……伊達と名コンビだった活劇俳優。異名・五寸釘の龍

粂野課長（43歳）……CHKテレビのエリート職員

小窪　保（33歳）……ライオンレコードのマネージャー

三宅達之（20歳）……CHK小道具係でバイト中の大学生

馬鹿みたいな話！

昭和36年のミステリ

辻　真先

創元推理文庫

SUCH A RIDICULOUS STORY!

by

Masaki Tsuji

2022

目次

馬鹿みたいな話！

昭和36年のミステリ

Cスタ　セットプラン

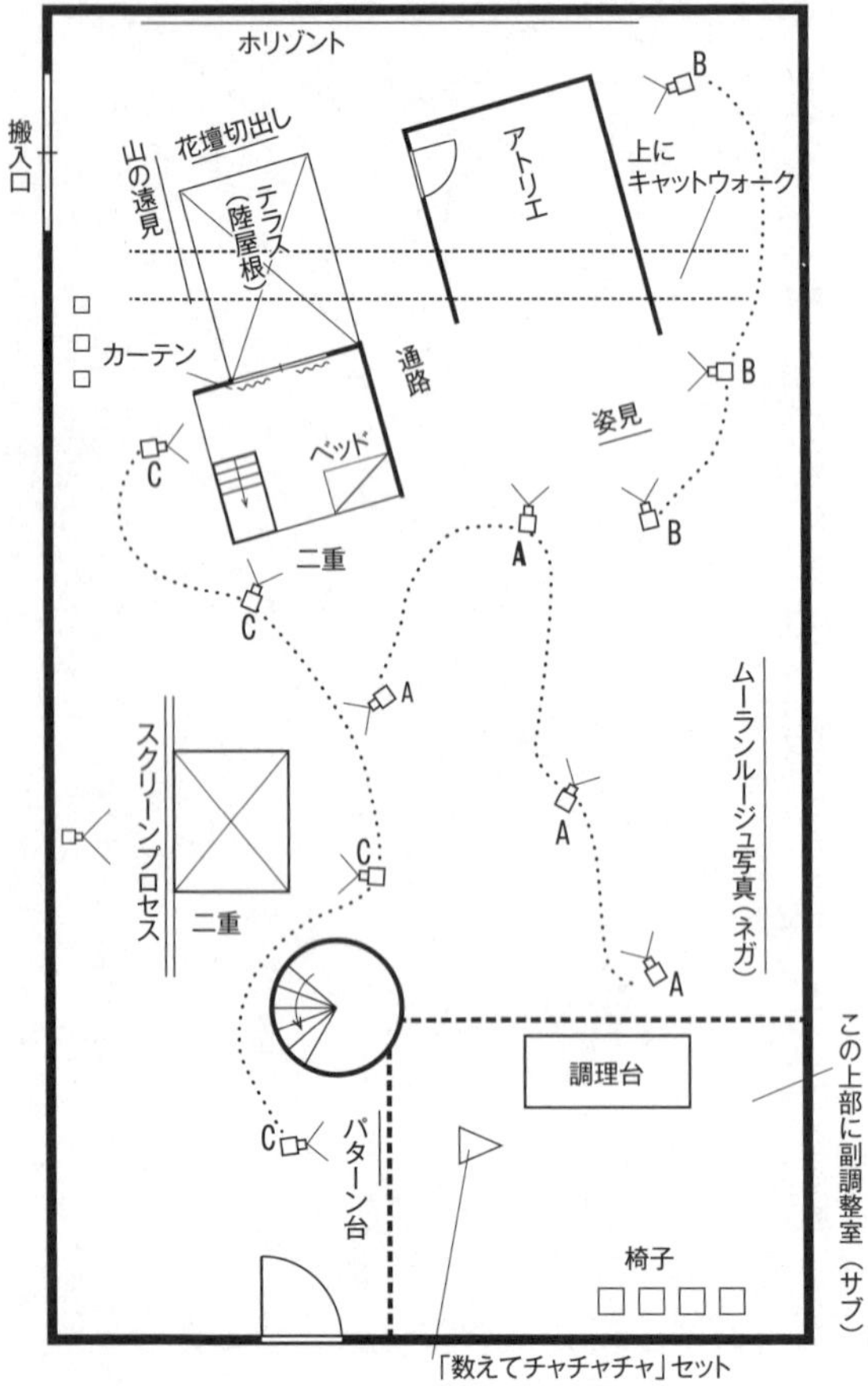
ホリゾント
搬入口
花壇切出し
山の遠見
テラス（陸屋根）
アトリエ
上にキャットウォーク
カーテン
通路
姿見
ベッド
二重
スクリーンプロセス
二重
ムーランルージュ写真（ネガ）
調理台
この上部に副調整室（サブ）
パターン台
椅子
「数えてチャチャチャ」セット

サブ配置図

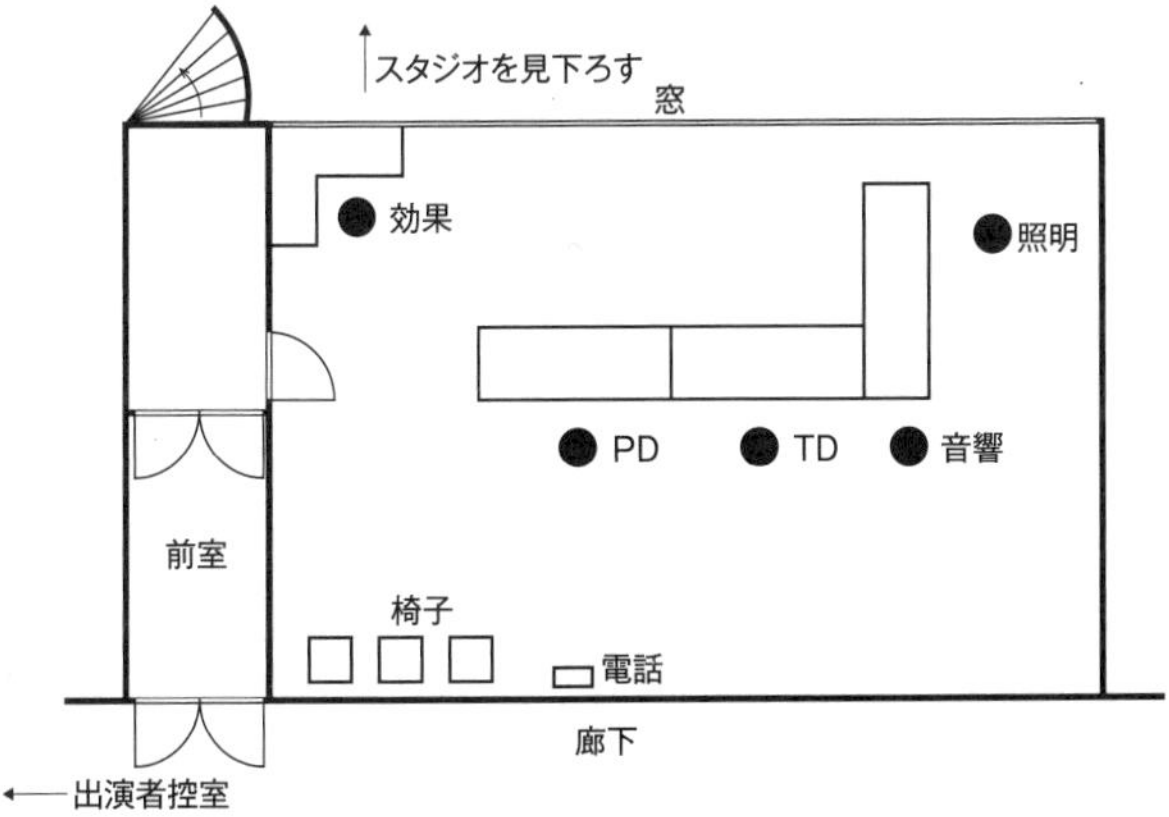

序　かくて死体は発見される

1

昭和三六年一〇月二八日土曜日、二一時五九分五五秒。

闇のただよう空間に、チェレスタの甘くか細い音色がつづいていた。だが風早(かざはや)の胸の内は嵐の波濤(はとう)のように泡立っている。

場を支配する黒枠の丸時計の秒針が、このときピクリと動いた。

56秒。

チェレスタが主題曲を奏でたプチミステリは、今まさに終わろうとしている。

57秒。

信じられないことに、主役の中里みはるが放送中に消えたまま。

58秒。

作者風早勝利(かつとし)はどうすることもできず、サブの壁際の椅子に張り付けられていた。

59秒。

戦前から内幸町（うちさいわいちょう）に巍然（ぎぜん）と立つ中央放送協会――CHK。

ここはそれに隣接する放送番組センタービルの二階である。

Cスタジオ副調整室、通称サブの大きなガラス窓からフロア全体が見下ろせた。

窓の上には稼働中のカメラA・B・Cそれぞれの撮像したモニター画面が並ぶが、どれもが真っ暗だ。スタジオの明かりがすべて落ちているから、当然ながら窓の向こうも暗黒である。

ただひとつ窓の上で生きている画面には〝FIN〟のテロップが映され、頭上に〝ON AIR〟の文字が赤く輝いていた。

黒枠の丸時計、その短針が10を指し、長針と秒針が真上の12で重なった。

チェレスタはひっそりと完奏した――。

ジャスト二二時。

〝ON AIR〟の文字が消え、画面は〝FIN〟からCHKニュースのオープニングに切り替わった。

その瞬間をまちかねて飛びだした風早は、螺旋（らせん）階段の下り口に走る。

突然スタジオ内の空間が、光の海となった。スタジオの照明が全光量を放出したのだ。階段から見下ろす風早の耳を、男の絶叫が切り裂いた。

頭上をまたぐ鉄の歩道キャットウォークから、真下に向かって若者が叫んでいた。小道具係の学生アルバイト三宅達之（みやけたつゆき）だ。

「みはるさん、みはるさんッ」

風早は斜め下方の異変を知った。

灰色のはずのテラスに、赤いものが飛び散っていた。それは鮮血というより、毒々しい色彩のペンキに見える。

（捨て部屋のセットだ！）

風早は階段を一気に駆け下りて行く。

2

副調では中央の調整卓を前にしたＰＤ（プロデューサー・ディレクター）の大杉日出夫（おおすぎひでお）が、マイクに向かって怒号していた。

「絶対にドアを開けるな！　スタジオも副調も一切の出入り禁止だ、警察が駆けつけるまで！」

大音声（だいおんじょう）に硬直した関係者は、スタジオとサブを合わせてなん人いただろう。ＦＤ（フロアディレクター）、ＳＤ（スタジオディレクター）、大道具、小道具、照明、音響、もちろん主演のひとり錠前五十氏（ろっくごじゅうし）、吹き替えの降旗（ふるはた）ユイ、付き添いの母親……。

ほとんどの者はなにが起きたのかまだわかっていなかった。四五坪狭しとセットが飾られていたから、明るくなっても見通しが悪い。

それでも死神＝天使を演じた中里(なかざと)みはるが、後半カメラの前に姿を見せなかったことは、全員が熟知している。

照明で息を吹き返したAカメラの画面を、とっさに大杉は捉えていた。捨て部屋のセットで朱に染まって動かないみはるの下半身。

「中里みはるさんが亡くなった。事件が起きたのは本番の最中だ！」

信じられないPDの言葉に、全員が驚愕の念を発している。

レシーバーを通して大杉は、Aカメラマンのうわずった声を聞いた。担当者はベテランだ、動転しながらもターレットを回して遠い位置の捨て部屋を望遠で撮った。Bカメラは間にアーリエのセットがあるから、すぐには近づけない。だがCカメラは至近の場所にいた。現場へ駆けつけようとあわてて、カメラを大きく蛇行させてしまった。

そのとき那珂一兵(なかいっぺい)は、螺旋階段の上がり口に位置していた。駆け下りてきた風早を迎え、まず状況を確かめる。

「上から現場が見えたんだね」

「捨て部屋です、真っ赤だった！」

「行こう」

まだ棒立ちのクルーを縫って、ふたりは駆けた。視界に鉄梯子から半ば転げ落ちた青年が入る。キャットウォークにいた小道具係だ。

「三宅くん！」

一兵が呼んだが、蒼白な顔で目を吊り上げた彼は、見向きもせず突っ走って行く。

「捨て部屋だ！」

レシーバーのコードをひきずってきたFDの村瀬に、一兵が怒鳴った。

「了解！」

怒鳴り返した村瀬は、足手まといのレシーバーを床に叩きつける。

3

副調では大杉が、A・C両カメラの撮像画面を見比べ現状把握に焦っていた。

歴戦のカメラマンが操作するAカメラは冷静に対象を捉えても、Cカメラはうまくゆかない。唯一装備されていたズームを操作したのはいいが、必要以上に遺体をアップしてしまった。

そのおかげで、血の気のないみはるの横顔の口角が、キュッとあがっていることまで見えて、大杉を慄然とさせた。

（笑っている、のか？）

一瞬ののち、赤と黒のまだらな遺体がCの画面を流れた。カメラがパンしたのだ。衣装の黒いレオタードが下半身を中心として鮮血に塗れている。致命傷は腰のあたりに違いないが、これ以上正視するのは死者に無礼な気がした。

「もういい、撮るな」大杉が指示したときは遅かった。

「ぐえ……げぼっ」

カメラマンが食道を裏返したらしく、画面が痙攣(けいれん)した。見かねた隣席のTD（テクニカルディレクター）が、Cカメラをブラックアウトさせた。

カメラは被害者にそっぽをむく形で固定されたが、スタジオのマイクは生きている。遠慮なく現場の音と声を拾いつづけた。

やや遠く、若い女の絶叫が尾をひいた。SDの野々宮摩耶(ののみやまや)である。

それを抑えたのは、風早の声だ。

「野々宮さん、見てはダメだ、ユイちゃん、来るんじゃない！　錠前さん、どうぞそのままここで待っててください」

風早の声が遠くなると、吐息をついた大杉が、ホロ苦い笑みを浮かべた。

「事件慣れしてやがる。カツも一兵さんもなあ」

マイクが男泣きの声を拾った。

「みはるさん！　みはるさん！」

「触ってはダメだ、三宅くん！」

叱咤(しった)する一兵の声。

「現場はそのままにしておくんだ」

「だって彼女、まだ生きてるかも……」

制止する一兵の声に粛然（しゅくぜん）とした響きがある。

「状況を見なさい。医者の出番はとうに過ぎている。警察が到着するまで触ってはいけない！」

「いや待て。ええと、那珂くん……だったね」

緊張で嗄（しゃが）れた声が割ってはいり、副調の面々がいっせいに顔を見合わせた。大杉の隣では中腰になったTDが声をあげた。

「今の声、あんたんとこの粂野（くめの）課長じゃないか」

大杉が振り向く。「大事な番組だから見学するといってたが……」

窓からスタジオを見下ろしていた照明のチーフがいった。

「放送直前に下りていったよ。スタジオの熱気を浴びながら見るといって……」

「うひゃ」

大杉がしょっぱい顔になった。

「よけいなときに、よけいな人が」

副調で交わされる会話の間も、事件現場では押し問答がつづいていた。

「とにかく警察に知らせるのは待ちなさい！」

「しかし楽劇課長さん。これは殺人事件ですよ。警察に知らせずにすむ問題じゃないでしょうが」

呆れたように反応する一兵に対して、粂野はいきり立っていた。

「そんなことはわかってる！　だが警察を呼んでみなさい、鑑識だの刑事だのが乗り込んでくる、明日の料理番組『一丁上がり！』に使う、このスタジオへ！」

あっという声が、副調で起きた。

「血痕や指紋を調べる横で、調理台を据えつけるのか？　警察は事件現場に触るなと指示するぞ、どうするんだ！」

これには一兵も言葉を返せないらしい。

料理番組のメインとなる調理台はシンクや調理卓、レンジなどと一体化した大型の道具で、いつも副調の真下のデッドスペースに置かれていた。プチミスのセットをバラし調理台をひっぱり出せば、明日の昼番組の準備は完了するはずであった。

だがそれでは、事件の捜査はどうなるのだ……肝心の鑑識活動は！

「大杉くん！　聞こえているんだろうね！」

副調から反応がないのに、粂野は業を煮やしたらしい。

「いいかね、大杉くん！　一一〇番は私が局長たちにご報告するまで、暫時待つように！　わかったな！」

大杉は苦笑を浮かべていた。むろんスタジオの粂野には見えない。

「エート、粂野さん」

「業務命令だよ、わかってるのか！」

「わかってますが、手遅れです……もう一一〇番はすんでます」

「なにっ！」

副調のスピーカーから、仰天した課長の声が飛びだしてきた。

「誰がそんな余計なことをっ！」

「番組の作者です」

「なに？」

「風早勝利先生なんですが」

「作者か……」

いったん絶句してから、未練がましくわかりきったことを尋ねてきた。

「それで！　警察はなんといった？」

作者といわれて、風早はやっと自分のこととわかったらしい。

たった今、受話器を下ろした彼は、まだ副調壁際の外線電話の前にいた。ふだん反応の鈍い風早だが、今日は目覚ましく行動した。フロアにいても出番はないと察して、副調にもどっていたのだ。

席を立つ間もない大杉の代わりに一一〇番したのだから、結構役に立ったつもりでいる。だからキョトンとした顔で大杉に答えた。

「五分以内に駆けつけるといってたよ」

マイクに向かって大杉が復唱した。

「警察は五分以内にくるそうです」

「……」

スタジオの課長は沈黙したきりであった。

話は夏に遡るで章

『夢であいましょう』から『バス通り裏』へ

1

「『**馬鹿みたいな話だ！**』それが高柳さんの第一声だった。俺が東京へ配属されてまだ五日目だぜ。それからずっとテレビの悪口オンパレードだ。みんなゲッソリしちまった」

内幸町に戦前から建つ放送会館の三階廊下を、大杉日出夫はさっそうと歩く。隣を歩いていたつもりの風早勝利だが、ともすると後ろに従う恰好となって、あわてて足を速めた。まくしたてる旧友に口をいれる暇もない。

「高柳土岐雄って知ってるよな、カツ。名古屋出身のチャンバラスター伊達虎之助の本名で、帝都映画の社長にまでなった」

帝都は東宝松竹など大手に伍して、映画産業を隆盛に導いた会社のひとつだ。そこの社長に悪態をつかれては閉口したことだろう。

「あんたたちみんな大学を出てるって？　その学士さんたちが作ったテレビがあのザマかね、

電気紙芝居といったのは、大宅壮一さんだったかな。いっとくがわしの最終学歴は尋常小学校だ。それでも一〇〇万人の客を呼ぶ映画を制作したんだ！……てな調子だったよ」

　ここでやっと勝利は口を挟んだ。

「聞いたのはきみたち第一期生だけか。全部で六人だったろ」

　中央放送協会――ＣＨＫが、テレビ要員として最初に大学の新卒を採用したのは、総勢六人と聞いている。そのうちのひとりが大杉日出夫であった。

　昭和二八年にはじめてテレビ番組を放映したのは民放の日本テレビ放送網（ＮＴＶ）とＣＨＫのＪＯＡＫと、東京だけであったが、あくる年には大阪（ＢＫ）・名古屋（ＣＫ）でもテレビ局が開局した。大杉が名古屋大学を卒業したのがその年だったので、映画ファンを自任する彼は、ＣＨＫの職員募集に飛びついたのだ。

「いや、大勢で拝聴したよ。実験放送時代からテレビで苦労した先輩たちも顔を並べた。とたんに頭ごなしにされただろ。みんな滅入っちまったなあ……映画は大衆娯楽の王様だ、少しでも追いつこう、そう思って汗水垂らしていたんだからな」

　そこで彼はにやりとした。

「だがあれからもう七年たつ。今じゃテレビは意気軒昂なのに、映画の興行成績はジリ貧だ。羽振りのよかった新東宝が映画制作の看板を下ろす時代だよ」

　歯切れのいい口調に、名古屋訛りのかけらもない。

「快調だな、トースト……おっと、こんな呼び方はまずいか」

顎が張って色が黒いので大杉についていたあだ名だ。愛知一中から名古屋大学まで彼と机を並べた勝利は、つい馴染んだ呼び名を口にしたが、ここは名古屋ではなく東京のＣＨＫ放送会館だ。

戦前から都心の内幸町に建つ重厚な建築で、一時は進駐軍の情報部がおかれていた。高い天井、太い柱、がっちりした壁。滑らかな床は勝利の顔が映りそうで、放送局というより老舗(しにせ)の銀行本店みたいな風格がある。

だが大杉は風格糞食らえとばかりに笑い飛ばした。

「呼び方なんかどうでもいいが、局ではスギと呼ばれてる」

「そうか。じゃあそう呼ぶ」

「風早はカツでいいな」

勝利のあだ名はカツ丼だったが、スーツにネクタイの今の勝利をドンブリ呼ばわりは似合わないだろう。

テキパキした足どりの大杉は、開襟シャツにインジゴで染めたカーディガンを羽織っていた。盛夏の八月だが全館冷房がよく効いている。

たまに通りすがるＣＨＫの職員たちは堅実なサラリーマン風だから、勝利より大杉の方が悪目立ちした。厚手のサンダルをひっかけペタペタと行儀の悪い足音をたてていた。

親友といっていい仲だから、この七年顔も見なかったわけではない。たまに彼が名古屋へ帰ると、学生時代の仲間同士集まったものだが、勝利が上京してからははじめてで、実は今日大杉に電報で呼び出されたのだ。

〝シゴ　トダ　スグ　アイタイ〟というのである。

「すまんな。芸能局までこさせて、えんえん歩かせるなんて。会ってほしい奴がスタジオにいるから……おはよっ！」

耳元で怒鳴られたから、勝利はびっくりした。

「おはようございまァす」

金の鈴をふるような声で応じたのは、目鼻立ちのハッキリした女の子だ。踊るようなリズムで歩いてきた。それまですれ違ったおかたいＣＨＫマンとは住む世界が違う。少女は芸能人ならではのオーラを纏(まと)っていた。

「ジャーマネ探してるの？　芸能局で粂野課長と話しこんでたぜ」

「はあい、ありがとう！」

弾みをつけて小走りに去る彼女を、勝利は思わず見送った。その方向にさっきまで大杉の屯(たむろ)していた芸能局の大部屋がある。演劇課、演芸課、楽劇課、音楽課のプロデューサーたちが纏めて押し込まれていたが、日も沈むこの時間は書き入れ時だ。みんな担当番組のリハーサルや本番があるから、席についているのは管理職くらいだ。

「今の彼女……雪村(ゆきむら)いづみか」

「ああトン子だよ」

こともなげに答えたが、勝利は未練げに駆け去った彼女の方角を見やった。ひばり、チエ、に並ぶ三人娘のひとりを目の当たりにして、すっかりミーハー気分になっていた。

「とにかく番組センターまでつきあってくれ。聞こえてるのか、カツ」

「あ、ああ。聞いてる。この裏に建った三階建てだっけな」

「そうだ。AからDまでのテレビスタジオが、RT用のホールにくっついてる」

「アールティ?」

「ラジオ・エンド・テレビジョンホール、公開番組の専用ホールだ。CHKではまだラジオの方が偉いから、RTだ。ぼつぼつ聴視者でなく視聴者というようになってきたがね。俺が演出していた『お笑い三人組』もそこから放送した」

「ぼくも見てたよ。三遊亭小金馬（さんゆうていこきんば）、江戸家猫八（えどやねこはち）、一龍齋貞鳳（いちりゅうさいていほう）、楠（くすのき）トシエ……」

「そりゃどうも。だけど出演者のギャラは、テレビじゃなくてラジオから出るんだ。テレビはラジオ番組を中継する形でしかない」

「ふうん、そうなのか」

「今のCHKはテレビの普及のため地方局に金をつぎ込んでる。札幌が開局したときは、記念番組で『お笑い三人組』を持っていった。俺、はじめて飛行機に乗ったよ。広島へは夜行寝台で行って、開局記念ドラマを現地で制作した。そんな調子だから、出演料や給料まで金が回らない。CHKは中央薄謝協会または薄給協会の略称さ」

　笑おうとしたら、また大杉に先を越された。

「よっ、みんな。オハ！」

返ってきた挨拶の声の主は、子どもばかりだ。

「おはようございまーす」「おはよっ、スギちゃーん」「スギせんせーい」

会館廊下の荘重な雰囲気を存分に破壊して、小学生低学年の子どもたちが、傍若無人（ぼうじゃくぶじん）に走ってきたと思うと、ふたりの前で直角に曲がって階段室に駆け込んだ。

「ダメよ！　走っちゃダメ！」

声をかけた六年生くらいの女の子が、大杉にピョコンとお辞儀した。色白で剝き卵みたいに新鮮な少女は、勝利も知っている子役の近江由布子（おうみゆうこ）だ。

「コラ走るんじゃない！」

叱りながら、自分も階段を駆け上がっていってしまった。

「本読みや立ち稽古はこの上なんだ。子どもたちは学校がすんでからくるだろ、一分だって時間が惜しいのさ」

話した後、大杉が確認した。

「今日は時間はあるんだな」

「ある。売るほどある」

苦笑を漏らした。

大杉がテレビのプロデューサー・ディレクター（制作と演出の兼務）なら、ぼくは推理作家だ。と胸を張りたいところだが、実態はまだ作家の卵、せいぜいヒヨッコ程度で売れっ子にはほど遠い。

「いいね、安くたたいて買うぜ」

　色黒だった大杉だが、あのころを思うと顔が生っ白くなっている。朝から夜までスタジオ暮らしがつづくせいに違いない。

2

　CHKがテレビスタッフを含む職員を募集したとき、名古屋管内だけで二〇〇〇人応募したが、テレビ志望は大杉ひとりだったという。テレビジョンというものを誰も見たことがないから、当然ではある。

　放映開始時の登録者数わずか八六六名という、吹けば飛ぶようなミニコミがテレビジョンであった。テレビ庶務課の小さな黒板に毎日の契約者数がチョークで記され、一〇万の大台に乗ったとき、居合わせた大杉も声をそろえて「バンザイ」を叫んだそうな。

　矮小だったテレビが、同時性速報性で新聞に圧倒的な優位を誇示したのが、皇太子ご成婚の中継放送だ。折からのミッチーブームに乗って聴視者（視聴者ではない）はたちまち二〇〇万台に乗った。

　時はうつろうのだ……今でも帝都の社長はテレビを笑えるだろうかと、勝利は考える。もっとも当の高柳は、社長の椅子を取引先の銀行幹部に奪われていた。

あのとき彼の悪罵に圧倒された大杉は、この四月に自分の企画で手塚治虫原作『ふしぎな少年』の放映にまで漕ぎつけていて、七年の時間経過はそれなりに重い。ちなみに『ふしぎな少年』のキーワードは「時間よ止まれ！」であった。

テレビドラマには稀なSFだから、企画の実現までに苦労したらしい。SFといわれてピンとくる者は少数派で、早川書房の『SFマガジン』創刊は二年前でしかない。

それに『ふしぎな少年』は帯ドラマだ。毎日おなじ時間枠で放映される連続ドラマは〝帯〟と呼ばれるが、すでに大杉は帯ドラマ第一号でありホームドラマ第一号でもある『バス通り裏』放映にも携わっていた。

テレビ制作の過酷さは勝利も聞き知っている。月間残業時間二〇〇時間だの、家に帰れずひと月泊まりっぱなしだの、常識外れな勤務状況のはずだ。

「帯の放送で忙しいのに、ぼくを呼び出す暇があったのか」

「あるから呼んだ。月曜から金曜まで切れ目のない放送を、俺だけで演出が間に合うもんか。一週交替で別班が担当するから今週は空いてるのさ……こっちだ」

さっさと階段を下りはじめた大杉を、急いで追いかけた。

階段を使う間も、大杉の早口は止まらない。

「エレベーターには原則乗らないんだ、ラジオや事務の連中にいやがられる。臭いからだよ。テレビのスタッフは誰も彼も汗臭いんだ。会館にある地下の風呂は、ラジオスタッフ用の小さいヤツだけだ。テレビスタジオは炎熱地獄だからな。こないだ松竹の三井弘次さんが、屋台のセットでラーメンをすすった。丼に箸を突っ込んだらラーメンが丸ごと持ち上がった。ライトの熱さでおつゆが干上がっていたのさ。仕方がないからカメラを切り換える間に、丼を取り替えてもらった。ナマの最中で曲芸だったよ。おはよう！」

階段でも芸能人に遭遇した。踊り場に若い男の笑顔があった。ニキビが目立つが、それも愛嬌だ。

「おはようございます！」

爽やかな声の主はひと目でわかった、売り出し中の歌手坂本九だが、芸能人の臭みがまるでないのには好感が持てた。

彼の連れとみえ無造作にジーパンを穿きこなした男が、駆け上がってきた。

「よ、末ちゃん」

大杉が、同僚らしい彼に呼びかける。

「先週の『夢あい』、面白かった！　渥美清さんていいねえ。気の毒に中島弘子さん、吹き出していたじゃないか」

まだ始まって間のないバラエティ『夢であいましょう』のことだろう。司会役の中島弘子を渥美清というコメディアンがおちょくる場面は、勝利も見た。ＣＨＫらしくない洗練された歌と笑いのショーは、そうか、この人が演出しているのか。

「ありがとう」

素直に嬉しそうな顔をした相手に、大杉が手早く紹介してくれた。

「俺の中学からの友達で風早勝利さん。推理小説を書いてるんだ」

笑顔のジーパンが自己紹介した。

「末森憲彦(すえもりのりひこ)です、よろしく」

人懐こい笑みをのこすと、坂本九を連れてあがってゆく。『夢あい』のレギュラーだから、リハーサルが始まるのだろう。大杉がおりながら解説した。

「あの九ちゃん、いずれ大ヒットを飛ばすぜ。『夢あい』になるまで末ちゃん苦労したけど、その甲斐があった。はじめは『午後のおしゃべり』というタイトルでさ。三木(みき)のり平(へい)や渥美清で笑わせて、専門家の講話で締めくくる構成だったもんな」

「講話?」

「たとえば消防がテーマなら、火事のコントを見せておいて、最後は消防署長が防火の話をする。CHKはお役所だからな。そんなもんがバラエティになるかっての! 末ちゃん根気よく根回しして自分流のショーを作った。それが『夢あい』さ……こっちだ、カツ」

なんともあわただしい。右も左もわからない勝利は、ただついてゆくより仕方がなかった。

廊下の切れ目までくると左手がゴッタ返していた。女のヒステリックな声と守衛らしい男のなだめる声が混じり合っている。

大杉が顔をしかめた。

「またかよ。知らんふりで外に回ろう」

唾を飛ばしているのは派手な服装のおばさんだった。受付の女の子と守衛に黙礼した大杉は、勝利を連れて内玄関から表に出た。さっき芸能局の場所を教えてもらったばかりの受付である。

「なんの騒ぎだ」

「あのテのおばさんおっさんが、しょっちゅう押しかけてくる。昨日のドラマはうちをモデルにしたとか、電波のせいで頭が痛いとか、わけのわからんクレームのつるべ打ちでね」

これには勝利も苦笑した。

暮れきった外は家路につくサラリーマンの姿が目立つ。二車線の道を隔てて横に長い屏風(びょうぶ)のようなビルは三井物産館だ。この一郭は戦災を免れたのか、戦前からのビル群がまだ丁寧に使われている。

人の流れに逆らって、ふたりは会館裏の放送番組センターに回ろうとした。その途中で大杉がサラリと尋ねてきた。

「小説の調子はどうだい、カツ」

3

高校のころから推理作家に憧れていた風早勝利は、口八丁手八丁の大杉と反対に、慎重で鈍重なタイプである。料亭を営んでいた父親の伝(つて)で海苔(のり)問屋の事務職につくかたわら、ミステリ雑誌の懸賞に投稿を重ねていた。

推理作家の登竜門と相場がきまっていたのが江戸川乱歩編集『宝石』誌の新人コンクールだ。去年勝利はそのコンクールで宝石賞次席に選ばれた。

名古屋の盛り場で割烹を営む姉の撫子は活字に疎いが、さすがにランポの令名は熟知していたから、自分のことのように興奮した。チャンスを逃すな、東京へ出て作家になれ、当分は面倒を見てやるとばかり、強引に上京の段取りをつけられてしまったのだ。

「なんとかやってる。『宝石』から短編の注文ももらったし」

遠慮がちに応じた。

実際は原稿料がアテにならない『宝石』とは別に、エロ雑誌の連載でひと息ついていた。「夕刊サン」という新聞社からも依頼を受けたが、それはまだ海のものとも山のものともつかないのが現状だ。

それでも贔屓目で、友人が順調に文筆生活をはじめたとみえたのだろう。

「俺の注文もよろしく頼むぜ」

「ぼくがテレビを書くのか?」

やはりそうなのか。嬉しい反面、果たして書けるかという弱気が頭をもたげて、風早は立ち止まった。

そんな彼をおいてけぼりにして、大杉はさっさと放送番組センターへはいって行く。放送会館に建て増したいわば新館の三階建てだが、どことなく安っぽい。エレベーターさえ設置されていなかった。

放映が開始された昭和二八年に稼働できたテレビスタジオは、放送会館の事務室を改造したひとつきりだ。床面積わずか三五坪、中央に大きな柱がある使いにくい空間だ。急場凌ぎにラジオのスタジオまで使ったが、決定的なパンクは目に見えておりこのビルを急造したのだが、早くも床や壁に亀裂が走りはじめていた。

人気番組『私の秘密』や、大杉が演出のひとりだった『お笑い三人組』は、ここのホールから放映されるが今日の予定にはない。AからDまである四つのスタジオも、今は静まり返っている。セット搬出入のためスタジオはすべて一階に設けてあった。

「敷地が狭いんで、出演者の控室や化粧室は二階だ。エート今の時間は」

腕時計を見る間も惜しいとみえ、大杉は一階の通路から階段へ足をかけながら、壁の時計をチェックした。七時を過ぎたところだ。

「よし、二階で『バス裏』を見よう。あんたに会わせたい奴が手伝ってるんだ、三〇分くらい待ってくれ」

「了解」

大杉と反比例して、風早は言葉すくなになっている。そうか、『バス通り裏』は帯ドラマだから、今日もこのフロアでナマ放送をはじめるのだ。

放送間際のスタジオがそばにあるというのに、あたりは静謐そのものだった。壁越しにナマ放送の緊張感が伝わってきて、かすかに体を震わせた。

通路にわりこんだ階段は、途中の踊り場で前後二方向にわかれている。まっすぐにあがった突き当たりが広い出演者控室で、折り返す形であがった通路からは、各スタジオのサブが近い。どのスタジオも二階吹き抜けになっている。サブ——副調整室がその心臓部なのだ。

PDはTDと肩を並べ、調整卓を前にイヤホーンでFDに指示を出す。番組が大型化したこのごろはプロデューサーとディレクターは分離の傾向にあるが、大杉クラスの担当するコンパクトな番組は、原則として兼任させられる。慢性的に人手不足だから、FDも、SDと称するアシスタントも、番組を掛け持ちしているのだ。

民放にはタイムキーパーがいるようだが、大杉が演出した『お笑い』『バス裏』『ふしぎ』にそんな贅沢なポジションはない。PDが壁の時計とにらめっこで放送時間をコントロールしていた。

画面を次々と切り換えるスイッチャーはTDの役目のひとつだから、放送中の大杉は隣席の彼にも要所要所で指示を出さねばならない。

つまり本番中のPDは口が三つ四つ必要なほど、火事場騒ぎを繰り返すのだから、早口になるのも当然であった。

と、その程度のことは、かねがね聞かされていた。

整頓された通路にくらべて控室は乱雑だ。さっきまで大勢の役者が屯していた雰囲気をありありと残して、テーブルや椅子が適当に散らばり、紙コップのひとつが倒れて床のPタイルにお茶を零していた。

控室へ試験的に導入したジュースの自動販売機が故障、タンクがカラになるまで深夜にジュースを垂れ流したことがあったという。

「夜中だから修繕がこない。ジュースのダダ漏れは止まらない。センター全階が甘い香りに包まれて、その場にいたみんなでがぶがぶ呑みまくった。当分の間オレンジのげっぷが止まらなかった」

現在の出演者控室には、21インチのコンソール型受像機が君臨している。勝利がはじめて見る大型テレビだ。

男女の役者が数人、ニュースの画面に見入っていた。初老の女性は丸髷、若い男たちは講武所風に月代を剃りあげた鬘だ。幕末を舞台にしたドラマのカメラリハーサル待ちらしい。

女性が大杉に気づいて黙礼した。優しげな容貌は勝利も見知っていた。

(浦辺粂子だ)

無声映画の名作『清作の妻』に主演した名女優である。

一九時一五分になって、聞き覚えのあるテーマソングが流れてきたので、テレビに目を移した。

小さな庭を真ん中に　お隣の窓うちの窓
いっしょに開く窓ならば　やあ今日はと手をふって……

中原美佐緒とダークダックスが歌う軽快なメロディに乗って、画面の中の窓がゆるやかに開くと、『バス通り裏』とタイトルが現れる。

「スムーズに開くようになるまで、あの窓のミニチュアを三度作り直した」

いつか聞いた大杉の解説を思い出し、改めてじっくり見た。なにごともなく見過ごす場面を〝なにごともなく〟見せるため裏方は苦労している。

ダークのひとり通称マンガは、大杉や風早とおなじ中学——愛知一中出身であった。マンガは上京して慶応に入り、同期生でコーラスグループを結成した。

仲間がいて羨ましい。単身上京した勝利は孤独な気分に終始している。

4

一五分の帯ドラマは、主役十朱幸代の笑顔のアップでしめくくられた。

「やれやれ。時間ぴったりに収まった」

担当を外れた今でもやはり気になるとみえ、肩の荷を下ろした様子で大杉がつぶやいた。どんなに手慣れていても、ナマ放送は〝終〟まで気がぬけない。映画撮影なら後日の編集で取捨できても、テレビドラマは現実の時間に並行してスイッチングするのだから。

先ごろ東宝系で封切られた『用心棒』の黒澤明監督は、編集を人まかせにしないと聞く。カットを繋ぐコンマ一秒以下のタイミングで、映画は生きるし死にもする。そんな重大な作業をナマ放送のテレビでは、即席茶漬けみたいに右から左へこなさねばならない。クロサワ天皇から見れば神をも恐れぬ所業だが、映画に距離をおく風早はまた別な感想を抱いていた。

（マンガを読むのも、似た作業だ……）

『少年マガジン』『少年サンデー』と少年週刊誌が創刊されたのは、一昨年の春だ。コマからコマへ視点を移動させるタイミング（映画にたとえれば正に編集だ）は、読者に一任されている。小説を書いているが風早は熱心なマンガの読者であり、テレビにも関心が深かった。だから大杉に仕事の話をほのめかされ、胸がうずうずしたのである。

静かだった空気がにわかに熱気を孕んだ。

階段をあがる足音がにぎやかに起きて、控室に若々しい声が舞い込んだ。

「おつかれさまーっ」「はいお疲れ！」

異口同音に「お疲れ」と解放感をこめて言い放つのは、風早が一方的に馴染んだ佐藤英夫や宗方勝巳や、宮崎恭子である。『用心棒』で三船敏郎と対決する仲代達矢の夫人ということを、風早も聞き知っていた。そんな中でひと際キンと高い声をあげた少女がいる。

「モトコ、お疲れ！」

大杉が笑顔でねぎらったのは、つい今まで受像機の中で笑顔を見せていた十朱幸代だ。

頭ではわかっていてもドラマの世界が一瞬のちに現実と地続きになる光景に、風早はまだ慣れていない。

だがこんな感覚こそ、テレビが映画と一線を画すものではないのか。

仰々しく緞帳で仕切られた銀幕と、手をのばせば届くブラウン管との、決定的な落差だと勝利は感じている。

（テレビは映画の縮刷版ではないはずだ……あ、そうか）

　やっとそのころ、大杉が十朱をモトコと呼んだのは、『バス裏』の役名が川田元子（かわだもとこ）だからと気がついた。

　帯ドラマでは毎日一本のシナリオが電波に乗って消えてしまう。原稿を書くのは手作業だから、頻繁に出る役名は早く書けるように少ない字画が選ばれる。だから主役の名は〝川田元子〟であり、彼女の友人役として准レギュラーの岩下志麻（いわしたしま）は、〝金子（かねこ）トキ子（こ）〟なのだ。

「トキ子、お疲れ！」

　にぎやかな元子と対照的に、おっとりした足どりで控室に顔を見せた少女は、ニコリとお辞儀しただけで化粧室に去った。

「彼女は俺が芸能プロの出演者アルバムで見つけた」

　それが大杉の自慢だった。元子の友人として出ていた少女俳優が、翌年公開の大島渚（おおしまなぎさ）監督の『天草四郎時貞』に抜かれたため、大慌てでひと晩で代役を探したそうだ。

　俳優にとってテレビより遥かに魅力的なのが映画だったから、大杉と限らずテレビマンはしばしば煮え湯を飲まされてきた。

「ＣＨＫの連続ドラマの主役に内定していた女優が、本読みに出てこない。仕方なく彼女の家まで呼びにいったら、居留守を使われた。一足先に大映と契約しててね。彼女の両親はテレビより映画を選んだのさ」

言葉の端々に悔しさが滲み出て、その割に大杉の口調は明るかった。今に見てろという気分が、テレビ最前線のスタッフに漲っていたのだ。

タンタンタンとリズムを刻んで、鉄色のスタジャンを羽織った青年が、階段を駆け上がってきた。勝利が彼に受けた最初の印象は（うわあ足が長い）というものだ。整った容貌ではないが、溢れる活力を持て余すように精悍な姿である。『嵐を呼ぶ男』が大ヒットした石原裕次郎に似て、昭和三〇年代の空気を呼吸している若者であった。

小走りに近づく彼を大杉が迎えた。

「お疲れ、ナツ」

「遅くなりました！」

「もう出られる？」

「すいません。あと片づけが残ってて……でも、大して時間はかからんです」

「じゃあ『夢中軒』で待ってる……あ、先に紹介しておくよ。学生のころからの親友で風早勝利。推理小説を書いてるが、テレビもむろん書いてくれる。で、こっちは楽劇課のＦＤで村瀬夏也くん」

「よろしくお願いします、村瀬です」

育ちがいいとみえ初対面の相手にも構えず力まず、ハキハキと挨拶する。声は渋いがのびやかだった。次に吐いた言葉は「いい脚本、お待ちしてます」だったから、勝利は気圧された。

『夢中軒』から『星の寄生木』へ

1

守衛が詰めている裏口を出たとたん、回り舞台を回したように生活感が横溢（おういつ）する横町が現れたから、風早は茫然とした。戦前の雰囲気満点の路地が左右にのびていた。

日比谷（ひびや）から浅草（あさくさ）へ飛びだしたようで目をパチパチさせたが、北の夜空には公会堂の特徴ある塔屋が見えたから、確かにここは日比谷である。

「戦災を免れたんだ」

大杉の説明に我に返った。

放送会館や三井物産館どうように、この一郭も空爆の盲点だったらしい。

軒を並べたしもたやはお揃いの木造二階で、例外なく一階の屋根に物干し台を載せていた。取り込み忘れた御襁褓（おむつ）が風に揺れている。

一軒だけ〝夢〟の一文字を走らせた赤提灯（あかちょうちん）をデンとブラ下げた、縄暖簾（なわのれん）の店があった。物干し台代わりに黒塗りの砦みたいな二階を載せている。暖簾を片手で分けた大杉が、スリガラスの戸を開けた。

四人掛けのテーブルがいくつか、羊羹みたいに奥行きのある店内に整列していた。あまりに特徴のないたたずまいで、洋食屋か小料理屋か判断に迷うが、板壁に貼られた献立を見ると中華料理店らしい。

夕食の時間をすぎたせいか無人の店内に、『星はなんでも知っている』の歌声が流れていた。平尾昌晃のヒット曲である。

勝手知った様子で、大杉はさっさとひとつの席に腰を据えた。まごつきながら風早もその前に座ると、女店員が「いらっしゃーい」若々しい声といっしょに顔を見せた。

声も明るいが目鼻立ちも華やかだ。ピンクのワンピース姿にエプロン姿だったが、大杉に気づいてちょっとあわてた。

「ヤだ、スギちゃんなの」

「俺でわるいか。冷やし中華、カツもそれでいいな」

「いい」

答えるや否や、彼女は一オクターブ高い声で叫んでいた。

「レイチュー二丁！」

バタバタと奥へ駆け込んでゆく。形のいいお尻が、勝利の目を刺激するように揺れ、大杉が解説した。

「香川律子。ここの看板娘だ。母親を亡くして親父と店を切り盛りしている。客の八〇パーセントがCHKの職員で、二〇パーセントはテレビの出演者や関係者だ。深夜一時まで食べさせてくれるから助かるよ。開業したのは三年前だが、それまで俺たちは深夜の仕込みを終えても食う場所がない」

「そうだろうな」

「新橋に足をのばしても、夜中では酒の店ばかりだ。六本木まで行けば進駐軍名残の『ハンバーガー・イン』が朝までオープンしているが、歩くには遠すぎる。だから内玄関の前に出る屋台のおでん屋で毎晩腹ごしらえした」

「あ、それで栄養失調になったのか」

テレビの現場の過酷さを語るときの、大杉の体験談だ。

「ここは春から冷やし中華を出してくれる。早い、安い」

「春から？　気が早すぎるだろ」

「でもないさ。四月にはもうスタジオは茹ってる。ライトで落語家の羽織が燃えた。トランペットを吹こうとしてアチッと飛び上がった。そんな伝説がゴロゴロしてる。でもうちは全館冷暖房だから、テレビスタジオだけ冷やすわけにゆかん。だから俺たちの春は煮えたぎっていた」

なるほどと勝利は納得した。暑い思いのあとは冷たい食事に限る。

「お得意さん向けサービスか」

「向こう三軒両隣の仲さ。ホールの客が足りないとよくここに助っ人を頼んだ」

しゃべっている内に冷やし中華を運んできた律子が、話の仲間に加わった。

「このごろはお見限りなんですよ。人気のない『スリーステップ』の客席で拍手してあげたのに、『私の秘密』になったら、招待券一枚持ってきてくれないの」

「事実は小説よりも奇なりと申しまして……」という高橋圭三アナの名調子ではじまる『私の秘密』は、CHK公開番組のクリーンヒットである。

カメラはむろん喝采する客席を撮って臨場感を盛り上げる。それがガラガラでは恰好がつかないから、不人気番組となると決まって『夢中軒』に応援を頼んだのだ。

「仕方がないだろ。あのころ俺は制作進行で今は楽劇課のPDだ、縄張りが違う。『私の秘密』は演芸課だから」

「その区別がわからないのよね」

親しげに大杉に文句をつける律子のエプロンが、新しくなっているのに勝利は気づいた。さっき顔を見せたときは、あちこち油ジミがついていたが、今は洗い立て同様だった。これもお得意さん向けサービスの一環か。

「楽劇課の『楽』は音楽の『楽』でしょ」

聞かれて大杉はにやりとした。

「いいたいことはわかってるよ。ワーグナーでも放送しそうな名前なのに、やってることはアハハオホホの『お笑い三人組』、時間よ止まれの『ふしぎな少年』というのはこれいかに、だろ？　ドラマが増えて演劇課だけでは捌きれない。といって第二演劇課を名乗ればフロクじみるし、軽演劇課では浅草みたいでみんないやがる。それで意味不明の楽劇課ができた……」
　ガヤガヤと人声があがって、作業服の若者たちが五人雪崩（なだ）れこんできた。先頭のモジャモンヤ頭などいかにも汗臭い。腰に下げた麻袋から金槌（かなづち）の頭が飛びだしていた。業界では金槌をナグリといい、ナグリをいれているのはガチ袋と呼ぶ……はずだ。勝利が思い出している間に、大道具の連中が口々に挨拶した。

「おはよっす」

「スギちゃん、オハヨ」

　入局早々は美術課付きの制作進行だった大杉なので、みんな顔見知りだ。

「いらっしゃい諸君。待ってたぞ」

　大勢の来客を迎えて律子の背後から、白衣の料理人まで赤ら顔をヒョイと覗かせたので、大杉が囁（ささや）いた。

「店主の親父だ。香川棋策（きさく）」

　親子そろって調子がいいようだ。

「全員、冷やし中華？　じゃないわね、その前にビールだね、毎度あり！　おとうさん、ザーサイつまみにサービスしてやって。そうすりゃ二本三本と呑んでくれるから！」

　なぞと本音をちらつかせて、厨房へ駆け込んでいった。

「『バス裏』のセット、片（かた）したところか」

　大杉が尋ねると、ガタイのいい年長の男が答えた。

「その後で『シャンソンアルバム』を飾ってきた。二重と張り物だけだから早くすむ。そうそう」

彼はなにか思い出したようだ。

「明日からもと東宝の美術デザイナーが契約でくる。那珂って人だけど、スギちゃんの友達って聞いたぜ」

那珂……あの一兵さんか？　風早も聞き耳をたてた。

ふたりがまだ高校生だったころ、殺人事件に巻き込まれた経験がある。そのとき探偵役として風早に協力してくれた看板絵描きが那珂一兵だ。戦前に手伝っていた東宝撮影所に就職したが、三年前に念願だったマンガ家生活をはじめた——とまでは聞き知っていた。

「一兵さんなら、大阪で劇画を描いてるんじゃないか」

「うまくゆかなかったらしい。手紙をもらったよ。ガンをぶっ放す活劇より生活感のある劇画を描きたい。そういったら版元に干されたって」

夢であったマンガ家の道は一時お預けして、とりあえずテレビで食いつなぐというのか……ミステリと限らない、好きだけでは食ってゆけないのが世の中であった。

風早が箸を置いたころには、大道具たちの酒席が盛り上がっていた。早口の大杉は食事も早く、とうに彼らと談笑の席についていたが、風早に気づいて立ち上がった。

「なんだよ、スギちゃんもう帰るのか」

モジャモジャ頭は残念そうだ。スギ、なつかれてるな……つきあい下手を自認する風早としては羨ましい。

大杉が手をふった。

「バカいえ。俺はこれから仕事だよ。そうだ、見知っておいてくれ。この人は風早という作家先生でさ。俺が演出するプチミスの脚本を書いてもらうんだ」

プチミス？　なんだよソレ。

首をひねっている間に、勘定をすませた大杉が律子に頼んでいた。

「村瀬がきたら腹ごしらえの後で、上にいると教えてやって」

2

表に出た風早が尋ねた。

「上って、どこで打ち合わせるんだ」

「この上だよ」

大杉が顎をしゃくった。『夢中軒』の外壁に外階段が取り付けてある。

風早が仰ぐと、階段はさっき見た黒い砦につづいており、上がり口にかかった欅(けやき)の板に『星の寄生木』と達筆が躍っていた。

「バーなのか」

「そんなもんだ。『夢中軒』の主人の兄貴がひとりでやってる」

あがりきると無愛想な黒い扉が前を塞いだが、大杉はかまわず引いた。目隠し代わりか、はいってすぐウッドカーテンがかかっていた。

「きたよ、マスター」

「いらっしゃいまし」

しっとりと迎えたマスターの口調は典雅とさえいえた。

せいぜい八畳大の狭い店内はやはり黒い内装で、明かりは最小限に絞ってある。目の高さにいくつか穿たれた窓から、矩形に区切られた星空が望まれた。

奥の壁際に小さなテーブルが二卓、椅子が四脚。手前の壁に沿って細長いカウンター。椅子は四人分用意されていた。ひとりで仕切るにふさわしいミニバーであった。

音楽はなく。まったく無音の空間だ。

マスターはボウタイにチョッキを着込み鼻下に髭を蓄えた中年の男で、余念なくオールドファッショングラスを磨いていた。ふたりの客がカウンター椅子につくと、やおら手を休めたマスターはニコリとした。

とっつきにくいと思っていたが笑顔は驚くほど魅力的だ。まだ五十代であろうに、人生の達人めいた風格さえ漂わせる。

「大杉さまはいつものですね……こちらは？」

視線が意外なほど鋭くて、風早は少々緊張した。

「おっと、紹介しておくよ。『星の寄生木』のマスター香川碁介さん。で、こっちは風早勝利さん。ミステリで売り出しの作家さまだ」

「コラ。いいすぎだ」

「おっと訂正する。ミステリで売り出しをもくろんでいる作家。これならいいだろう」

「いい」

「大杉さまはオールドパーのロックでございますが、風早さまはいかがなさいますか」

『夢中軒』の大将と兄弟らしいが、下と上ではまるでムードが違う。迷っている勝利に大杉がいった。

「カツ、俺とおなじでいいか」

「あ、失礼。そうしてください」

「かしこまりました」

笑顔の一瞬を除いて謹厳な表情を崩さないが、慣れてきた風早は折り目正しい彼のあしらいに、寛ぎを覚えはじめていた。

マスターが取り出した丸っこい角壜には、パー爺さんのロゴのラベルが貼ってある。ざっと砕いた氷をグラスにいれて、マスターは緩やかに酒を注ぎ込んだ。氷の複雑な曲面を瑪瑙色の液体が音もなく流れ落ちる。

ひと口含むと、「おいしい」という声が自然に出た。

「それはようございました」

マスターはにこやかに応じた。

「もう長いんですか、このお店」

「下の店と同時に開店いたしました」

するとまだ三年か。それでいて老舗の雰囲気を漂わせている。瀟洒なインテリアには違いないが安手な造りだ。『星の寄生木』の風格は、店よりもこのマスター——香川碁介という人物が発しているのだろう。

喉を潤すふたりを見やって、彼はあくまで慎み深い。

「番組の打ち合わせでしたら、どうぞご遠慮なく。私は貝になっております」

口外しないという意味だろう、三年前にテレビドラマとして評判をとった『私は貝になりたい』になぞらえたのだ。

大杉がくるっと風早に体を回した。

「はじめるか、プチミスの話を」

3

なんでもかんでも省略するのが業界の慣例らしい。プチミスは『プチミステリ』という新番組の略称であった。

大杉の説明によると、一〇月に四回だけ放映予定の単発三〇分ドラマだそうだ。

「演劇課に俺たち楽劇課も参加して制作する。若手のPDに好きなだけ腕を揮わせよう——という触れ込みだ。裏を返せば若手のガス抜きだな」

「ガス抜き？　……なるほど」

風早は想像した。スタート当時は混戦状況だったテレビの各局も、組織が強化されるに従ってそれぞれ特色をあらわに打ち出すようになった。『私は貝になりたい』を代表作とするドラマのTBS。初期はプロレスや野球などスポーツ放送に偏っていたNTVも、『光子の窓』でバラエティ番組をヒットさせ、『シャボン玉ホリデー』という新手もくわわった。フジは家庭番組に工夫を凝らして母と子のテレビを唱えており、日本教育テレビは局の成立経緯から全面的に視聴率狙いの娯楽番組は創りにくいが、水面下では一般のテレビ局として再出発する狙いが透けて見えていた。

全方位に守備を固めるCHKも、うかうかしてはいられない。有力な若手ディレクターを輩出したTBSに負けまいと、次世代の演出家を発掘しようと本腰をいれはじめた。その企画の第一弾がプチミスというわけか……するとオイ、責任重大じゃないか！

大杉がクイとひと口呑むと、グラスの中身が半分になった。学生のころからよかった呑みっぷりが、一段と冴えている。『夢中軒』で騒いでいる道具方たちを相手にしていたのだから、肝臓も鍛えられたに違いない。

瑪瑙から琥珀にうすまる色あいを確かめるように、大杉は視線をグラスに落とした。

「俺がはいったころのCHKは、テレビはラジオのつけたりだった。それがここ数年、本気でテレビ番組に取り組む奴らが入局した。映画の場合は苦節十年でやっと監督だろう？　それも運と才能に恵まれた者だけ」

「だがあんたは二年とたたずにディレクターになれた」

風早にいわれて、大杉はくすぐったそうだ。

「演出といっても『のど自慢』だけどな」

ＣＨＫラジオの看板番組のひとつが『のど自慢素人演芸会』だが、テレビもその中継番組を流していた。ちゃんとテレビディレクターが必要だったのだ。

それが大杉の最初の演出番組である。たまたまその回の出演者に、築地（つきじ）から駆けつけた魚河岸のあんちゃんがいた。とっさの思いつきで履いていたゴム長からパンアップ、真剣に歌いあげる彼の表情をとらえたのが、聴視者に喜ばれたそうだ。

「映画では演出技術なんて教えてくれない。技術は盗むもんだといわれるが、助監でもまだサードの内は、主役のタバコを買いに走らされたりする。だがテレビはそうじゃない」

大杉はチェイサーの冷えた水をうまそうに呷（あお）った。

「テレビカメラのファインダーはでかいから、今どんな絵柄で撮ってるかすぐ覗ける。副調でチョイスした画面もスタジオのモニターで見ればいい。チーフのカット割をすぐ理解できる……映画修業の十倍のテンポで演出技術のマスターが可能なんだ」

今度はグラスに口をつけた。呑むテンポも速いから、風早はお手上げである。

「ロック、お代わり」

「かしこまりました」

カウンターの蔭にシンクがあるらしい。小気味よく氷を砕く音が弾けた。手慣れたアイスピックの動きだ。

「今の若手はテレビ演出にやる気満々だ。『貝になりたい』の岡本愛彦につづいて、TBSの大山勝美、実相寺昭雄たちが次の時代を創ろうとしている。メロドラマで大写しを連発して、アップの太郎と異名をとった岡田太郎はフジテレビだ。五社英雄っていう威勢のいいディレクターもいる。CHKでは大阪局のベンさんが張り切ってる。俺が名古屋から東京へくるのと同時に、大阪へ異動した先輩だ」

ベンさんこと和田勉は芸術祭男と呼ばれるほど受賞歴があるから、部外者の風早も名を知っていた。

注文をハイボールに切り換えた風早が尋ねた。

「あんたのいる東京はどうなんだ」

「上の方ではいろいろ考えてる。まだ水面下の動きだが、日曜夜に一時間枠で一年通しの連続ドラマを計画してるらしい」

「へえ！　大河ドラマってことか」

「ああ、第一回は幕末が舞台だから、東映城を借りる交渉が進んでいる」

時代劇撮影の多い東映が建設したパーマネントセットである。

「そういえば朝のテレビ小説もはじまったな。『娘と私』……」

「ああ」

「きみは担当しないのか」

主役の少女役のちの北林早苗は、改名する前の村田貞枝として『ふしぎな少年』にも出ていた。その関わりで、第一話のコンテを手伝ったらしい。

グラスを持ち上げていた大杉が笑った。

「獅子文六より手塚治虫の方が俺の好みでね。……テレビ番組の広がり深まりはべらぼうな急テンポさ。末ちゃんは最初から自分の狙いを決めていたが、あとの俺たちはまだ手さぐりだ。だから一〇月のプチミスの企画がスタートした」

心持ち大杉の顔が紅潮したのは、パー爺さんのせいだけではなさそうだ。

「毎週一回、土曜の夜二一時半から三〇分間、企画さえパスすれば好きなように腕が揮える。視聴者を前にした御前試合というこった」

「なるほどね」

長広舌に耳を傾けていると、大杉がヒョイとグラスを突き出してきた。

「そこであんただ」

「ぼく？」

「書いてくれ」

「ぼくがそのプチミスをか」

「もちろん。プチミスはプロデューサー・ディレクターの試金石と同時に、新鮮なテレビライターを見つける場でもある。どうだ」

「どうだといわれても……」

「書く気はあるんだろ」

大杉の前で恰好をつけるつもりはなかった。

「そりゃあ、あるさ。あるどころか書きたい、ぜひ書きたい！」

「そうだろう」

「だけどぼくは小説を書いてるんだぜ。テレビのシナリオ形式は知らん」

「そんなものはすぐ覚える。……というか演出はこの俺だ。さっき紹介した村瀬夏也がＦＤを務める。彼とは『ふしぎな少年』でコンビを組んでるからな。もちろんあんたに一から頼むんじゃない。俺には俺の腹案がある……だがそれだけでは企画が通らないんだ」

「なぜ」

風早が問いかけたとき、足音につづいてドアが開き、ウッドカーテンが乾いた音をたてた。

4

アルコールに火照った風早の額に、外から吹き込んだ風が心地いい。

「遅くなりました！」

威勢のいい声の村瀬夏也が、四角な金属ケースを提げていた。

「いいタイミングだ」

入り口寄りに空いている椅子を大杉がポンとたたくと、勝手知った身のこなしで尻を乗せた村瀬は、ケースをドスンとカウンターに載せた。風早が目をしばたたいた。

「テープコーダー？」

「おっと、その名称は公共放送のＣＨＫでは使えない……製造した東通工の呼び名だからね。テープレコーダーといってくれ」

大杉がいえば、村瀬が注をつける。

「東通工も今はソニーと名乗ってます」

「そうだった、ＳＯＮＹ。三年前に社名が変わったんだ」

カウンターの裏から、碁介がつけくわえた。

「私なぞはこの機械をデンスケと呼びますが」

携帯型テープレコーダーの総称として風早も知っているが、バーのマスターがデンスケを使いこなすのかと、不審の目を向けた。

その表情でわかったのだろう、ニコリとした碁介がカウンターに載せたのは見るからに使い込まれた手風琴——アコーディオンだった。

大杉が顔を綻ばせた。

「マスター、新しい客に聞かせたくてウズウズしているね」

「さようでございます。私の数少ない道楽でして、テープを使って勉強しております」

「へえ……」

風早は目を輝かせた。情けないことに手風琴のナマなんて、数寄屋橋で白衣の傷痍軍人の演奏を知ってるだけだ。

「いつか、聞かせてやってよ」

「かしこまりました」

子どもみたいに嬉しそうな笑顔になった。謹直なクラシックバーのバーテンであっただけに、その差が可笑しかった。

「テレコ、回しますか」

村瀬が尋ねてきた。風早に聞かせるためのテープだろう、オープンリールに手をかけようとすると、大杉が制した。

「その前に呑みなよ」

村瀬の前でカップが湯気をたてていた。

角砂糖を四つ、つづけざまに放り込んだ彼は、風早の視線に気づいて照れ笑いした。

「へへ。アルコールは苦手なんです」

「ナツの欠点だ」

大杉が苦笑した。ナツが村瀬の呼び名のようだ。

「つきあいがわるい」

「その代わり村瀬さまは、一日に二杯、どうかすると三杯おあがりになります」

マスターが補足してやる。

「コーヒーをね。その度に角砂糖四つ……一日で一二個だ。いずれ五十氏みたいに糖尿になる」

「五十氏？　ああ、コメディアンの」

「そう、錠前五十氏。錠前と書いてロックと読ませる。六×九だから五四だ。脱線トリオの八波むと志とおなじ洒落さ」

錠前は戦前からの喜劇俳優で一時は自前の劇団を持っていた。名古屋宝塚劇場のアトラクションに来演したこともあった。

「太った愛嬌のある役者だろ」

「それが今は、糖尿で見る影もなく痩せてしまった……『お笑い』にゲスト出演してもらったときは、ギョッとしたぜ……あの人が出ると舞台が陰気になる、出すのをやめろと課長にいわれたくらいだ」

カップをあけた村瀬は敬意のこもる目になった。

「でも大杉先輩はイエスといわなかった……粂野課長、しょっぱい顔をしてました」

「あの人はいつもああいう顔さ」

あっさりいって、大杉は風早に向き直った。

「俺、ちょっと意地っぱりなとこ、あるだろう」

「ある」

風早は請け合った。はじめての男女共学だった高校のクラスメートと、大メロドラマを演じて結婚にこぎつけたのが三年前だ。若い男女が肩をならべて歩くだけで白い目で見られた時代なのだ。意地っぱりでなければゴールインできなかったかも知れない。

大杉はうなずいた。

「だから、プチミスの主役に錠前さんを頼むことにした」

嘯（うそぶ）く彼の背後で村瀬が首をすくめている。風早は笑った。

「きみらしいよ。その人を主役に据えて、勝算はあるのか」

「おおあり名古屋の金のしゃちほこ」

名古屋もんでなければ通じない洒落を口走って、背後を見た。

「聞かせてやってよ、ナツ」

「アイアイサー」

準備万端整えていたとみえ、デッキのスイッチをいれると同時に、男の歌声が開始された。

無伴奏のまま歌は唐突に流れ出た。

おいら　バガボンド
しあわせと楽しいシャンソン　売って歩く
みんな見てる　おれが愛の風にのって　通る空を……

「ＯＫ」

大杉が合図すると、歌は途絶えた。

「『幸福を売る男』でございますね。なかなかにキュートなドライブ感ですが、ご本人は少々お疲れ気味のような」

碁介が遠慮がちだが忌憚なく批評した。

ジャズもそうだがシャンソンときては、完全に風早の守備範囲を外れる。それでもマスターの指摘はうなずけた。

「元気がないな、たしかに」

「そりゃそうだ。錠前さんの病状は思わしくない。次に入院したら、それっきりになる可能性だってある」

風早は眉をひそめた。

「そんな病人を出すのかよ」

「そうだ。……本人とじっくり話し合った結果だ。ナツもいたよな」

「いました」

大杉の肩越しに、村瀬ＦＤの顔が覗く。

「病気に負けたくない。そういってました、おそろしく真剣な面持ちで。なんにもいえなくなりました」

「俺、あの人のファンだったんだよ。映画もずいぶんと見ていた。都会風の喜劇ではほかのコメディアンと一線を画していた。偉そうなことをいうようだが、俺は錠前さんにもう一花咲かせてあげたい。本人もそのつもりで機会を狙っているそうだが、体力的に長時間拘束される映画や舞台は無理だ。だがナマ放送のテレビならやれると錠前さんは考えた。そこであんたの出番だ！」

「ぼくか？」

大杉の意気ごみとは裏腹に、風早はやや当惑していた。当人を知る大杉たちと違い、病人の喜劇役者を、どんな役柄に嵌められるか見当がつかなかったのだ。

「役者のことは考えなくていい。あんたはミステリのことだけ考えてよ」

「はあ？」風早が生返事になる。

「だってそうでしょ、風早先生」

村瀬も声をかけてきた。

「お願いしている番組は『プチミス』なんですよ。そして先生はミステリの専門家じゃないですか」

先生呼ばわりはやめてといおうとしたが、ミステリ作家には違いないのだ。たじろぐ風早に、大杉が覆いかぶさるように告げる。

「そうだよ。あんたには錠前さん主役のドラマを、どうミステリに粉飾するか工夫してもらいたいんだ！」

歌うミステリで殺しま章

大杉プロデューサーの提案

1

大杉が口早にまくしたて、村瀬はときたま鋭く突っ込みを入れる。

（こいつら、いつもこんな調子で役者をテレビにひきずりこむんだな）

そうわかっていても風早は逃げ口上に窮していた。体内に含有された酒精分までが敵に回った。トーストの奴、ぼくが酒に弱いことまで勘定にいれたなと、ほぞを噛みたくなって反省した。

（書きたくてウズウズしてる癖に。しくじったときのことが不安なんだ、ぼくは）

名古屋で事務職についていたころ、風早は自分の限界にしみじみと思い当たった。やる気が決してないわけではない。なのにいざ行動に移そうとすると、周囲の視線が気になって立ち往生する。そんな姿しか上司の目に留まらなかったはずだ。

だが大杉は、プチミスを好機として積極的に打って出るつもりなのだ。演劇課には次期演出のトップを争うライバルが三人いる。

大杉と合わせて四人が、一〇月の毎週土曜二一時三〇分の枠で競うのだ。

みんなタイトルにフィットしたミステリの趣向を凝らしているという。ひとりはパーティで起きる毒殺事件。もうひとりは疾走する列車内の殺人。もうひとりは不倫の男女カップルの愛憎に的をしぼって、それぞれシナリオを発注ずみであった。

「どれも面白そうだ」

ひとごとみたいに口走って、村瀬に叱られた。

「だから先生は、もっと面白いアイデアを絞り出してください」

帯番組で時間がなかった大杉組が出遅れた恰好なのだ。

三チームとも主役のキャスティングが進んでいた。

不倫ドラマがトップを切って島崎雪子(しまざきゆきこ)と仲代達矢に決定した。島崎は『七人の侍』で賊に攫(さら)われる女房役だった。

毒殺をあつかうミステリでは、野添(のぞえ)ひとみ・浅丘(あさおか)ルリ子・八千草薫(やちぐさかおる)と若々しく華やかなスターが顔をならべるらしい。

「ヒトミちゃんの競演ですね」

村瀬の言葉に、風早は目をしばたたいた。

「中原(なかはら)ひとみも出るんですか」

「違う違う」

大杉がカラになったグラスを持ち上げると、ボトルを手にして碁介が近づいてくる。

「八千草さんの本名は松田瞳だから、彼女もヒトミちゃんなのさ」

村瀬がいった。「列車内の殺人は、長門裕之と芦川いづみだそうです」

「ああ、日活コンビだね」

風早もよく知った名前だ。

「長門さんのギャラは、大杉先輩が決めたんですよ」

そんなこともするのか。楽屋裏の話だけに好奇の目を向ける。

「決めたのは俺じゃない、謝金課だけどさ。せっかくのテレビ初出演があまり安かったから交渉した」

「プロデューサーは多忙だな」

感心する風早に、大杉の笑顔がホロ苦い。

「中央薄謝協会だぞ、うちは」

「中央薄給協会ともいいます」

村瀬がまぜっ返した。

「予算的に安いのは助かるが、それじゃ役者が出たがらない。だから交渉したんだが、謝金課長の査定が渋くてね。だいたいＣＨＫの連中は、海外の映画は見ても日本映画を敬遠気味だ。まして新参の日活だろう。仕方ないので伝家の宝刀を抜いた」

「なんだ、そりゃ」

「長門さんの父親は沢村国太郎だぞ。——その一言でギャラがはね上がった。日本の文化は縦

構造だからな、歌舞伎の世界は映画や新劇より一段格が上になる。その代わりおムギは安いま
まだ」

「おムギ？」

「芦川いづみちゃんのあだ名だ。有馬稲子そっくりだからな」

「ああ……イネに似てるからムギか」

「素直でいい女優さんだが、化粧室でひとりにしとくとベソをかきそうなほど大人しい。……！

それで俺がお守り役をやらされた」

「本当か？　美少女だから志願したんだろう、お前」

大杉はにやりとした。

「ツマには内緒で頼む」

弥生というのが大杉のツマの名だ。ここしばらく病母の看護で名古屋に帰っており、風早は
まだ東京では会っていないが　高校のクラスメートだから熟知の仲であった。

「おムギのギャラはあげられなかったが、なあに彼女なら『私の秘密』に出た方が稼げる」

『私の秘密』に限らず、ＣＨＫの公開クイズ番組のゲスト出演は、一律五千円と決まっていた。

「映画のスターには厳しいんだよ、うちは」

「そんなものでございますか……」

映画とは関係なさそうなマスターの棋介に、しみじみとした調子で相槌を打たれたので、人
杉は我に返っている。

「いや、それよか話はうちのプチミスだが」

「主役は錠前五十氏で、相手役はどうなるんだ」

「その前にうちのホンを、どんな方向で纏めるかだ。他の三本とはベクトルを変えたい……まず錠前さんは、聞いた通り歌が達者だ」

意気込んだ村瀬が乗り出した。

「ムーランルージュの立役者のひとりでした。ダンスもこなすし、パントマイムは持芸でした。俺、中学のころからムーランを見てたんです。せまい舞台だけどみんな溌剌とうごいていました」

名古屋育ちの風早にはピンとこなかった。

大杉も名を聞いていただけなので、あとは世田谷育ちの村瀬のひとり舞台だ。

赤い風車のネオンを飾ったムーランルージュ新宿座という小屋が、戦前から戦後の軽演劇文化を支えたという。なくなったのが一〇年前、テレビ放映開始の二年前であった。

「ですから、ムーラン出身の役者や歌手が、初期のテレビ出演者の貴重な供給源になりました。笑いだけじゃない、ヘヴィなテーマの大衆演劇まで舞台にかけましてね。中江良夫の『にしん場』なんて、いい芝居でしたよ」

村瀬が繰り出す役者の名前を聞いて、風早は目を丸くした。

森繁久彌、有島一郎、由利徹、左卜全、市村俊幸、楠トシエ、武智豊子、三崎千恵子、千石規子……。

「たいした顔ぶれだな」

「そのメンバーの中でも歌と芝居で頭角をあらわしたんだ、錠前さんは」

枯れた歌声が『星の寄生木』を流れはじめた。大杉が合図したのか、知らぬ間に村瀬が錠前のテープを回していた。

『メケメケ』『セ・シ・ボン』『メランコリー』……。

おなじシャンソンでも、朗々たる高英男調や繊細な芦野宏の歌とも違って、しみじみと、どこかすねて甘えるような歌いぶりが、風早の胸をくすぐった。

ほの暗いバーの片隅にひっそりと消えてゆく声が名残惜しくて、風早は黙々と耳を傾けていた。

2

「これくらいでいいだろう」

大杉が声をかけると、歌は唐突にやんだ。

「……とまあ、これが俺の演出したい土曜夜二一時三〇分のプチミスさ。さあ、カツ。あんたならミステリでどう味付けする」

胸の中で歌声を反芻しながら、風早もそれを考えていた。

「主題は……生と死、かな」

即答したので、大杉たちはちょっと驚いたらしい。

「ほう」

「どういうことでしょう」

「単純にぼくが錠前さんの歌から受けた印象だよ。陽気なはずの『幸福を売る男』が、みんなに幸福をバラまいた挙げ句、自分の幸福まで売り尽くした。そんなペーソスが耳に残った。そう思うと『メケメケ』にまで虚しいから騒ぎの気分がつきまうんだ。ぼくの偏見かも知れないがね」

「ユニークです」

先に村瀬が声をあげ、大杉がつづいた。

「首肯できる。……あんたに聞かせたデモテープは、錠前さん自身がもちこんできたんだ。今の私はこの程度しか歌えない、だがそれなりに昔と違う味があると思う。だから売り込みにきた。正直な口上だった」

歴史のあさいテレビは、映画や舞台に比べて敷居が低く見えるらしく、役者たちの売り込みはひきもきらない。CHKのもと役員だの有力作家だのの紹介状を手に、芸能局の前で廊下トンビを決め込む連中がいる。中には幼児を抱いて顔を出し、プロデューサーの同情をひく役者がいる――と、大杉が愚痴をこぼしていた。

有名無名の劇団やらプロダクションやらの名前がはいった分厚い名簿が、芸能局の書棚に並べられているという。

「テレビの勢いが上を向くと、マネージャーの出入りが激しくなった。五年前にはお粗末なスクラップブックだった俳優や歌手の写真帳が、今では金襴緞子でくるんだような豪華アルバムだぜ。そんなのに比べると、テープをもちこんで歌唱力をデモする錠前方式は大いに歓迎すべきだけどな。……そうかい、あんたは彼の歌をそう聞いたかい」

「素人の印象だぞ。あまり本気にするなよ」

　すると大杉は苦笑を返した。

「素人というなら、俺たちだって素人の寄せ集めだ。楽劇課の癖に譜面を読めるのは末ちゃんくらいだ。だがいいんだよ、なぜってテレビの聴視者は」

　後ろから村瀬が囁いた。「今はもう視聴者です」

「おっと、視聴者はみんな素人だからな。理屈ぬきでグッとくるものがあればいいんだ、仮にもミステリだぞ。面白くなるようならガンガン殺せ」

　こういう大雑把なところは、昔も今も焼けすぎのトーストだ。それともアルコールが効いてきたのか。ただし下戸に近い風早は、大杉以上に顔が赤かった。

「わかった、殺そう！」

「当たり前だ、ミステリとくれば殺人だ。構うことはない、死体を転がせ！」

「ＣＨＫの番組打ち合わせとは思えませんな」

　碁介にボソリといわれて鼻白んだ風早は、閃いた言葉をヒョイと口に乗せた。

「ファンタジーにできないかな……」

その一言がツボに嵌まったらしい。辟易してふたりを見比べていた村瀬が、不意に大声をあげた。

「ファンタジー……いい、それいいです！」

背中をはたかれた大杉がつんのめりそうになった。

「どういうこった」

「競合する三組はみんなシリアスドラマじゃないですか！　だったらウチはファンタジーだ、楽劇課らしくミュージカルでゆきましょう」

「バカ、金がかかる」

とたんに大杉は、プロデューサーの現実に返っている。

「楽団の編成を厚くしなきゃならん。ダンサーに振り付けにセットに……課長の苦い顔が目に浮かぶよ」

盛り上がった創作意欲に水をさされた風早だったが、友人の言葉にはまだ先があった。

「だがファンタジーの線はいけそうだな。カツ、それで纏めてよ。思いつきだけでいい。目を通すのは俺とナツだけだ。金や手間の問題はわれわれで解決する。課長に企画書を見せるのはそれからでいい」

ニヤリとした。

「課長は臆病なくらい慎重なＣＨＫマンだからな。適当に砂糖をまぶして書いてあげないと、心配で頭の禿げる人だ」

「先輩は前科があるから」

ひやかす口調の村瀬に、風早が尋ねた。

「大杉がなにかやったのかい」

「ご承知でしょう、〝刃物を持たない運動〟」

「えーと。ナイフで怪我させた事件がきっかけで、教育関係者がいいだしたんだよね。子どもに刃物を持たせるな……」

暴力に顰蹙する識者がまず警鐘を鳴らし、それを錦の御旗にして教育界やマスコミが鉦と太鼓まで持ち出した。たちまち小学生がナイフで鉛筆を削ることにさえ、PTAが反対する状況になった。

「うちの偉いさんたちも大賛成でしてね。たまたま会長が見ていたテレビが『月下の美剣士』です。てっきり民放だと思っていたのにCHKのドラマだったから怒ったんですよ。人を斬ってはダメだって」

「ダメだといって……『美剣士』じゃないか、題名が」

「そうですよ。原作は南条範夫先生でした」

「残酷もので売った作家だよね」

「なのに刃物を抜いてはイカンといわれて、先生が怒って降りてしまった」

「無理もないけど、それが大杉の前科とどうつながるんだい」

渋々と大杉がいいだした。

「俺のやってる『ふしぎな少年』は時間テーマのＳＦだ。江戸時代の御家騒動で、男装の姫君と悪家老がチャンバラしながら、昭和の時代へ転移する。団地の中央公園に飛びだしたが、まだ刀を振り回してる……」

「すごい設定だな。その殺陣(たて)ができなくなったのか」

「いや、やった」

「まずいだろう」

「だから公園で剣戟する姫君と家老の間に〝刃物を持たない運動〟の看板を立てておいた……お姫さま役はジュデイ・オングって美少女だがね」

笑いながら村瀬があとをひきとった。

「看板は画面の中央、いちばん目につく場所でした。ちゃんと趣旨をＰＲしたからいいでしょうと、先輩は涼しい顔ですよ」

風早も笑った。

「イヤミだなあ。課長さんが怒るわけだ」

「怒ってもあとの祭りさ。放送は終わってるんだから」

嘯(うそぶ)く大杉にパチパチと拍手が送られた。手をたたいたのは碁介だ。

「けっこうなお話でした。大杉さんの意気に感じて」

流れるような仕種で、ウイスキーを注ぎ足した。

「これはサービスでございます」

大杉が目をパチクリした。

「ありがたく頂戴するけど……マスター、そんなに時代劇贔屓（びいき）だったのか」

碁介はにこやかに会釈（えしゃく）しただけで、また鋭い音をたててアイスピックを使い始めた。

3

嬉しそうに酒を口に含む先輩を、村瀬が心配した。

「また呑んでる……仕事の話はもういいんですか。作者が目の前にいるんだから、締め切りくらい決めましょうよ」

「世話女房か、ナツ」

苦笑して風早に向き直る。

「アイデアだけならすぐできるだろ。次に会うときよこせ。ペラ一〇枚くらいでいい」

「簡単にいいやがる。……えっと、次というと土曜の熱海（あたみ）だな」

村瀬が、ふたりを見比べた。

「約束があったんですか」

「来週の『ふしぎな少年』は俺たちだろ。日曜の夜から火事場騒ぎだ。その前にツマと熱海で一晩泊まる」

「え、奥さんと泊まる宿へ風早先生も？」

聞き直す村瀬を、笑い飛ばした。

「風早センセイと弥生は高校の同級だからな。しゃべりたいネタが山のようにあるそうだから、呼んだ」

「村瀬さんはまだ姫に……イヤこれは古いあだ名だけど、大杉夫人に会ったことないの？　なかなかろうたけた美女なんだ、黙っていればね」

「はい、あいつの話はそこまで」

風早の顔の前に大杉が掌（てのひら）を立て、強引に話題を変えた。

「それよか、ユイちゃんの体は空くのかい」

リズミカルにつづいていたアイスピックの音が、ふと止まった。

「ほら降旗ユイのアメリカへ行く話だよ」

「あ、やはり渡米を決めたそうです」

「そうかあ……」

ちょっと気落ちした大杉が、風早に解説した。

「実はその子なんだ、錠前さんの相手役に狙っていたのは……堀内完（ほりうちかん）ちゃんのユニークバレエ団で踊っているんだが、シカゴでいい教師がみつかったらしい」

「アメリカへ行かれては諦めるしかないか」

「ああ……『夕刊サン』て新聞社の社長の娘さんでね。『ふしぎな少年』にチョイ役で出たご縁で、親子ぐるみ顔見知りになった。あの子ならきっと芽を出すと踏んでいたんだが……仕方がない、次の候補を当たるか」

「了解です」

大杉に比べると、村瀬はサバサバしていた。

「ライオンレコードの彼女ですね」

「中里みはるだ」

名をあげながら大杉は、碁介に人指し指二本でバツをつくってみせた。むろんツケに決まっている。とりはぐれる心配のないＣＨＫ職員であった。

「かしこまりました」

笑顔で答えたとき、カウンターに置かれた電話が鳴った。

「はい、もしもし……律ちゃんか。楽劇課まで？　ああいいよ、今ちょうどお客さまがお帰りになる」

受話器を置いた碁介が会釈した。

「いえ、決して追い出すつもりはございませんよ」

「わかってるって。『夢中軒』の出前だろ。マスターにまで頼むってことは、下も繁昌してるんだな。結構じゃないの」

カウンターを潜って出た碁介の不自由そうな身のこなしに風早の表情が動くと、彼は弁解した。

「事故で右膝を痛めまして……平らな場所では目立ちませんが階段は少々不自由です」

「それでも下を手伝うんだから偉いよ、マスター」

「ここの家賃を値切り倒したツケでございます……どうぞ、お先に」

デンスケを手にした村瀬が、ドアを開けた。外の風にガソリンの匂いがまじっている。隣の日比谷公園に大型の地下駐車場がオープンしたばかりだ。いずれ日本も欧米なみに車持ちが増えてゆくのだろう。

階段に足を乗せた村瀬に大杉が声をかけた。

「ユイちゃんは、いつ日本を離れるんだって」

「来週の月曜といってました」

「なんだ、すぐじゃないか。完ちゃん、残念だろうな」

そこで風早を振り向いた。

「ユニークバレエ団の堀内完も、俺たちの先輩なんだぜ。へバっていたら『一中魂!』って励まされた」

大杉は苦笑している。歴史が古いだけに、この世界では一中はブランドのひとつらしい。

村瀬がつけくわえた。

「ユニークバレエ団の熱海スタジオに、お詫びとお別れの挨拶に行くといってました。午後四時半にアポイントまで取ったそうです」

「週末にかい？　あの親子は義理堅いからな」

大杉につづく風早の後ろでガチャッと音があがった。振り返ると、碁介がドアの鍵を拾い上げている。

「大丈夫ですか」

「はい、ご心配なく」

そうはいうものの、手スリが頼りのマスターの姿はやや危なっかしい。

重い荷物を提げても、村瀬の身のこなしは軽かった。カンカンとリズミカルな足音で一気に下りて、みんなが着くのを待っている。

最後に下りきった碁介は、階段の上がり口に鎖を渡し、壁に立てかけてあった札をひっかけた。

〝ただいま営業しておりません〟

『夢中軒』の提灯(ちょうちん)に照らされて、達筆がぼんやりと読める。

〝定休は土・日　ただし勝手に休むこともございます〟

殿様商売だがときには『夢中軒』の出前を手伝って、留守にするのでは仕方ないだろう。

「では私はこれで……ありがとうございました」

丁寧に頭を下げて『夢中軒』にはいってゆく碁介を、風早は見送った。たしかに勾配のないところなら、歩行はいたってスムーズに見える。

「……それにしても、階段を使う出前だと大変だな」

風早はいったが、大杉たちは気に留めない。

「楽劇課なら本館だから、エレベーターがある」

「ときにはスタジオからも頼みますが、汁一滴も零しませんよ……慣れたもんだ」

「消えものは待ったなしだからな」

消えものと呼ばれる小道具には、ドラマやバラエティで使われる飲食物が多い。大杉が話したように、あまり早くから仕込んでおくと、ラーメンみたいに汁けのある食品はオンエアまでに干上がってしまう。放送直前に出前してもらうのが確実であった。

大杉は、そろそろ開始される『ふしぎな少年』のドライリハーサルに立ち会うそうだ。今日『バス裏』まで手伝った村瀬は別として、大杉は臨時にSD役を務めることになっていた。本来の担当である来週は、台本がすでにできていて余裕があるらしい。

「カツはどうする。一一時までつきあうか？」

二三時をすぎると関係者をタクシーで送ってくれる。その需要を見越して、CHKの内玄関に、主要なタクシー会社の車が客待ちしている。通称大日本帝国——大和・日本交通・帝都・国際の四社であった。

「ぼくは『ふしぎな少年』のスタッフじゃないが、いいのか」

「いいさ。高円寺だったな？　誰か中央線沿線の役者がいるだろう、相乗りさせてやるよ」

閑静な住宅街で、物書き修業には好適な環境といえた。

「じゃあ時間まで見学しててくれ。現場のムードが身につくと、いい智恵も出るぞ」

大杉と村瀬は通用口に向かい、風早も足を早めた。頬にあたる夜気がひんやりと心地よかった。路地に人気はまったくない。

完全な密室がここにある

1

対照的にスタジオの中は熱気に溢れ返っていた。

ＣＨＫのＣスタ。使用可能な床面積四五坪は、一七〇坪のＡスタに比べるとこぢんまりした長方形だが、その短辺にあたる二階の副調からスタジオ内を一望にでき、『使い勝手がいい』と大杉はいっていた。

放映開始当初の主戦場だった通称テレスタは三五坪の面積の中に柱が立ち、中二階に張り出した副調で一部の天井高が抑えられ、副調からの見通しもよくなかった。

「あそこに比べれば天国だよ」

大杉はそういったが、現場を見るのがはじめてだった風早には、地獄に近い光景に見えた。

今日は二度目の見参だから、少しは落ち着いて見聞できるだろう。

分厚いスタジオの扉も、Ｌ字形の大型ノブを摑めば意外なほどスムーズに開いた。開けたとたんスタジオ内の音と光が容赦なく飛びだしてきた。

当座はやはり見当がつかなかった。

建て込んであるセットにライトが集中しているので、手前に犇くスタッフもキャストも撮像機材も、ほとんどシルエットと化していた。

リハーサルだがライトは本番に準ずるらしい。平滑な床をカメラが移動するため、明かりのスタンドタイプは少ない。主力はバトンに吊られた大小さまざまな照明器具の林であった。

天井を仰いだ風早が目を留めたのは、三階くらいの高さで空間中央を真一文字に走っている鉄の足場である。

(あれか、キャットウォークは)

いつか大杉の失敗談を聞いた。

淡谷のり子がこのスタジオで持ち歌の『枯葉』を絶唱したときだ。そのころはまだ美術課で制作進行だった大杉は、バケツいっぱいに枯葉を押し込んで、キャットウォークから枯葉を降らしていた。

旋律に乗って降らせるといっても、おなじ位置からではまずい。足場を往来しながらバケツの枯葉を摑みだしていた。

その手がすべって、あわやバケツを落としそうになったのだ。

万一にもバケツが淡谷のり子の頭にかぶろうものなら、CHK史上にのこるエラーとなる。

ふだんは豪気でおおらかな男だった彼も、このときばかりは必死だったらしい。死に物狂いで摑んだまではいいが、あいにく逆さまになっていたバケツから、残りの枯葉がキャベツ大の玉となって落下した。

葉っぱの爆撃を浴びた淡谷のり子は仰天しただろうが、放送直後さっさと逃げ出した大杉は、後の始末は知らないそうだ。

見上げたまま足を進めた風早が、村瀬に注意された。

「気をつけて、ケーブルがとぐろを巻いています」

カメラのレンズ直前を通りそうだった風早は、さらにあわてた。

「予備のカメラです、その前なら大丈夫」

村瀬が教えてくれた。ドライリハーサルだから、カメラやマイクは稼働しないのだ。明日午後のカメラリハーサルまで、マイクブームも扉の近くで欠伸(あくび)していた。

ミニ砲台という面構えのマイクブームは、長いアームの先端にマイクが吊るしてある。台座にあがったオペレーターの手で、どの方向にも延伸でき、マイクの向きも操作できた。一般にスタジオ内で使われるマイクは、指向性が8の字形で前後の音を拾うから、狙った役者の台詞をピックアップすることができる。

下町の横町といった風情のセットに大杉が近づくと、八百屋の店先に板付きだった太田博之(おおたひろゆき)が、ペコリと頭を傾げた。中学にあがったばかりの可愛い少年だが、映画やテレビで売れっ子なので風早も見覚えがあった。

小道具の大根を手にした八百屋のおかみも、笑顔で迎えていた。品のいい女優さんだと思っていたら、村瀬に囁かれた。

「山岸美代子さん。岩下志麻ちゃんのお母さんです」

戦前では豊田四郎監督作品に主演したベテランの女優さんだ。

若い女性の張りのある声が聞こえた。

「ドライリハーサル、はじめます！　スタジオのドア、閉めて！」

即座にドンと鈍い音があがった。振り向くとスタジオの扉が再びガッチリと鎖されていた——廊下から漏れてきた光も音もまったく途絶えて、スタジオは完璧な別世界として孤立した。

このときミステリ作家風早勝利の脳内に、自然と浮かび上がった単語がある。

〝密室〟

そうか……テレビスタジオとは、理想的な密室なんだ！

こんなときにもぼくのミステリ脳は活性化しているのか。

風早が苦笑を漏らしたとき、またキンと高い女性の声が響いた。

「スタート5秒前！　4、3、2、1」

0の声はかけず、風早の目に映ったパンツスタイルの人影が、台本を持った右手をゆるやかに突き出した。それが彼女のキューなのだろう。そのアクションを大杉が黙って見守っている。

「キューに定型はない」

彼に聞かされたことがある。

「要するに役者に伝わればいいんだ。できればその場に相応しいムードで。ラブシーンならソフトに、議論の場面ならキッパリと。活劇だからと目の前にハッシとキューを飛ばしたら、煽られて尻餅をついた役者がいる」

ここは穏やかな会話劇らしい。太田くんと山岸さんがのんびり立ち話をはじめた。

その前にディレクターやカメラマンが集まっている。キューを出した女性は蜂みたいに腰がくびれ、シルエットだというのに風早をドキリとさせた。

村瀬がそっと教えてくれた。

「中山尭さんの班のFDです。野々宮摩耶ちゃん。プチミスの大杉チームにはSDとして参加してくれます」

それで大杉が彼女を注視しているのだと、風早は理解した。自分と違って別に摩耶の活動的ルックスに見とれたのではなさそうだ。

春に帰省したとき、姉がため息と共に呟いていたっけな。

「もう戦後じゃないって新聞に出てたけど、久屋大通りのアベックを見るとつくづくそう思うわよ……パンツルックがキマッてるもん」

風早はびっくりした。

「パンツって猿股のことか」

「アホ」

たちまちはたかれた。

テーブル割烹『ニュー勝風』の暖簾を出そうとしていた鶴田梅子がケラケラと笑った。

「カッちゃんて、人を殺すことしか頭にないんだから」

「こういう男には女の子が寄ってこないね」

「大丈夫よ、女将（おかみ）さん。私が寄ってゆく」

スルスルと風早に寄り添おうとするから、風早はあわてた。

「ホントかよ梅ちゃん」

返事を聞く間もなかった。早くも一番乗りの客が暖簾をはねた。

「いらっしゃーい」

間髪をいれず梅子が熱々のおしぼりをだす。

今夜も『ニュー勝風』は繁昌するだろう。かいがいしく接客する撫子と梅子を風早はボンヤリ見ているだけだ。

父が営んでいた料亭『勝風荘』は、久屋大通りと名がついた一〇〇メートル道路の下敷きになり、どのあたりであったかさえわからない。

もはや戦後ではないという言葉が、胸を噛む。

短い感傷にひたっている間に、横町のシーンは進んでいた。

スタッフの人影から若者がひとりスッと離れる。彼につづいて、女性ＦＤが隣のセットに移動してゆく。

（場面転換だな）

リハーサルを見る感覚が研がれてきたようだ。

横町のセットのすぐ裏には二重の上に薄汚い倉庫が飾られていた。二重は山台ともいい、木造の組み立て分解可能な台座である。上手に煤けた扉があり、その向こうに人影がある。蔭板――出番待ちの俳優だ。

ぞろぞろとほかのスタッフも移動してきた。半袖シャツにジーパン姿が多い。

みんなの移動を待たず、摩耶が勢いよくキューを出す。やにわに開いた扉からヨレヨレのコートを羽織った男が飛び込んできた。

倉庫の中央で周囲を見回したのは、風早も知っている愛川欽也という俳優だ。あとで聞くと新聞記者の役だった。事件を追って犯人のアジトを突き止めた場面らしい。

「くそっ、逃げられた！」

叫んだとき、

「ストップ」

声をかけたのは中山というPDだ。大杉とは週代わりで演出している。

スタッフたちの空気が変わった。

ドラマの緊張感が消え、瞬時に現実の空間に置き替わったのだ。

「ここ、明かり！」

照明技師らしい男が遠慮のない声をあげると、頭上から俳優を照らしていた光の角度が変化した。バトンから吊られたライトを、若い男が長い棒で引っ張り下ろしていた。

その間に別なひとりが、俳優の足元にテープでバッテンをつける。飛び込んできたときに、彼が立つポジションだ。

一連の作業があっという間に終わり、心得顔の愛川がもとの扉にもどってスタンバイする。リハーサルが再開されるのか。

風早がそう思ったとき、ＰＤがいった。

「キューを出す前に摩耶ちゃん、あれ揺らしてよ」

なんのことかわからなかったが、ＦＤの反応は素早かった。二重に上がり下手の壁に架けられていた電話に飛びつく。筒型の受話器がはずれてコードの先にブラ下がっている。それを揺らしてすぐ床に下りた彼女は、振り向きざま扉に向けてキューを放った。タイミングを瞬時に計らねばならないが、摩耶の動きに乱れはなく、風早の目の端で大杉がかすかに笑ったように見えた。

キューに応じて、愛川が駆け込んでくる。

「くそっ、逃げられた！」

一瞬のうちに見回してから、上手を振り向いて叫んだ――同時にＰＤが指をパチリと鳴らした。

「ここで愛川さんのアップを入れたい」

「無理」

人影のひとつが首をふった。

2

村瀬が解説した。

「あの人はAカメラです。撮像のチーフで、うるさ型」

「移動が間に合わないの?」と、PD。

「間に合わせるけど、ターレットを回す時間がない」

カメラ本体の前面には、レンズをなん本も生やした円盤が取り付けてある。それがターレットだ。村瀬の解説によれば、

「横町のセットはAさんの全景で終わるから、レンズは広角でした。アップを撮るには長いタマに切り替える必要があります」

長いタマ? ああ、焦点距離の長いレンズにするということか。

「じゃあBさん」

咄嗟(とっさ)に思案を巡らしたとみえる。PDの呼びかけに、最初に倉庫へ移動した若い男が反応した。Bカメラ担当なのだろう。

「あいよ。変更?」

「倉庫、ロングでなくはじめは上手の扉中心に撮って」

「あいよ」

若いBカメラは気安く応じる。こんな軽いノリを業界では〝C調〟というらしい。

「そのサイズで押さえたまま、下手にゆっくりパン。受話器が揺れてる電話を絵に入れて止める」

「りょーかい」

「Aさんその間に移動して、倉庫の全景だ……間に合うね？」

「ロングなら、いい」Aが請け合う。

「愛川さんのアップはどうする」

別の誰かがPDに質問した。スタッフの中で一番の年配らしく、渋い声だ。

「今の声はTDです」

ははあ、あの人がテクニカルディレクターね。カメラから送られる映像を次々に切り換えてゆくスイッチャーでもある。

質問にPDが即答した。頭の回転が早くなくては務まらない。

「Bさんに頼もう」

「りょーかい」

声を高めた中山PDが、俳優に指示した。

「台詞のときの目線は、電話にしてくれる？　キンキン」

「OK」

上手を向いて発した台詞が、下手を睨んで叫ぶことになったのだ。素早くのみこんだ照明技師が手をふると、アシスタントがまた頭上に棒をのばした。吊るされた別のライトが旋回し、キンキンこと愛川欽也に下手から光を浴びせる。

マイクブームを守護する位置にいた若者は、音声の助手だろう。先端のマイクをみつめてひとりでうなずいていた。

スタッフたちの言葉と動きで、風早はおおむね状況を察知することができた。

カット割がアドリブで変更されたのだ。

Bカメラが倉庫をパンしてゆく——。

その間に駆けつけたAが倉庫の全景を見せる——。

飛び込んだ俳優が、揺れている受話器を見て叫ぶ——。

Bカメラによるその大写し——。

(なるほど)

風早は納得した。これがテレビのナマ放送のリハーサルなんだ。

3

倉庫のシーンはつづいたが、風早はあらためてスタジオを見回すことにした。

入り口に近い片隅に二階へ上る螺旋階段があり、その下にさっき村瀬に注意されたカメラが静まり返っている。

改めて観察すると、レンズの向いた先は薄緑色のスタンドで、掲示板のような形だ。

周囲に人の気配がないので、近づいた風早はしげしげと眺めた。

ローラーを履いた木製の掲示板?は、同心円の模様を描いた板をブラ下げている。

「パターンといいます」

村瀬の声がかかった。忠実な解説役として風早をフォローしてくれていた。

「出番はないんですか」

「『バス裏』をアシストしましたからね。今日はもう無罪放免です」

笑顔に白い歯が目立った。ちょくちょくやらされるのか流暢なガイドぶりだ。

「各カメラでこいつを撮って、画面の解像度や明暗を調整するわけです。さもないとカメラを切り換える度に視聴者が違和感を覚えるので」

風早が質問した。

「これはCカメラですね」

カメラの正面に〝C〟の札が取り付けてある。

「ええ。『ふしぎ』は放送時間が短いからAB二台で間に合いますが、万一の用心に準備してあるんです」

「そうか。昔はときどき壊れたというから」

「先輩に聞きましたか」

長髪をごしごしかいて、村瀬がまた笑った。

「一台がオシャカになると、放送しながらカット割をアドリブで変更ですからね、大騒ぎでしよ。今では国産のカメラも信頼度が高まってますけど」

ヒョイと手をのばして、ファインダーの下の把手を回してみせた。

「このハンドルでターレットを回転させれば、簡単にレンズが交換できます。テレビにはフィルムにない機能がいろいろありましてね。鏡像変換といって電子的に映像を裏返して左右逆転させたり、ふだんはポジで送り出す画面がサブのスイッチひとつでネガに反転できたりするんです」

「フランス映画で見ましたよ」

「ジャン・コクトー監督の『オルフェ』ですね。ジャン・マレーが死の世界にはいってゆくとき、風景が白黒あべこべになるヤツです。大杉先輩はあの映画を引き合いにして、『ふしぎな少年』の時間停止現象を説明しました」

「それで企画が通ったんですか」

「通してしまったんですよ。上層部でも巨匠コクトーがやったのならいいだろう、ということです」

「ははあ、なるほど」

日本映画ではコクトーに劣らぬ奇才ぶりを発揮する市川崑監督に、コン・コクトーのあだ名がついていた。オリンピックの記録映画を撮るそうだが、どんな奇手を発揮するのか……トラブルにならねばいいが。

「おっと」

カメラのパン棒に村瀬が触れたので、クリップに挟まれていた台本が床に落ち、バラバラになった。纏めて拾いあげパン棒のクリップにもどしながら、

「民放の台本に比べるとお粗末でしてね」

表紙も中身も謄写版印刷したページを、ホチキスで留めただけだ。スポンサーに見せる必要のある民放と違い、CHKの台本は無愛想きわまりない。片面印刷を袋折りにして綴じるから、分厚くてすぐバラバラになる。

「台本が本番中に外れて散らばって、なにをどう撮っていいのかカメラマンが茫然となったミスがあります……そうだ」

螺旋階段を見上げて、村瀬は囁いた。

「ついでにサブを見学してゆきましょうか」

軽い足どりで階段を上って行く。ガラス窓越しにスタジオを見下ろす位置に、サブ・コントロールルーム——副調整室が設けられている。番組を支配する聖域だが、ドライリハーサルの間は明かりも最小限で、静まり返っていた。

階段を上りきると、左手の一段高くなった床に副調がひろがっていた。

無人の調整卓の奥に音もなく明滅する無数のランプが並び、一〇坪ばかりの空間があわい闇

に沈んでいる。風早は深夜の水族館を連想した。

「中央がＰＤの席です。その隣はＴＤの定位置で、ＰＤの合図でカメラを切り換えます。ホラ」

ホラといったのは、スタジオを見下ろすガラス窓の上に、Ａ・Ｂ・Ｃ・Ｆ（フィルムの意味だろう）・オンエアと表示されたディスプレーが、いくつも並んでいたからだ。どの画面もブラックアウトしているが、カメリハや本番中にはすべてが蘇（よみがえ）るに違いない。この中から電波に乗せる絵を瞬間的に選ぶのだ……。思っただけで息が詰まる。

ディスプレー以上に存在感を放つのは、変哲もない丸時計であった。画面はすべて死んでいても、時計だけが息づいており、秒針が時を刻みつづける。

チッ。チッ。チッ。

そんな音まで聞こえるみたいだ。

サブの主役然としたＰＤ・ＴＤの椅子の向こうは、照明や音響チーフたちの席らしい。ＰＤの手前には、複数のコンソールが肩を寄せ合っていた。剝き出しのテープと円盤が装着されているのを、村瀬が指した。

「そこに効果マンが座ります。同録されていないフィルムのとき、画面に合わせてリアルタイムで効果音を流すために……なにか？　風早先生」

キョロキョロする風早に気づいたようだ。

どうもその先生呼ばわりは落ち着かないと思いながら、質問した。

「ここは二階になるんですね？」

「そうですよ」通路に下りた村瀬が、左のドアを開けてみせる。

「これが前室で、突き当たりをさらに開けると二階の廊下です」

風早を連れて前室にはいった村瀬が、その先のドアを開けた。とたんに躍り込んできた廊下の光に、風早は目がくらみそうになった。

思わず呟いた。

「まさに密室だ、テレビスタジオは」

「エ、密室ですか？」

村瀬が目を丸くしていた。

4

前室を出ると、出演者控室が見える。風早たちは一階へ下りる階段を右から迂回して、控室にはいった。

明かりは煌々（こうこう）としているが、人気はない。天井に取り付けられたクーラーが、誰もいない空間を冷やしている。贅沢（ぜいたく）なものだ……ようやく扇風機を買い入れたばかりの風早は、羨（うらや）ましくなった。

向かい合わせに腰を下ろした村瀬が、常備のアイスクーラーから冷えた番茶を紙コップに入れて、風早にすすめた。それからさっきの話をつづけた。

「……なるほど、密室には違いないですね。本番中のスタジオはアリ一匹も通しませんから」

「そうだよね。完璧な密室なんだよね」

「嬉しそうだな、風早先生」

ジロリと見られて、風早は首をすくめた。この精悍(せいかん)なＦＤは若いのにすでに自分の世界を確立しているみたいで、その自信のありようを少々眩しく感じていた。

「そんな風に見える？」

「見えますって。……テレビスタジオで事件を起こして、それをどうファンタジーに結びつけるおつもりですか」

「は？」

一瞬話が見えなくなり、すぐ彼のカン違いがわかった。

「いや、ごめんごめん。密室を考えていたのは、大杉くんの番組ではないんだ。ぼくの新聞小説の構想だよ」

「なあんだ」

てきめんに脱力した村瀬は、椅子に凭(もた)れた。

「そうか、こっちの締め切りは、先輩と熱海にゆく週末までだから。……でも、フーン。なるほど」

「なにがなるほどです？」

年下の相手につい下手に出た風早は、卑屈さを自覚して面はゆい。発注先のひとりだから、村瀬を気分的に上座に据えているのか。

相手は風早の内心の葛藤など気がつきもしない。

「ホラ、よくあるじゃないですか、ミステリ作家への質問。……トリックはどんなときに思いつきますか。呑んだときだの、風呂を浴びたときだの。さしずめ先生は歩きながらトリックを編み出すんだ」

純粋に好奇心からとみえ目をキラキラさせている。

「いやあ。まだ編み出す以前のアイデアだよ。ミステリの大きなジャンルに密室がある。それはご承知なんだろ」

俄然、村瀬は上体を起こした。

「もちろん知ってます。てか、バカにしないでくださいよ。ＥＱもクリスティも横溝正史も高木彬光も読んでます」

口から唾を飛ばしている。これは手強そうだ。

「だったらさ。密室といっても日本家屋では、完全に密閉された空間という設定がむつかしいんだよ」

「それはそうです。だから高木作品では浴室を舞台にしました」

ウン、よく読んでいる。

「ところがテレビスタジオときたら、百パーセント完璧な密室じゃないか！　スタジオのドアの重さ厚さときたら……副調だって二重のドアで外気と隔離されている」

「ちょっと待った」

村瀬が手をあげた。

「事件をどの時点で、起こすんですか」

「時点って……それは」

「リハーサル中だったら、けっこう人の出入りがあります。よその番組とテッパッてる（スケジュールがダブっている）役者が駆け込んでくるし、スタッフがセットを手直しするし……」

「あ、そうなのか」

「凝り性の美術関係者はギリギリまで直しますよ。本番三〇秒前までお化け屋敷のセットに蜘蛛の巣張ってたそうです、大杉先輩は」

「あいつならやるだろうな」

風早は笑った。

ＣＨＫに就職した彼が最初に帰省したとき、苦労話をさんざ聞かされた。

真綿を引っ張って蜘蛛の巣をつくるとか、ビニール製の水溜まりにインクをブチ込んで底なし沼に見せるとか。

「だからスタジオは密室にならないんです、本番まで」

「でも放送中なら……」

「ええ、確実に密室ですね。だけど中では大勢のスタッフやキャストが犇いてますよ」

「そりゃそうだね」

「雑踏する密室なんて事件の起こしようがないでしょう。疾走しているラッシュアワーの国電は確かに密室ですけど、そこで殺人事件が発生しても、密室殺人とはいいにくいでしょう」

「そうか。するともし放送中のスタジオで事件が起きたのなら……どう分類すればいいのかな、ミステリ的に」

村瀬は小気味よく断定した。

「クローズドサークルでしょう。嵐の山荘テーマですよ」

「なるほど」

風早はたじたじとなる。

「それにしても時間の制限がつきますね。三〇分ドラマなら、孤立した山荘の条件は最大限三〇分です」

ウーン、と風早は唸った。

「時間限定、舞台限定、もちろん登場人物限定だね」

「そうですよ、犯人は逃げも隠れもできないんだ。そんな現場で、なんだってわざわざ事件を起こすんですか。たとえそのときは動機や犯行手段を隠せても、いずれ炙(あぶ)り出されてしまうでしょう。それとも放送直前に、衝動殺人の犯人が迷い込んだんですか？　とても論理的なミステリになりませんよ」

「ウーン」風早はもう一度唸った。まさしく村瀬の仰る通りだ。上司の友人だからといって一切歯に衣着せない。

こんなのをドライというんだろうな。むしろ風早は感心している。

口調をゆるめて村瀬はいい添えた。

「スタッフ・キャスト全員をチェックして、誰もが絶対に犯行不可能だった……そんな結論が出てしまえば、これは密室殺人としていいのかも」

風早がホロ苦く笑った。

「そうなれば犯人は外部にしかいなかったといえる。ではいったい犯人は、難攻不落の密室にどう侵入してどう脱出したか、という難題を読者に提供できるわけだが」

口にしてから、ちょっと情けない笑みを浮かべた。

「読者以前に、まず作者が解くべき難題だね」

どすんと背凭れに寄り掛かると、天井の白光の輪が風早の目を射た。蛍光灯と呼ばれる鮮やかな光を浴びて、風早は目をしわしわさせた。

5

白熱電球が蛍光灯に進化したのは、一例に過ぎない。

戦後も一六年たてば世の中が少しずつ変化してゆく。いつぞや姉が大喜びで手紙に書いてきた。

「お店に電気冷蔵庫いれたわよ！」

氷でなく電気で食材を冷やせるなんて素晴らしい。風早はせいぜい大型のタイガージャーに氷とビール壜を突っ込むくらいだ。だが調べてみると電気冷蔵庫は、日本でも富裕階級が昭和初期から使いこなしていた。

そのハイクラスな文明の利器が、戦後を終えて高度経済成長期にはいった今、庶民垂涎の三種の神器として高天ヶ原から地上に降臨してきた。冷蔵庫、洗濯機、そしてテレビ。

洗濯に盥がいらなくなる？　信じられない。だが現に風早はテレビ制作の現場にいるのだ。自分の国が豊かになりつつあることを、そろそろ実感として受け止めねば。

「……おっと、もうこんな時間だ」

村瀬が立ち上がった。

「……えっと、他にご覧になりたい場所、ありますか？　なければ俺はここで失礼します。車の手配は大杉さんがやってくれます……一一時過ぎるようなら、弁当も出ますよ」

時計を見ると二二時二〇分を回っていた。弁当は中川という仕出屋が出前してくれるそうだ。下宿に帰っても鯨のベーコンがあるくらいだから、夜食に好都合だった。

「じゃあ俺、バブルバスで汗を流してから帰ります」

なんのつもりかニヤリとしてから控室を出て行った。階段を下りる元気な後ろ姿は、やはり足が長い。

（バブルバスってなんだ）

銀座にある東京温泉のジャグジーと思ったが、ニヤリの正体に気づいて苦笑いした。

（泡姫の店に寄って一発抜いてもらうつもりか）

アジア西端の国名を冠した風俗業が盛況を極めている昨今であった。

「風早先生！」

彼の声にゆるんだ顔を締め直した。階段の途中までもどった村瀬の顔が見える。

「念を押すのを忘れてました！　プチミスの構想、よろしくお願いしまーす！」

「あ……ああ、わかった」

半分腰を浮かせた姿勢で答えると、青年の爽やかな笑顔は下に切れた。

弁当が出る二三時まで三〇分はたっぷりある。ソファに深く埋まり腕を拱（こまね）き足を組む。

よしっ、はじめよう。

彼は、どこへゆくにも手放さない手提げ袋から万年筆を取り出した。駆け出し作家にはもったいないモンブランである。

ブランドの御利益を期待して、プチミスのアイデアを練らなくては！

6

風早は自問自答を開始した。

作品を構想するときの彼のパターンであった。自分をふたつにわけて脳内で論争しあうのだ。ひとりがアクセル風早なら、もうひとりはブレーキ風早だ。楽天的で攻めの姿勢に終始するのが風早勝利なら、なにかといえば否定的で守り専一のもうひとりは風早敗北とでも名付けるか。どっちもこれが自分だし、論議を深めるうち立場がゴッチャになるから、自問自答といってもいい加減なものだが。

（まずツカミだ！）

アクセル風早が吼えた。

テレビの視聴者はせっかちである。地方はともかく東京には民放のキー局が複数個あってカラーを鮮明にしている。そこに割って入って視聴者の心を鷲摑みするには、どうしたらいいか。

（プチミスはミステリだ）

また吼えた。外に漏れない声だから、安心してアクセルをふかせる。

（まず殺そう、悲鳴からはじめよう、血飛沫（ちしぶき）をあげてサービスしよう！）

（あのねえ）

おそるおそるブレーキ風早が異議を申し立てた。

（これはＣＨＫの番組ですよ。ふだん書いてるエロ小説じゃないんですよ）

（わーってる。ンじゃまあ正攻法だ。主役の紹介から……と、錠前さんにどんな役をやらせよう。凄腕のギャンブラー、流れ者のアコーディオン弾き）

（小林旭か宍戸錠だな、日活無国籍映画に毒されてるね。もっと穏当に、銀行員とか学校の教師とか……それとも家電製品のセールスマン）

（つまらんなあ）

（では街頭のサンドイッチマン……おや鶴田浩二になってしまった）

（つまらん、つまらん、夢がない！）

（それなら自由業……画家なんてどうだろう）

（おっ、いいね、いただきだね。アトリエのセットに登場させれば見ただけでわかる。説明より表現、それでゆこう！）

（アトリエで絵を描いてるだけ？　ツカミになんかならないでしょ。せめてタイムサスペンスくらい考えようよ……コンクールの出品が迫ってる……描けないと違約金をとられる、一万円くらい）

（みみっちい！　それよかいっそ、画家に死期が迫っている！　どうだいツカミになるだろう）

（今度は『生きる』のミュージカル版か……ファンタジーにしては意気があがらないねえ……殺せ殺せと吼えてた癖に。だいたい話に女っ気がなさすぎるでしょ）

（よしっ、それだ！）

（どれのこと？）

（今ボソボソいったこと、全部！）

（へ？）

（まず錠前さんは死の床についてる。もうすぐ死ぬと覚悟している）

（地味だ）

（うるさい、これから派手になるんだ！　カット変わって美少女が踊っている）

（ど、どうして）

（あんたが出せといったでしょうが）

（なんの脈絡もなくて女が出る？）

（彼女は死神なんだ）

（……納得）

（気配に気づいて錠前さんが様子を窺う。少女にバッタリ出会う）

（「死神だ、ギャー」というわけか）

（そんなストレートな出会いではつまらない）

（ほう……というと？）

（錠前さんを見て、少女の方が絶叫するんだ。「この人殺し！」……どうだ、ツカミになるだろう）

（……）

（死神がもうすぐ死ぬ人間を殺人鬼呼ばわりする。視聴率あがるな）

（いや待てよ。すると画家は殺人犯でもあるのか……いったいどんな話になるんだい）

（もちろんこれから考えるのさ。な、相棒。お互い唸りながらね）

（ウーン）

（ウーン）

……まあとにかく、話の発端だけは決まったようだ。

今日は木曜である。明後日土曜の午前には熱海へ行く。それまでにプチミスのプロットだけでもあげねばならない。当分スタジオの密室殺人事件どころではないのだ。

だしぬけに控室の奥から、若い女性たちの笑い声が近づいてきた。化粧室にいたのだろう。

「……今から銀座に出るって、デートなの？」

「あなた、お酒ダメだったでしょう。名曲喫茶とか歌声喫茶とか……銀座にあった？」

「三原橋（みはらばし）の地下街にできたの、ローソク喫茶。午前一時まで営業してる」

「ローソク……キャハハ、なにそれ！　あ」

三人の会話がやんだ。風早に気がついたのだ。口を鎖して足早に控室を通り抜け、階段にさしかかったところでひそひそ話が始まった。

「出演者？」

「さあ……ドーラン塗った覚えないけど」

美術課の美粧(びしょう)さん——メイク係の職名である。いつも白衣の彼女たちだが、私服に着替えて見違えるように溌剌としていた。

苦笑いで見送った風早が、にわかに真顔になった。

(女を三人くらい出したいな)

(それならわけはない、画家を女たらしにすればいいんだ。三人の女性に幸福を売って売りさばいて、自分の持ち分の幸福まで売り切った、そんな主役にすればいい)

(それで……三人の女は役柄をどう振り分ける？　十代、二十代、三十代……年齢もまちまちな方がよさそうだ)

(年もそうだが職業にもバラエティをつけよう！　十代なら……子どもの声に取り巻かれた純真な保母。二十代なら……若妻かなやはり。ウン、通夜のシーンで画家が見初める、早すぎた未亡人、なんて色っぽいぞ。三十代……こりゃあ定番だね、銀座の高級クラブのママ！　スギが喜んでキャスティングするだろう)

ひと思いにここまで出来上がった。

(あとは画家が三人の誰を殺すのか、ミステリアスな場面にアイデアを注ぎ込んで、視聴者をプチミスにひきずりこむんだ！)

(そんなうまくゆくかなあ……)

(ゆく！　ゆかせる！)

力んだとたんに、腹がグウとなった。そろそろ夜食が届く時間であった。

動機の種子が蒔かれるで章

CHK『しろがね荘』

1

午前中降り続いていた雨が、平塚駅を通過するあたりでやみ、風早をホッとさせた。

せっかくの熱海泊まりだ。夜まで雨では鬱陶しいと思っていたのだが、割れた雲間から西日が照りつけてきたのには閉口した。

ガーといういびきの主は、ロマンスシートの隣に座した大杉である。

伊東行き準急〝おくいず〟二等車を奮発してくれたのも彼だ。ミカン色と葉っぱ色に塗り分けられた湘南電車は快適だが、残念なことに冷房がない。天井の扇風機より外の風がいいとばかりスイッチを切った大杉は、窓を全開にしたまま寝入っている。

鼻の頭に汗を浮かべても、気持ちよさそうに眠っていた。

膝の上で揺れているのは、乗車早々に風早が渡したシノプシスだった。

黙読する友人の横顔を見ている間に照れくさくなって、風早は眠るふりをした。ふりのつもりが本当に眠りこんでしまった。

目を覚ましたときは辻堂を過ぎており、読後感を尋ねようにも大杉まで眠っていたというわけだ。

どうせ昨夜も遅くまでスタジオだったのだろう……そっとカーテンを下ろしてやると、日陰にはいった大杉はコクンと首を落として、本格的睡眠にはいる様子であった。

床に原稿が滑り落ちそうでハラハラしながら、風早は額の汗をハンケチで拭った。

観光列車なのだから、クーラーぐらいいれればいいのに。

鉄道ファンの風早は、地元の名鉄が特急にいち早く冷房を導入したと知って、用もないのに豊橋まで往復した。もう二年も前のことだ。

それにひきかえ国鉄の冷房計画は遅々としていた。三年後のオリンピックを控えて、東京・大阪間の新幹線工事がたけなわだが、首都圏の国電で冷房設備があるのは一両もない有り様だ。汗っかきの風早には辛い季節だが、人口の集中がつづく首都圏ではどう手を打っても後手に回るんだと、納得する気分もあった。

最近の国電の混雑は凄まじい。総武線が乗車率三〇〇パーセントを越したというから、いくら天井の扇風機をブン回しても、熱気を攪拌するばかりで汗がひくはずはない。

それを思えば準急の車内は、満席とはいえ天国であった。

〝おくいず〟は東京を出てから小田原まで、えんえんと走り続ける。横浜さえ通過の韋駄天ぶりは土日だけ走る観光列車らしいダイヤだ。

今日は大杉夫人と、熱海で合流する予定だった。

急行〝やましろ〟に名古屋で乗車した〝姫〟こと弥生の熱海着は、一五時二五分である。〝おくいず〟が熱海に着くのは一三時四四分なので、かなり時間が空く。その間に梅園など熱海の名所を観光するつもりでいた。

泊まりはCHKの寮施設『しろがね荘』だから、職員の大杉が先にチェックインしておく必要があった。

『星の寄生木』のカウンターで、大杉にその話を聞いた風早は、間抜けな質問をしてしまった。

「寮ってなんだ。旧制高校の下宿みたいだな」

「バーカ、保養所だよ。CHKくらいの大所帯だと、東京周辺だけでも、南青山、箱根強羅、中禅寺湖、いくつもある」

職員やその紹介があれば格安で泊まれるのだ。CHKは福利厚生施設が手厚いことで名高いらしい。

「〝やましろ〟が名古屋を出るのは正午だぞ。もっと早い列車にできなかったのか」

鉄道ファンらしい風早の言いぐさを、大杉はいなした。

「午前中にあるんだよ、帝都ファンのイベントが。弥生はそのチケットを買っていたんだとさ」

「映画会社の帝都かい」

「そう。こないだまで社長だった伊達虎之助は名古屋出身だろう。社長辞任を契機にスター稼業もやめるといいだして、それで地元のファンが名残を惜しむそうだ」

軽い語感なのに裏打ちされた重みが感じられる。剣戟映画に縁遠かった風早も、覚えず懐かしむ口調になっていた。

「そうか。一世の大スターも引退か……いつぞやテレビをくさしたご本人だね」

キン、キンと氷を割る碁介のアイスピックの手際を見ながら、大杉は七年前を思い出す目つきになった。

「時は流れる、だな……」

短い間のあと、風早がいいだした。

「その伊達虎之助とコンビを組んでいた役者がいただろう。龍虎で売り出した……短い得物で戦うのが得意だった」

「いたとも。異名が五寸釘の龍だ。釘一本握らせただけで、敵の目を潰し臓腑をえぐる殺陣は見事だった……あんたにしてはよく知ってるな」

大杉ばかりか、碁介まで氷を割る手を止めて驚き顔だった。

「何度か梅子につきあわされて、見に行ったんだよ」

「梅子?」

「スギは顔見知りだよな。店が『ニュー勝風』に変わっても、あいかわらずシャキシャキ働いてる。彼女が大ファンだった、五寸釘の龍」

「ふんふん。あんたがあの梅ちゃんとね」

意味ありげな笑いが、気にかかった。

「ヘンなことをいったか、ぼく」

「いやいやいや、そんなことはないぞ……姉さんの店は、その後うまくいってるのか」

誤魔化されたような気もしたが、すぐ大杉の話をフォローした。

「春に入店した板前がいい腕でね。姉貴あっという間にデキたらしい、その余語（よご）って板さんと」

こちらを見ていた碁介に、注釈をつけた。

「名古屋に多い苗字なんです、余語。……秋には籍を入れるらしい」

後半は大杉に向けて話している。彼はややあきれ顔だ。

「そっちもうまくいってるわけかよ。撫子さん、前のダンナと別れて、まだ一年たたんだろ。男の絶えない姉さんだな……少しは見習え、カツ」

痛いところを突かれた。

長く片思いを捧げてくれた高校のクラスメート神北礼子（かみきたれいこ）は、親の介護に時間をとられ大学を中退して、彼の視野から消えていた。

つづけざまに親を見送ったあとは親身に相談にのってくれた幼馴染みと愛情をはぐくみ、五年ほど前に入籍。経堂（きょうどう）に住んで今は伊地知（いじち）姓を名乗っている。

おなじ東京在住となり大杉とは文通しているそうだが、風早は彼女の住所も知らない。

「ふわあーあ」

だらしない欠伸（あくび）を一発、大杉が目を覚ました。

「とっ、とっ、とっ」

滑り落ちそうだった原稿を両手で止めて、すぐ風早に話しかけた。

「この保母さんだが、磯村(いそむら)みどりちゃんはどうだ」

「えっ」

風早は面食らった。

起きたとたんにプチミスの話かよ。気ぜわしいトーストであった。

2

「……いや、その前にプロデューサーとして中身に注文はないのか」

「こりゃあまだ粗筋だろ。次に書くときはホンの形にしろって。注文をつけるのはその後だ。俺はまずイメージだけでもキャスティングしないと、頭の中に絵が出てこない。だから保母はみどりちゃんだ。どうだ、イメージに合ってるか」

彼女は名古屋出身の俳優なので、風早もデビュー当時から知っていた。

東宝の丸山誠治(まるやませいじ)監督や森繁久彌に見初められ、やがてCHKテレビ三人娘のひとりとして、連続ドラマ『虹が呼んでる』の主役を務めあげたばかりだ。

「いいんじゃないか……プロットではいちばん若い役だ。実はその子が身ごもっていたという話になるんだが、意外性のためにも清純派がいい」

「それにあの子は根性があるぜ」

　そういえば、大杉はアシスタントとして『虹』も手伝ったはずだ。

「最終回の放映で、彼女は四〇度の高熱を出していた」

「ええっ」

　これには風早もたまげたが、テレビドラマはナマ放送だし俳優も生身の人間だ。どんな支障が起きるか、その場になってみないとわからない。

「どうしたんだ彼女は」

「どうもこうもないさ。ナマの連続ドラマの主演者で、おまけに最終回だ。必死に頑張ってくれたよ。熱で朦朧(もうろう)としていたのに」

「……そうだったのか」

「ラストシーンは、小高い丘に立つ彼女の笑顔のアップだ。俺は丘のグラスマットの下にしゃがんで、みどりちゃんを撮るカメラのタリーを睨んでいた」

　グラスマットは無数の緑色のピラピラに覆われた厚手の生地で、不規則に組んだ山台にかぶせると雑草の地肌に見える。

　タリーはカメラの一隅に備わって、現在このカメラが生きてると示す小型の赤いランプであった。

「そいつが消えたから放送終了だ。大声で『終わった!』と教えたとたん、バタンと前に倒れたから、あわてて抱きとめた。表には救急車が待機していた」

まるで戦場の負傷兵だ。

「視聴者の誰ひとり彼女が高熱を押しての演技と気づかなかった。ええと、そこでお通夜の未亡人役だが」

また話があっさり飛んだ。

「原知佐子はどうだろう」

「『黒い画集』で小林桂樹の愛人役だったな」

「案外見てるな」

映画のことで、大杉に褒められるとは思わなかった。

「彼女がまだ田原と名乗ってたころ、『バス裏』に出てもらった。カメラ映りも芝居もいいから、『映画に行けば主演クラスだ』と褒めて、赤恥をかいた。彼女はとっくに新東宝で主演してたんだ。そんな子がテレビの脇役に出てくれるとはね。映画の役柄が飽きたりなくて、テレビや舞台で修業していたんだ……なみの芸能人と根性が違う」

「名前を売りたいんじゃなく、演技するのが好きなんだな」

「そういうこと。で、最後のクラブのママだが越路吹雪さんはどう」

風早は目を見張った。

「大物だな」

「もちろんビッグスターだ」

大杉が笑った。帝国劇場の大舞台をひとりの名前で満員にさせる俳優は滅多にいない。彼女は確実にそのひとりであった。

「出てくれるかな」

「出てくれるさ。大スターでも気さくな人でね。『ふしぎな少年』のリハーサルに顔を出して、チョコやらケーキやら陣中見舞いをごっそりくれた」

「へえ？　番組に関係しているのか、彼女」

「旦那が音楽担当だから」

そうか。「タンタン　サブタン　負けるなサブタン……」のテーマソングを作曲したのが、越路吹雪の夫君内藤法美（ないとうつねみ）だったことを思い出した。

「俺、越路さんのミュージカル番組にはFDでよくついたんだ。最後のカメリハが終わってみたら、内容が一〇分長かったことがある」

「そんなときは、台本をカットするんだろう」

「ああ。実験放送からのベテランプロデューサー、井上博（いのうえひろし）さんといっしょにあちこちカットを決めた。決めたときはもう放送時間になっていた」

「えっ」

「夢中でホンをいじっていたんで、ふたりとも気がつかなかった」

過ぎた話でも、聞かされる風早の肝がちぢんだ。

「どうしたんだよ」

「時間通りスタートしたさ。もちろん役者は知らないままだ。トップシーンは笑顔の越路さんのアップではじまる。だから俺、カメラの横で台本をひろげて、『えー、越路さん落ち着いてください。このページがカットされました……』めくりながら説明したんだ」

「声を出して？」

「心配無用。最初の二分間は越路さんの歌で、放送には録音が流れてる。その間スタジオのマイクを生かしてもらった」

その二分の間に、場面や台詞のカットを説明する大杉も大変だが、笑顔で口パクの芝居をしながらの役者もたまったものではない。歌っている頬が引きつってきたそうだ。

「それでもさすが大女優はのみこんでくれたけど、相手役の竜崎一郎(りゅうざきいちろう)さんに説明する時間がなかった」

『青い山脈』で原節子(はらせつこ)と、『今ひとたびの』で高峰三枝子(たかみねみえこ)と組んだ東宝の二枚目である。

「ふたりの抱き合うラストシーンが、まるまるカットされてる。知らない竜崎さんが出ようとするのを後ろから抱き止めた。マイクが生きてて説明できない。竜崎さんは出ようとして暴れる、必死で止める……まるで『忠臣蔵』の松の廊下だったけど、視聴者には全然気づかせなかったよ」

持参したタオルで汗をふきふき、大杉は楽しそうだが、発車したばかりの駅の名を見て風早があわてた。

「おい、湯河原(ゆがわら)を出たぞ！」

目的の熱海はもう次の駅だった。

3

大観光地には相応しくない木造の小さな駅だが、さすがにみやげものの店は駅舎からハミ出さんばかりに犇いている。土曜の午後だけにタクシー乗り場も長い列だ。

レジャーブームという言葉を実感する賑わいであった。この夏には加山雄三でヒットした『大学の若大将』人気もあって、湘南の海へヤングがどっと繰り出している。

「日本も豊かになったんだな……」

汗を滴らせながら風早が呟くと、時代を先取りするテレビ屋の大杉は、更に新しいニュースを聞き込んでいた。

「これからだよ。レジャーといってもまだ国内観光くらいだろ。それが来月にはいるとすぐ、壽屋が大々的に広告をうつ。『トリスを飲んでハワイへ行こう!』だとさ」

「壽屋というと、洋酒のサントリーをだしてる会社か」

「格下のトリスを飲む俺に、サントリーなんて関係ないけどね」

滴る汗をグイと拭いた。

「やっとこないだ五百円のデルクストリスを買って、記念に写真を撮った」

どうにかタクシーの順番が回ってきた。

目指すＣＨＫの『しろがね荘』は、車で一〇分ほどだそうだ。新幹線の工事現場を左に見て、タクシーは屈曲する細い山道を登ってゆく。

この一帯は、昔からしろがね台と呼ばれているらしい。

運転手の解説によると、今は鉄道会社の別荘分譲地として開発中だが、もとは一面ススキの丘で秋風に靡く白銀色の波が見事でこの名がつけられたという。丹那トンネルの真上に位置するのに竹藪で眺望がきかず、鉄道ファンの風早は残念であった。

ゆるやかに流れ下るのはしろがね川だ。

「市中を流れる糸川も梅園を突き抜ける初川も、痩せた急流ですがね。この川は箱根連山の伏流水が源だから、勾配が緩くて水量豊富です。今日は特に水かさが増してます」

午後まで雨が降りつづいたせいだろう。いっとき割れた雲間からさしこんだ西日も、また陰っている。箱根はどうやら雨模様だ。

『しろがね荘』は広大な分譲地の手前で、四方を竹藪に囲まれていた。

「まるで京都の隠れ家だな」

風早が感想を漏らした。ＣＨＫの保養所というより、侘び寂びがにじむ公家の寓居といったたたずまいなのだ。

ただしふたりを迎えた支配人は白いスーツの中年者で、愛想笑いひとつ見せないのには鼻白んだ。大杉の小声の説明によれば、

「ＣＨＫの古手の出向さ。後輩どもに笑顔なんか見せられるか、というこった」

事務的に記帳をすませた大杉は、ルームキーを渡されると勝手知った様子で歩き出し、風早はあわてて追いかけた。

外見は純和風だが、中身はホテル風に改装されている。

広々とした食堂を横目に靴のまま廊下を歩く。予約されていた客室も洋間だったから、風早はまごついた。ふだんの生活とはおよそ様式が異なっている。

「おい、ここって……座敷はないのか」

「ない」と大杉はニベもなかった。

「『しろがね荘』の中で座敷があるのは特別室だけだ。寝るのはベッド、寛(くつろ)ぐのは椅子」

「食事はどこへ運んでくる？」

「今見ただろう。運んでくるんじゃなくて、俺たちの方で食堂へ出向く」

「え、そうなのか」

ずいぶん不精な宿泊施設だと風早は呆れた。これからはこのスタイルが一般化するのだろうか。面倒なことだ。

故郷の名古屋は大都市だが、純洋式のホテルは少ない。戦前にあった万平(まんぺい)ホテルはとっくに潰れて、名古屋観光ホテルがあるくらいだ。いや、デパート系列のホテル丸栄(まるえい)ができたか。風早はまだ泊まったことがない。

東京なら帝国ホテルとまでいわなくても、日比谷の交差点に建つ日活国際ホテルが、石原裕次郎と北原三枝(きたはらみえ)の婚礼で名をあげていた。日本家屋の構造では密室殺人の話が書きにくいというが、これからは日本中密室だらけになりそうだ。

十畳大のスペースにベッドが二台、テーブルに肘かけ椅子二脚。押し入れがないと思ったが、布団もないから押し入れは無用だ。作り付けのクロゼットという代物があった。

六畳一間に下宿住まいの風早は、もうお手上げだ。

一隅のドアは便所——いやトイレと呼ぶべきか。洋式便器だったのでげっそりした。この形式だと力みにくくて便秘になる……。

大型扇風機が音もなく首をふっていたが、藪に挟まれて日がささないので、小さめの窓でも意外に涼しい。

「俺が演出した『バス裏』も、スタートしたときはメインが茶の間だ。チャブ台の脚をひろげて食事していた。今はお勝手に隣り合ったテーブルと椅子で食事している」

「あれ、ダイニングキッチンというんだな」

「俺が年内に入居予定の団地がそうだ。2LDK」

「ダンチ？　ニエル……？」

風早は目をパチパチさせた。時代の流れは東京だけ突出して速いらしい。それともぼくが世の中についてゆけないのか。

大杉は笑いもせず解説してくれた。

「東京に集まる人をどこへ住まわせるか。住宅公団というのが、首都圏のあちこちで大規模な面開発をはじめている。そこに建てられる公営の集団住宅を、団地と総称するようになった。

一番多い間取りが二寝室とダイニングキッチンだから、2DKだ」

友人の時事解説は、徒歩で名所めぐりをする最中も聞かされつづけた。素直が取り柄の風早は感心するばかりだ。

横溝正史の推理小説は海外のミステリに劣らぬロジックで構築されているが、舞台は因習ののこる昔ながらの土地が多い。若いぼくがそのお尻を追いかけてどうする。水車や車井戸ではなく、もっと現代的で斬新な背景と小道具を発見しなくては。

大杉のガイドで近辺の散策をはじめた風早は、そんなことを考えていたから、つい遅れがちになり、観光の目玉のひとつ熱海梅園でようやく息をついた。

健脚の大杉はこの程度の散策では物足りないらしい。梅園をひとめぐりしたと思うと、竹藪を縫う狭い道を登ってゆく。

風早が気づいたときには、空はすっかり黒ずんでいた。雲を縫ってときたまさしていた西日も、山端から未練げに赤い光を投げかけるばかりだ。

視界がひろがった。正面をどうどうと水音をあげて川が流れていた。運転手が話していたしろがね川に違いない。

川下に目をやると右手外れに竹藪が見えた。『しろがね荘』が隠れているらしい。知らぬ間にずいぶん高い場所に飛びだしたものだ。

川幅は一五メートルもあるだろうか。向こう岸は雑木林や昔ながらの農家が点在しており、こちら側は川沿いに分譲地がつづいていた。

造成したての雛壇はまだ販売前らしい。路傍に『しろがね台　近日売り出し！』の文字が躍る、人の背丈ほどの看板が立っていた。

直近の工事の痕は歴然としているのに、雛壇のあたりは奇妙なほど森閑としていて、古代の神々の祭壇を連想させられた。もっとも川上には人家があるようで、気の早い明かりがひとつふたつと灯りはじめていた。

山から吹きおろすとみえ、顔にあたる風が冷たく感じられた。東京のビル風よりずっと気持ちがいい。ここなら多少日差しが強くても、日射病の心配はなさそうだ。

「見ろよ、カツ」

大杉がふりかえった。それを真似た風早は、思わず嘆声をあげた。

それまで気づかなかったが、『しろがね荘』の東方にスカッとした海景がひろがっていたのだ。

「ほう……なるほどなあ」

トーストはぼくにこの光景を見せたかったのか。

ただ眺望が開けているだけではない。シネマスコープみたいに幅広な竹藪が眼下に退いたため、丹那トンネルの真上、一八〇度のパノラマがあらわになっていた。

正面——東の方角は、左右の山裾にはさまれた逆三角の海。陽光をはじいてガラス細工のように煌めく太平洋だ。

南の高台にはドーナツのような西熱海ホテルが座り込み、北に建つ白い衝立めいた建物は来宮ホテルだと、大杉が教えてくれた。

「丸いのが西武で、四角いのは小田急だから東急系。高みに行司役よろしく岸信介の別邸がある……ほら、竹藪の左端だよ。ガラス張りは温水プールだ」

中国残留孤児の悲劇を産み落とした〝偽国〟満州。その経営に携わった高級官僚は戦犯であったはずだが、不死鳥のように復活して去年まで日本に君臨した人物である。

「安保騒ぎの主役ってことか」

岸は首相の座を去ったが、その係累は更に未来の日本を牛耳りつづけるのだろうか。そこまで具体的に考えたわけではない。目の前に火の手があがるまで時代の風速に気がつかないのが大衆で、そのひとりが風早であった。

大杉が笑った。

「あんたに見せたかったのはアンポじゃない。汽車ポッポの世界だよ」

それならむろん気がついていた。

風にゆれる群竹越しに、ゆるく左へカーブする東海道本線。右手の伊東線は来宮駅につながっており、本線と伊東線の間には緑と黄に塗り分けられた玩具のような列車が停車していた。ネジを巻いてやれば今にもトコトコ走りだしそうだ。

「あれは湘南電車だな。なにをぼんやり停まっているんだ」

こうなると風早の出番である。「熱海駅の留置線だろ」

「リュウチ?」

「留置場のリュウチだ。熱海駅は構内が狭いから、折り返しの列車はあの広い場所に停めておくのさ」

東海道線を電気機関車が牽引する下りの貨物列車が走ってきた。もうヘッドライトを点けている。山翳が落ちる一帯は暮色に染められていた。蛇のように長い貨物列車は黙々と丹那トンネルにのみこまれてゆく。ふと運行ダイヤを連想した風早が、反射的に腕時計を見た――一七時にはまだ間があった。

トンネルの左で工事がつづいているのが新幹線だ。

「戦争前に弾丸列車の構想があった。実際に土地も買収したしトンネル工事もはじまった。戦局の悪化で中止になったが、おかげで新丹那トンネルは順調に工事が進んでいる」

「鉄道のことだと雄弁だな」

大杉は呆れ顔だ。苦笑していいかえそうとした風早が、口を鎖(とざ)した。

「人の声……か?」

「ん?」

大杉も耳をすました。風に乗って耳をかすめる声らしいもの。

意味まで聞き取れないが、それはひどく急迫していた。

川上の方向だ。

「行ってみるか」

「行こう!」

ふたり並んでダッと走り出す。さすがに呼吸が合っていた。

少女になにが起きたのか

1

川と分譲地にはさまれた二車線は、簡易舗装が施されていた。雨上がりだがぬかるんでいない。それでも勾配のある道だから、風早はすぐに顎を出した。右の木橋を一本越えたあたりで、体力で上回る大杉に差をつけられてしまったが、それまで水音に邪魔されていた声が、はっきり聞き取れるようになった。

「だれかッ……誰かきてくれえっ」

宵闇(よいやみ)の漂うあたりに、人影はまったくない。

二本目の橋はコンクリート製だ。その袂(たもと)で大杉が声のありかを探してきょろきょろする。さいわい風早は、橋の真下に動く姿を認めることができた。

「大杉、下だ！」

川を見下ろす位置に白く塗られた鉄柵がつづいていた。古いものとみえ一部歪んだりペンキが剝げたりしている。分譲地側に立つ真新しい看板とは対照的だ。

　道から川へは石畳を敷いた急勾配だ。高低差は三メートル。ふだんは水位もずっと低く穏やかな川のはずだが、今日は荒々しく飛沫をあげていた。ときたま流れてくるのは、造成工事に使われたのか丸太や板や筵など、ぶつかられたら大人でも無事にはすまないだろう。

　鉄鋼の橋脚が二本、それぞれコンクリートの礎石に立てられていたが、それごと押し流す勢いで、みっつにわかれた濁流が猛然と駆け下ってゆく。

　流れに膝まで浸かりながらアロハシャツの男が、水に沈んだ礎石のひとつを足場に、危うげに立っていた。

　手前の橋脚を左手に保持して踏ん張っているが、いつ急流に体を持って行かれてもおかしくない。

　なぜ逃げようとしないのか、目を凝らしてわかった。

　男は流されかけた人の襟を掴んでいた。

　夕闇の橋の下だが長い髪が見える、女性だ。男は彼女を懸命に川から引き揚げようとするのだが、下半身はまだ水の中で、ともすると流れに攫われそうだ。男は死力をふるって、川に抵抗していた。

　風早が事情をのみこむより早く、柵を越えた大杉の長身が石畳を駆け下っている。橋脚まで二メートル余りだが飛び損ねた。間を走る急流に手を突いたとたん、体を裏返しにされた。激烈な水の勢いである。

全身水浸しになったが、大杉はめげない。

ひっかかっていた丸太を手がかりに立ち上がる。水は腰まできていた。

大杉に気づいた男は、必死に女体をそちらへ向けようとする。ぐったりした白い姿は、男と水のなすがままだ。

猿臂をのばした大杉が、彼女の腕を摑むことに成功した。

「スギ！　渡せ！」

ぎりぎりまで石畳を下りていた風早が叫ぶと、彼は渾身の力で女性をひきずり上げた。

流れに足をとられるのもかまわず、体をねじって彼女を風早の方に押しやった。

全身で受け止めたはずみに尻餅をつきながら、どうにか女性を石畳まで持ち上げることができた。

女——というより少女で、まだ中学生くらいだ。ぐしょ濡れの白いブラウスには青い水玉が散っていた。白い生地を透かして下着まで見えそうで風早は目を逸らした。

別荘住まいのお嬢さまが、誤って川へ落ちたのだろうか。

「うおっ」

頭上で大杉が突拍子もない声を張り上げた。

「ユイじゃないか！」

ユイ？

どこかで聞いた名前だが。

「医者を！」

悲鳴に近い声があがった。

丸太をたどった男が石畳にとりついていた。派手な染色のアロハ姿が見る影もない。日は落ちているのに、風早はこの男にも見覚えがあった——いや、後で思い返すと顔の輪郭くらいしか見えなかったから、思い違いかも知れない。

いずれにせよ男のいう通りだ。

「上で、車を捕まえよう」

「よし、手を貸せ」いいながら大杉が背中を向ける。

「おう」

髪からブラウスから水を滴らせる少女を抱いて、その背に乗せる。ショートパンツから伸びた足は若々しいが、気絶した体は石のように重かった。

「後ろ、頼むぞ」

「わかってる」

大杉と少女をガードして、石畳を斜めに登った。

石の縁が支えになって、思ったよりたやすく道まであがることができた。だが問題はそれからだった。

2

街灯ひとつない分譲地に家はない。車が一台停まっていたが人影はなく、タクシーを呼ぶにしても公衆電話がなかった。

「どうする」

困惑した風早の目の端に、喘ぎながら石畳をあがってくる男が見えた。

「この近くの方ですか！」

散歩中に少女の落水を見たのかと思ったのだが、男は首をふった。

「違います……」

抑えたような嗄(しゃが)れ声だ。どんなきっかけで少女を救おうとしたのか、事情を聞くのは後回しにして、はっと思いついた。

「『しろがね荘』だ！　あそこなら電話がある」

川に沿って走れば五分とかからず到着できそうだ。

「おう！」

少女を揺すりあげた大杉が、全身から水をふりまきながら走り出した。

追おうとした風早は、振り向きざま男に怒鳴った。

「この下にＣＨＫの寮があります！　『しろがね荘』、わかりますね？」

柵に凭れて力なく首を垂れていた男が、かすかにうなずいた。大仕事を果たして疲れ切っているように見えた。

「あなたもどうぞ、ごいっしょに！」

叫んだあとは全速力だ。少女をおぶった大杉を追い越しながら、

「一一九番、かけとく！」

「頼む……」

答えようとした大杉が二度三度と盛大にくしゃみした。全身川に浸かったのだから無理もない。夏でよかったと思う。

全力疾走でさすがに息が切れた。路傍にまた『しろがね台』分譲地の看板が立っている。その前でつんのめりそうになった風早は、後ろを見た。

思ったより近くまで、大杉が追いすがっていた。

（あれ……）

面食らったのは、身軽なはずのアロハの男の姿が、大杉の前にも後ろにも見えないことだった。

（どうしたんだろう）

途中でわかれる道はなかった。橋の袂から分譲地を横断する舗装道路はあっても、『しろがね荘』とは方角が違う。あの濡れ鼠でほかに行けるはずもない。軒を借りようにも家らしいも

のが皆無なのだ。

まごまごすれば、風邪をひくのが落ちだろう。

まるで幽霊みたいに消えてしまった……？

だが男の姿を探す暇はない。

思い直した風早は、再び全力で走り出した。

『しろがね荘』が建つ竹藪へ行くには、次の道を右折せねばならなかった。

3

見覚えのある京風のたたずまいが、風早を迎えてくれた。

上半分に風雅な格子を組んだ板戸は清潔だが、宿としてはよそよそしい。看板ひとつかかっていないけれど、これが『しろがね荘』の玄関であった。

寮を仕切るもとCHKマンの支配人としては、客に愛嬌をふりまくつもりなど毛頭ないとみえる。投宿する客はすべてCHKの関係者だから、わざわざ名乗る必要もないのだろう。銀座あたりの高級会員制バーどうよう、慇懃無礼（いんぎんぶれい）によそものお断りの姿勢であった。

とはいえ、CHKにご縁がある人といってもピンからキリまで存在する。

「看板もないって不親切ですわヨ！　おかげで私も迷ったし、あの子まで迷子なんですのヨ！」

語尾がピンとはね上がる独特な調子の女性の声を耳にしながら、風早は飛び込んだ。

帳場では役人めいた支配人と婦人客が、押し問答していた。若くはなさそうな女性だが、着ているものは若い。青い水玉模様のブラウスに既視感があった。

（あの子の姉さんか？）

いや、それより先に一一九番だ。

「あの、すみません、電話を……」

ゼエゼエと息を切らす風早は、濡れねずみのワイシャツ姿だ。支配人が眉をひそめた。さっきチェックインした客なのに、顔を覚えていないとみえる。

「なんだね、あんたは」

「いいから電話を貸してください！」

「ここは公衆電話ではありませんぞ」

「大至急だ、女の子が死にかけてる！」

腹立ちまぎれで誇張したその声に、爆発的な反応を示したのは婦人客だ。

「その子、なんて名前なのっ」

詰め寄ってこられてタジタジとした。意外に目尻の皺が深く、化粧も濃い。これで水玉は無理じゃないか……そこまで考えて、アッとなった。

あの少女の母親だ！

「名前はユイ……さんです」

「いやあッ！」

たちまち婦人が鬼女に化けた。

「ユイが死にそう？　あんた車で撥ねたのか！」

想像力が豊かすぎる。あわや食い殺されるかと思ったが、そのタイミングで大杉が板戸を蹴破る勢いで躍り込んできた。

「救急車、呼んだか！」

応じる暇もない、風早を突き飛ばした水玉女が、大杉にむしゃぶりついた。もちろん彼にではなく、彼がおぶった少女にである。

「ユイ！　ユイ！　ママですよ、しっかりして頂戴！」

鬼女が母親に豹変した。

少女ぐるみ全身を揺さぶられた大杉は茫然としている。脳震盪(のうしんとう)でも起こしたんじゃないか。本気で心配した風早は、突進してきた支配人にまた突き飛ばされそうになった。彼の怒声の標的は大杉だ。

「あんた！　ズブ濡れで玄関からはいっては困ります！」

お門違いな剣幕に風早も切れた。上京して以来、はじめてあげる大音声(だいおんじょう)で、

「デ・ン・ワだっ。救急車！」

やっと支配人も優先順位を理解したらしい、あたふたと、帳場備え付けの黒電話のダイヤル

を回した。

「もしもし、もしもし！」

ここで大杉が婦人に気がついた。

「えっと、降旗ユイちゃんのお母さんでしたね？　「夕刊サン」のパーティでお目にかかった、CHKの大杉です」

水玉女も我に返ったようだ。ユイごと抱きしめていた男から離れ、改めて相手の顔を見た。

「まあ……まあまあ、プロデューサーの大杉さまでしたわね。樽井瑠璃子(たるいるりこ)でございます！　その節は失礼いたしました」

それで風早も思い出すことができた。『星の寄生木』で、大杉と村瀬が交わした会話——錠前の相手役に予定されていたのがユイで「夕刊サン」の社長令嬢である。するとこのギラギラした婦人は、社長夫人というわけか。

風早自身「夕刊サン」紙から、連載小説を発注されている。してみれば瑠璃子夫人とユイ嬢は、スポンサーの係累であったのだ。

「救急車はすぐきますよ」

受話器を置いた支配人の口調はまだぶっきらぼうだ。

「それで奥さんは、どなたの口ききだね？」

チェックインするにはCHK職員の紹介者が必要だからだ。

「頼んだのは亭主だから、よし……なんとか仰(おつしや)る芸能局長さんでしょ」

瑠璃子夫人は軽くいったが、支配人は目を剝いた。

CHKの、という以上に芸能の分野で名士のひとりのはずであった。

「好川局長ですか！」

風早は失笑を抑えるのに苦労した。支配人の物腰が一八〇度急転回したからである。

「そうですよ。亭主のジャン友ですからね」

「おいあんた！」

支配人がわめいた。あんたというのは大杉のことらしい。

「救急車がくるまでの間、お嬢さんをそこのソファに休ませてあげなさい。……誰かいないのかね、気をきかせないか！」

暖簾で区切られた事務室に怒鳴った。

「ふだんからお客さま第一といっとるだろうに」

おそるおそる顔を見せた仲居を叱りつける。その声が刺激になったとみえ、ソファに寝かされた少女が、小さく声を漏らしてモゾモゾと動いた。

果然、瑠璃子は狂喜した。

どうもこの女性は情動過剰で、いちいち反応が大きすぎる。

「ユイちゃん、ママですよ！　気分はどうなの、どこも痛むところはないの、まあよかった！」

仲居にタオルで髪や顔を拭かれながら、ユイはまだキョトンとしていた。自分の置かれた状況がのみこめないようだ。長い髪は、はやりのポニーテールがほどけたものだろう。

迷子のリスみたいな少女を見て、風早は笑顔になっていた。

テレビ向きの新鮮で愛らしい容貌と肢体であった。渡米するのではぼくの脚本に出演できないけれど……。

仲居がユイを抱えるようにして立たせたのを、支配人が見とがめた。

「どこへお連れする」

「お風呂場ですよ。着替えしなくては」

「もう救急車がくるぞ」

「そのままでは風邪をひきますよ！」

風早が助言したので、支配人はしぶしぶ顎をしゃくった。瑠璃子も同感だったろう、風早に黙礼して、仲居の後を追いかけた。まるでみゆき族みたいに大きな袋を抱えている。娘の着替えがはいっているらしい。

ようやく帳場周りが静かになったと思うころ、玄関が開いた。

楚々とした雰囲気の和装の女性が現れた。

大杉と結婚した〝姫〟こと弥生である。涼しげな薄墨色の絽をみごとに着こなしていた。姫の異名にふさわしくキモノの似合う彼女なのだ。

「ごめんくださいまし、お電話しました大杉でございます！」

第一印象の楚々とは違って、スポーツ中継の女子アナみたいな勢いだが、目の前に立っている大杉を見て気勢をそがれた。

「あら日出夫さん、そこにいらしたんですか。海水浴でもなさったの、頭からびっしょり……イヤだあ、カツ丼さんもいたのね。アラごめんなさい風早さん、一別以来ですこと……なんだってあなたまでビッショリなのよオ……」

男ふたりがなにもいえないうちに、弥生はウフフと意味ありげに笑った。

それから玄関の外に立つ人影を手招きした。

「いらっしゃい。今更遠慮なさるなんておかしいでしょう」

女性がもうひとり、スルスルと土間にはいってきた。

満身に夏の日差しを浴びたような、真紅のサックドレスはもちろんミニだ。ボブヘアの下では、見覚えのある若い顔が微笑んでいた。露出した左の二の腕に、チョコンと抱っこちゃん人形を留まらせている。

「えっ、この人……」

勝利はたじろいで、それから固まった。

「エヘへ。弥生さんについてきちゃった。鶴田梅子でございます」

いつも『ニュー勝風』で見るときは、色気ぬきのワンピースに割烹着姿だったから、十代からの顔なじみでも女として意識したことがない。

それが、まあ。

三十路に手が届こうという風早勝利だが、女性については奥手であった。高校時代の痛烈な失恋が尾をひいているのか、年甲斐もない純情さを残していた。そんな男であってみれば、蛹（さなぎ）が羽化した蝶に度肝を抜かれるのも当然なのだ。

高らかにサイレンが近づいてきた――ようやく駆けつけた救急車に違いない。

熱海の夜が明けるまで

1

どぼどぼと惜しげもなく湯樋から温泉が注がれている。

檜の大型浴槽の縁に、風早は大杉と頭をならべていた。大杉ほどではないが風早もビショ濡れだったから、食事の前に風呂を弥生にすすめられたのだ。

娘に付き添った瑠璃子が救急車に同乗して病院に去ると、『しろがね荘』は嘘みたいに静かになった。もっとも今夜は団体のキャンセルがあったとかで、客は風早たち四人、瑠璃子・ユイの親子連れと、二組だけだ。

「着物姿はいいもんだ……」

風早が呟くと、大杉が首を回した。

「弥生か？　きれいになっただろう」

もう惚気（のろけ）かよと睨んでから、天井を仰いだ。

立地が半端で海の眺望がない代わり、男女にわかれた大浴場は豪華な内装であった。こんな趣向は洋風のホテルにない。まさしく熱海だ。傘状に造られた檜の天井の中心へ向かって、面白いように湯気がぬけてゆく。大小の湯船を備えた一〇坪ほどの浴室は、適度にこもった湯気で山水画のようににじんで見えた。

遠くから水音が響き、女ふたりの笑い声が流れてくる。ずっと向こうのようでいて、実際には隣り合っている婦人浴室からだ。それだけ隔てる板壁の造作がしっかりしているのだろう。

なんだか前にも、こうしてふたりで湯に浸かっていたような気がする。そう……そのときもやはり、隣り合った浴室で女の子たちが跳ねる湯の音と笑い声を聞いていた。

ブルンと顔をひと撫でして、風早はいった。

「彼女がきれいなのは高校のころからだ。ぼくがいうのは、梅子だよ」

そういってやると、大杉が食いついてきた。

「そうかい、そうかい」

「二度もいうな。魂胆は見えてるんだ」

「なんだよ魂胆って」

まだとぼけてやがる。

ザバリと湯音をたてて、風早は親友を睨みつけた。

「ぼくと梅子をくっつける陰謀だ。プロデューサーは姉ちゃんだろう！」

大杉は悪びれもしない。

「わかってるじゃないか、カツ。撫子さん、本気で心配してるんだぜ。弥生からずいぶん聞かされた」

「ああ、きみの奥さんと姉ちゃんは、けっこうウマが合ってたからな」

「級長が東京へ嫁に行ったとき、あんたの姉さん、目に見えて落ち込んだらしい。お前にとってはかすり傷かも知れないが」

〝級長〟は風早たちの高校時代のクラスメート、神北礼子のあだ名である。

彼女の意中の人は風早で、姉の撫子としてはふたりが結ばれることを願っていたらしいが、あいにく弟の気持ちは別の少女に向けられていた。

結果は風早の華々しい失恋に終わったが、心機一転して新しく恋人を探すほど器用ではなかったし、礼子にしても彼の失恋にかこつけて迫るのは、自分の美意識が許さなかったのだろう。

両親を亡くしひとりになった〝級長〟は、結婚して伊地知礼子となり東京に出た。一児の母になったと知るだけで、その後の消息は大杉の方が詳しかった。

母親以上の気配りが得手の姉にとって、独身のまま作家生活に入った弟が、危なっかしくて見ていられないようだ。

その気持ちは当の風早にもよくわかる。

いずれ見合いをすすめられると思っていたら、顔なじみの梅子がストレートに現れたのには驚いた。

そもそも梅子はぼくをどう思っているんだ?

「……で、お前さんとしてはどうだよ」

大杉がずいとこちらに顔をのばす。

「梅ちゃんがイヤか？」

「……」

「彼女は子どものころずいぶんと苦労した。ということは、だ。売れない作家の貧乏所帯にビクともしないということった」

大杉はつづけた。

「それに俺は、酔った梅ちゃんの言葉を聞いてる。すぐ近くに好きなひとがいる。でも全然私に気がつかないって」

正直なところギクリとした。

いったんズブリと鼻の下まで湯に沈み、また顔をあげた。

「……それがぼくだって証拠はあるのか」

「馬鹿野郎！」

大杉がバシャッと湯をたたいたので、飛沫がおでこまで飛んだ。

「ミステリじゃあるまいし。情況証拠だけで真相を摑めよ！　まったく男は女の気持ちがわかってない！」

お前だって男だろ。そういいたかった風早の口に、お湯がまた跳ねた。

2

「まあ、そんなことを日出夫がいいましたの。チャンチャラ可笑しいですわね」

アジのたたきを口にしながら、大杉弥生が笑った。亭主は憮然として、コップのビールを呷っている。

「自分だって男なのにねえ」

風早が思っていたことをいって、弥生は隣の梅子の反応を窺っている。

旅館ではなくCHKの福利厚生施設だから、料金がべらぼうに安い代わりに人的サービスは充実にほど遠い。旅館なら当たり前の部屋食もさせてくれず、供食はすべて食堂というのが決まりであった。大杉の話だとCHKでは人件費削減を時代の先取りと胸を張っているそうだ。それが本当なら、未来はずいぶんドライな世界になりそうだ。

食事も座卓ではなく、四人がけのテーブル席である。献立は熱海らしく豪華な海の幸だけれど、最初にドカンとフルコースをならべたきりで、追加の酒でも頼まないかぎり仲居が顔を出す気配はない。

卓上にはカンパチ、タチウオ、メバル、ヒラメ、マダイとよりどりみどりの新鮮なお造りが舟盛りされ、中央で主役然としたイセエビはさっきまで長いヒゲをふるわせていた。

考えようによっては、このほったらかしサービスは気楽ともいえる。ほかに客もいないので、弥生はすっかり太平楽を決め込んでいた。

寝間着も浴衣ではなくパジャマだった。風早は着慣れない上下が身につかずもぞもぞしているが、ルーズに袖を通した弥生は上着の裾からおへそが覗きそうで、男たちをハラハラさせていた。

「梅ちゃん、なにかいうことございません？」

じれったそうに催促しても、梅子は黙々とお猪口（ちょこ）を口にあてるばかりだ。風早となると正面に座った梅子をちらちら見るだけで、あとは機械的に杯を空け、おつくりを口にいれ——その繰り返しであった。大杉夫婦でなくてもじれったくなる。

商売柄梅子が、四人の中ではいちばん酒が強い。二番手は大杉、大きく水をあけられて風早という順番だ。下戸のはずの弥生が、一番の大酒呑みに見えるのはふしぎだ。

「梅子ちゃん、なにか仰いよ。私は勝利に酋ったけとか、あなたは月々いくら稼いでるのとか」

そこまでいわれて、ようやく梅子が顔を持ち上げた。ほんのり赤いのは酒のせいか話題のせいかよくわからない。

「あのねえ……カッちゃん」

風早はビクッとしたように彼女を見る。

「な、なに」

「ひとつ確かめたかったことがあるの。いい？」

「ああ、いい」

「神北、今は伊地知礼子さん。カッちゃん、なんにもなかったの？　これからも？」

直球の質問だったから、いささか風早は憤然とした。

「なかった！　……ない！」

梅子は目に見えてホッとして、弥生を苦笑させた。

彼女も大杉もおなじクラスにいたからよくわかる。〝級長〟こと礼子には気の毒だが、ついに彼女の片思いに終わっていた。だが彼が過ごした学園生活を知らない梅子には、はっきりしたことはわからないのだろう。

「心配いらないよ、梅子さん」

口についた泡をキュッと拭って、大杉が断言した。

「あの人にはもう大事な息子がいる。高校生のころのことは遠い日の夢なんだ」

やや意外げに梅子が尋ねた。「大杉さん、坊やに会ってるんですか」

「何年か前――まだ赤ちゃんのころだがね」

笑いながら弥生がつけくわえた。

「礼子の赤ちゃんね、テレビに出てるのよ。森繁さんの孫という大役で」

「えーっ。モリシゲってあの森繁久彌ですか！」

たちまち本音を晒した。一皮剝けば梅子は筋金入りのミーハーだ。今回弥生に同行するきっかけとなったのも、帝都の大スター伊達虎之助のお別れ興行のチケットを、いっしょに予約したからだ。もっとも梅子は伊達のファンではなく、久々に客の前に姿を見せる五寸釘の龍こと伊丹龍三郎がお目当てだった。

森繁の孫を〝級長〟の息子が演じた話は風早も初耳だった。

「どんな番組だった」

「その年の芸術祭参加ミュージカルだ。『それでも星は生れる』……高島忠夫や野添ひとみ、楠トシエ、ダークダックス、フォー・コインズ、多士済々の出演だぞ。井上プロデューサーについて、俺がＦＤについたんだ」

「すごーい」梅子は無邪気だが、スタジオを知る風早は怪訝そうだ。

「しかしナマ放送なんだろう」

「そうだ。ビデオはまだ影も形もなかった」

大杉は渋い顔になっている。

弥生も詳しい話は聞かされていないようだ。

「赤ちゃんなんて児童劇団にだっていないわね」

「当たり前だ。生き物を専門に貸し出す店ならある。大須賀鳥獣店といって、そこで借りたネコを本番直前に逃がした小道具係がいた。ネコの奴、セットに組み込んだ山台へ隠れちまった」

「まあ大変」

「それでどうなったんですか」

女ふたりは興味津々である。

「いくら餌で釣っても出てこない。困っているうちに、放送時間がきた。仕方がないから、ネコは録音の鳴き声だけでごまかした」

「あらよかった」

「よくないんだ、それが。ネコが隠れたセットでラブシーンがはじまったら、ネコが鳴きだした。『あなた……』女が男にすり寄るとニャー。『お前』男が女をかき抱くとニャー。ナマで芝居してるから、マイクは殺せない。さかりがついたようなネコの声を伴奏にして、愛するふたりは結ばれちまった」

　女たちは笑い転げたが、風早はまだ気になっていた。

「それで、赤ちゃんはどうなったんだよ」

　しぶしぶ大杉が話した。「ドラマの最中でさ。森繁さんに抱かれたまま、火のついたように泣きだした……芝居そっちのけであやすんだが、泣き止まない。とうとう森繁さん、奥さん役の沢村貞子（さわむらさだこ）さんに赤ちゃんを押しつけた」

「うわあ……大変だ」風早は天を仰ぎたくなった。

「大変だよ、芸術祭参加だもんな。あのときの〝級長〟の顔、見ていられなかったぞ。二度ともう赤ちゃんをテレビに出すまい。内心でそう誓ったね。そんな俺を見ていた黒柳徹子（くろやなぎてつこ）が俺の子どもだろうというんだな」

「まあ大変」

　梅子はケラケラ笑っているが、弥生は真面目な顔つきになった。

「黒柳さんて、『ヤン坊ニン坊トン坊』に出ていた……」

「そうだよ、東京放送劇団の。おしゃべりだもんでチャックとあだ名がついた。チャック、口を締めろ！　しょっちゅう叱られてる」

「美人さんですわね。その人が仰ったの？　日出夫の子どもだって」

「おいおい、それはチャックの冗談だって！」

あわてる大杉が可笑しくて、風早は大笑いした。

どうやら酒は呑みきったらしい。彼の倍のペースで呑んでいた梅子もトロンとしてきた。目元がうるんで色っぽくもある。

風早は本気で考えはじめた。押さえてある客室は二間だ。どちらもツインベッドで、和室ではないから収容できるのは二人ずつに決まっている。

ぼくは今夜、梅子とおなじ部屋で眠るわけだ……。

わかりきった事実を再確認しながら、彼女を見た。いいタイミングで梅子も顔をあげた。頰にさした朱の色がほんのりとなまめかしく、臆病で正直者の風早勝利は、呑んだアルコールが下半身で暴発する錯覚にとらわれた。

思いがけぬ欲情のたかまりにギクリとしたとき、

「ごめんくださいまし！」

カン高い声の主が、足早に食堂へ出現した。

「お寛ぎのところまことに申し訳ございませン！」

語尾のアクセントが特徴の、ユイの母親——樽井瑠璃子であった。

ドカンとテーブルの上に一升壜を載せたと思うと、その姿が風早から見えなくなった。なんと彼女は床の上に平伏していた。すぐ隣で目撃した弥生によれば、

「あのおばさん、ほんとうに額を床へすりつけましたのよ」

だそうである。

「娘の命を助けていただき、まことにありがとうございました！　先ほどは事情もわからぬまま、失礼を申し上げまして！」

四人は茫然とするばかりであった。

3

それから当分は瑠璃子の独壇場となった。

「……しろがね川の川上に、堀内先生のスタジオがございますの。アメリカに行けば当分お目にかかれませんので、親子でお別れのご挨拶に伺いましたのよ」

その事情は風早も『星の寄生木』で聞いている。ただし親子が迷子になった経緯はわからない。

原因は瑠璃子の極端な方向音痴にあった。

川沿いをダラダラ下りれば、泊まりを予約したＣＨＫの寮に着くと聞き、親子は先生のもと

とも聞いていた。
を辞去した。『しろがね荘』に向かう横道には、分譲地の大きな看板があるからすぐわかる、

実際はおなじ看板が二カ所に立っていたのだが、そんなことは知らずに看板を見つけて、橋の袂で右折しようとした瑠璃子は娘と言い争いになった。

「この先に家なんかないわ」

ユイが言い張る。なるほど目にはいるのは、分譲地の雛壇の蔭に停まった車一台きりだ。保養所どころか犬小屋の影もない。

だが瑠璃子は、こうと決めたら突っ走るタイプのようだ。

「だってホラ、目印の看板はここにあるでしょ」

もめたあげく、ユイを袂にのこして様子を見てくるといい、川から直角にわかれた道へ入った――のはいいが、いくら歩いても屋根ひとつ見えてこない。尋ねようにも人影がないから、うろうろするうちみごとに迷った。

「CHKがいけませんよ、『しろがね荘』の案内図ひとつないんです!」

力説されたが、CHK職員の大杉だって困る。

仕方なくユイが待つ橋の袂にもどろうとして、もどれなくなった。筋金入りの方向音痴に全員が呆れた。

やがてだしぬけに『しろがね荘』の前に飛びだしたというから、それでやっと風早の知る押し問答の場面につながった。

ではひとりのこされたユイは、なぜ落水したのだろう。

救急車で病院に運ばれたときの少女はまだ夢うつつで、事情を聞くのも憚られる状態であったが、きれぎれな言葉を瑠璃子が聞いていた。

「原因は月光仮面でしたのよ！」

はあ？

また全員ポカンとなった。

「ご存じありませんの、テレビ映画の……CHKではないんですが」

いや、CHK制作のテレビ映画でなくても『月光仮面』ならみんな承知している。梅子が代表した。

「あのターバン巻いてオートバイに乗ったヒーローのことかしら。ホラ……」

今にも歌いだしそうだ。

「それですわよ、そのお面をかぶった男が、看板に隠れていましてねえ」

説明があちこち飛ぶのでわかりにくいが、つまりこういうことらしい。

母親を待っていたユイが、草むらを踏む音に気づいて看板を見ると、なに者かが潜んでいた。看板の蔭になってよく見えない。

「誰！」

叫ぶとそいつが顔を出した。月光仮面のお面をかぶっている。川を背に立ちすくむ少女に向かって手をのばしてきた。

「ユイの首を絞めるように、こう両手をぐーっとのばしましたのよ！」

ゼスチュアまじりに語る彼女はもう立ち上がっていたから、本当に首を摑まれそうになって弥生が悲鳴をあげた。

「ええ、そんな悲鳴をあげましてね、ユイが後退りしましたの。とたんにグラグラっ……天地が逆さまになったんです！」

つり込まれて椅子ごとひっくり返りかけた弥生を、梅子が支えた。

「それでお嬢さまはどうなさいましたの？」

「……わかりません」

「へ？」

思わず梅子は間抜けな声を出してしまった。

「気がついたときは、ここのフロントの天井を見ていたそうですわ」

その間ユイは気絶していたのだ。

やっと順序がのみこめてきた。

月光仮面から逃げようとしたユイだが運悪く、背後の手すりが壊れていたらしい。支えをなくした少女は急斜面を転げ落ちて落水したのだ。

大杉が風早を見た。

「ユイを助けようとしていたあの人物が、月光仮面なのか？」

もちろんそのときはもうお面をつけていなかった。

眉を寄せて思い出しながら、風早が口ごもる。

「自分のせいで、女の子が川へ落ちた……だから救おうとした……のかな？」

「確かにあの男は、必死で助けようとしていたぞ。だがそれだけでは月光仮面の説明がつかんだろう？」

指摘はもっともで、大杉は言葉をつづけた。

「……万一顔を見られたときの用心に、あらかじめお面をかぶっていたと考えてはどうだ」

なるほどと風早はうなずく。

「するとあの人は、もともと彼女の後をつけてきた？」

弥生がけたたましく賛成した。

「きっとそれ、ユイちゃんのファンだわ、追っかけですわよ！　顔を見られては恥ずかしいから、お面を用意しておいて」

ブームの月光仮面のお面なら、温泉街の駄菓子屋でも簡単に手にはいるだろう。梅子が同調した。

「それならわかるわ。弥生さんが伊達さんの、私が龍さんのファンみたいにね」

突然あがった名前に、瑠璃子が強く反応した。

「リュウ……龍って仰ったわね、あなた」

「ハイ、五寸釘の龍ですよ、伊丹龍三郎。わたし彼の大ファンなんです」

再度その名を聞いたときの瑠璃子の表情を、風早はしばらくの間忘れることができなかった。

ふだん感情を放し飼いにしている彼女が、このときばかりは違ったのだ。激発する思いを抑えこむ渾身の努力が、頬の痙攣(けいれん)でありありとわかった。

梅子はしゃべりつづける。

「敵の脾腹(ひばら)に五寸釘をたたきこむ手際、すてきだもの！　あの動きコマ落としでもなんでもなく、龍さんが本当にあの素早さで動くんですって。だから相手も刺されたことさえ知らずに歩いて、それからドンと倒れるのね。わたし、名古屋で見てきたんですよ。ファンの集いにぎりぎりまで粘って、それから〝やましろ〟に飛び乗ったんです……あら。どうかなさいまして、奥様」

梅子が言葉を切ったとき、瑠璃子の思いがわずかに口を衝いて出た。コップいっぱいに注がれた水の最後の一滴が、表面張力をやぶって滴り落ちたかのようだ。

「まさか赤坂(あかさか)！」

――え？

四人の視線が自分に集中したと知り、瑠璃子は狼狽(ろうばい)している。

「ごめんなさい、コレ妾(あたし)の若いころからの口癖で……ハイ！」

なんの脈絡もなく、彼女は卓上の一升壜を持ち上げている。

「どうぞ大杉センセ、おあがりになって」

強引に突き出そうとして栓のままと気づき、それをすぐ自分の道化ぶりにしたのは年の功というべきか。

「まあ妾ったらオバカさんですこと！　ごめんなさいね。風早先生もコップが空いていますわよ、さあさあさあ」

行き掛かり上コップ酒となった風早は、たちまち体内の酒精度が上昇したが、梅子ときたら舌なめずりしている。

下戸の弥生を除く三人に矢継ぎ早にすすめたと思ったら、瑠璃子は唐突に叩頭した。

「では妾はこれで……ユイが寂しがっていると存じますので」

つむじ風のように去ってしまった。とうとう椅子に座る仕種さえ見せなかった。

おいてけぼりの四人は面食らったままだ。

けっきょく月光仮面の正体はどうなった？

コップをテーブルにもどして、大杉がぼそぼそといった——。

「あの男……なんだか見覚えあったんだよなあ。ユイちゃんを川から引き揚げた、そのときの体の捌き方がさ。ひょっとしたらあれは帝都映画の任侠もので、伊丹龍三郎の殺陣の型じゃなかったたか？」

4

（ええっ）

飛躍した大杉の指摘に、風早はついてゆけない。弥生が口をとがらせた。

「そんなの無理ではございません？　樽井さんが龍の名前を仰ったから、日出夫までつり込まれたんですわよ」

「そうかなあ……だが確かに見覚えのある男だった。どう思う、風早」

「ウン……」

白状すると風早も、あの人物にはひっかかるものがあった。

（だがぼくは、大杉ほど映画を見ていないからな……）

「そんなはずないと思うけど」

梅子がいいだした。

「考えてみて。弥生さんと私が会場を出たとき、龍さんはファンにサインしていたでしょう」

「ああ！」

弥生も思い出していた。

「そうですわね。それから私たち走って駅にたどり着いて」

「〝やましろ〟に飛び乗ったんだもの。龍さんは乗れっこないんだし……でも月光仮面は、私たちが『しろがね荘』に着くより早く現れてるわね。まあ私たちは熱海に着いたあと道草を食ってるけど……それにしても月光仮面が龍さんだとしたら、間に合うような電車があったのかしら」

鉄道ファンの面目にかけて風早は考え込んでいた。あのとき時計を確かめたのが、今になって役立っている。

（つまり月光仮面は、しろがね台分譲地に一六時三〇分……遅くとも四〇分には現れているんだが……）

テツの思考は風早に任せて、大杉は感心するだけだ。

「梅ちゃん回転が速い！」

指を鳴らすとパチンと冴えた音が出た。リハーサルではカット割に合わせて指を鳴らすそうだ。

「ここでAカメラが引く」パチン。

「はい、Bさんでアップ」パチン。

恰好いいだろうな。指を鳴らそうとしても掠るだけの風早では、テレビのディレクターなんか務まらない。

「カツ」

大杉が質問してきた。

「名古屋駅で〝やましろ〟が出たあと、東京行きの特急はあるか」

直後に急行〝桜島〟があるが不定期で、今日は走っていない。〝霧島〟になると一時間以上後だから間に合わない。そこまでは大杉も、ツマの列車を手配したとき記憶していたから、特急なら追いつくかと思ったのだ。だが風早はかぶりをふった。

「そんな特急はないよ」

適当に答えたわけではない。寝台特急なら〝あさかぜ〟〝はやぶさ〟〝さくら〟〝みずほ〟と轡をならべているが、昼間の東海道本線の特急は意外に少ない。充実した急行列車網に押されて、〝つばめ〟〝こだま〟〝ひびき〟などがあるにせよ、〝やましろ〟に追いすがって熱海に到着する特急は皆無なのだ。特急〝はと〟は時間がズレており、そもそも熱海は通過駅だった。

「そうか。じゃあこのセンはなしだ」

大杉はあっさり諦めた。月光仮面の正体は、たまたま通り掛かっただけの人なのだろう……。

だが風早には、まだひっかかる点があった。

(あの人はどこへ消えたというんだ)

全身ずぶ濡れであった救い主の行方。疑問はのこされたままなのだが、ほかの三人の間ではユイ親子の話で持ちきりになっていた。

「苗字が違っていますのね。降旗さんと樽井さんと」

弥生の質問に大杉が即答する。

「ユイは芸名だよ。母親の実家の苗字をもらってる。本名は樽井結子のはずだ」

風早を振り向いた。

「お前、親父の樽井建哉氏に会ったんだろう」

「『夕刊サン』の社長か。会ってる」

一流にはほど遠い「夕刊サン」だが、連載小説をまかされるとあって風早もやる気満々だ。懸案のテレビスタジオ密室殺人をブチかまそうと、トリックを練っている最中であった。

だから社長に〝引見〟されたときは、けっこう緊張した。

若いころは毎朝のように銀座でランニングしていたというが、現在の樽井は糖尿で入退院を繰り返す貧相な男で、ユイとは似ても似つかない。彼女は完全に母親似なのだ。

「瑠璃子さんみたいなのをステージママというんでしょう、ギラギラしてる。娘可愛さは本物でも、あまりおつきあいしたくないおばさんだわ」

忌憚(きたん)なく批評しながら梅子は、そのおばさんが持参した酒を本腰いれて呑んでいる。はじめ赤かった顔が今は青ざめて見える。自分の酔いを棚にあげて、風早は心配になってきた。

「梅子、大丈夫か」

声をかけると、彼女はニーッと白い歯を見せた。

「心配してくれるのオ？　うれしいなあ。カッちゃんて推理小説のことしか頭にないヒトと思ってた」

「ま……まあね。それはそうだけど」

もつれ気味の舌で応じたら、弥生に叱られた。

「そういうときは、キチンと否定なさるのがよろしいの。小説なんかどうでもいい、ぼくはきみが心配なんだ！　嘘でもいいから仰るものよ」

弥生こそ一言多いが、それにしても風早はシュンとした。

高校のころ破れた初恋を思い出したのだろう……そういえばあのときだってぼくは、彼女に「好き」という言葉ひとつかけなかった……だが今は！

シラフでは絶対にいえない言葉が口をついて出た。

「じゃあ梅子、きみが好きだ」

梅子は吹き出した。「そこで『じゃあ』っていわないよ、普通」

「ごめん、いい直す。殺人犯より梅子が好き！」

弥生や大杉まで笑いだしたから、風早はくさった。そんなにおかしなことを口走ったかな。舌ばかりか頭の中まで呂律が回らなくなっていた。

さいわい梅子も似たようなものだった。

「アラそんなの口ばっかり。情況証拠じゃ犯人は自白しませんよ」

えっ。彼女がミステリ用語を使うとは思わなかった。推理小説を読んでるのか？

「なによその顔！　私だってミステリくらい読みますよ。『宝石』のカッちゃんの小説も読ん
だわよ、おもしろかったわよ、お世辞ですけどねっ」

ムカッときた。褒めるなら正直に褒めろってのに！

「こいつ」

腕を摑むつもりで空を切ったが、二度目には手首をつかまえた。

いつの間にかふたりとも立ち上がって、顔と顔を向かい合わせている。

「こいつなんて名前じゃありません」

「だったら鶴田さん」

「梅子でいいの！」

今度は彼女の方から摑みかかった。まるきり子どもの喧嘩だ。どちらの肘がふれたのか、がちゃんと卓上の小鉢が音をたてた。

「おっとと……部屋に、行こう、梅子」

「部屋ってどこよ。連れてってよ」

でれーっと凭れてきた。

そんな彼女を支えてやった。なんだキミだって酔ってるじゃないか。

ろーかへでたらゆかのPたいるがぐにゃりぐにゃりとゆがんでみえた。なんだよろーかおまえまでよってるぞ。ふりむくとすぎとひめがわらっててをふって「がんばってー」なにをがんばるんだよ。うわ。

ゴチンと音がして目から火が出て、我に返った。

柱におでこをぶつけたのだ。そんな風早を、梅子が力ずくで引っ張った。

「そっちじゃないわ。このドアの中よ、私たちの密室は」

5

それから後は覚えていない。

交わした会話の断片を次の日梅子に聞いたものの、ミステリべったりの殺伐とした内容だった。この年になっても高校のころのまんまだ。これじゃあ女を口説くどころか、ベッドにも敷居が高くて入れない。女で書けるのは殺す場面くらいだ、あーあ。

泥酔した風早はわめいたらしい。

「『夕刊サン』に密室殺人を書く！　王道のミステリだ！」

梅子は母親みたいにあやしてくれたそうだ。

「ハイハイ、カッちゃん、たくさん殺してね」

「そんなに殺すもんか、ひとりだけでいい」

「それだけ？　連続殺人の方がハデなのに」

「ハデやジミの問題じゃない。長編で殺人事件が一度きりなんて効率がわるいという読者に、ぼくはいいたい！　目に見えない喫水線の下で、作者と読者がどう智恵比べするか、そのプロセスを楽しむのがミステリだ。バーゲンの特価商品じゃないっ」

「あらミステリだって商品よ。誰も買ってくれない本は本といわないの。紙屑というの」

「そうだ、ミステリは買われて読まれて、そこでようやく完結するんだ。だから死体の数が問題じゃない、読者の数こそ問題だ！　ああ、売りたいもっと売りたいどうすれは売れる？」

「ヤだなカッちゃん、酒のおかげでやっと本音なの？　キミ気が小さい」

「気は小さい、夢は大きい！」

「そうよね、大きな密室をつくるのね」

「つくってみせる！　四五坪の完璧な密室！」

「アラ、坪数まで決まってるんだ。やっぱり針と糸でつくる密室殺人かしら」

「針と糸？　シンガーミシンじゃあるまいし、絶対に出入り不可能、鉄筋コンクリート製の密室、自殺でもなく事故でもなく、犯人が正真正銘の殺人をやってのけるんだ、凄いだろう」

「すごいすごい真鯉緋鯉。よくそんな密室百パーセントの殺人を考えついたわねえ。ヨッ天才！　乱歩賞！」

「まだ早い！」

「どうして」

「トリックができていない！」

「馬鹿」

梅子に枕をたたきつけられたときは、もう風早は、自分のベッドに突っ伏していたというのである。

どうにか目をあけたとき、彼の視界を占領していたのは、黒くて丸くてスベスベした顔であった。

風早が目をパチクリすると、相手は黙ってウインクした。

（ウィンキー！）

彼女がチェックインしたとき、腕にしがみついていた抱っこちゃん人形だ。風早が体を起こすと人形越しに、隣のベッドで寝息をたてる梅子が見えた。

お仕着せのパジャマはピンクのストライプだ。サイズが小さくて腕も足も剝き出しになっている。胸元のボタンが外れて、ふたつの白い丘のすそ野が一望できる。

ムラムラときた。

人形を放り出してにじり寄る。ハリウッドツイン形式というのか、ふたつのベッドは間隔をあけずにならべられていた。

梅子はまだ目を閉じている。小さく開いた唇の間から、舌の先が覗いていた。オオ、可愛い。

隣に移動して真上から顔を覗きこむと、ベッドがいっそう大きく揺れた。気がつくと梅子が目を見開いてまじまじと風早を見上げていた。

恥ずかしそうな表情が、すぐ気持ちのいい笑顔にすげ変わった。

「オハヨ」

その変化がメチャクチャに愛くるしくて、ものもいわずに顔を寄せたが、梅子は逃げない。たちまち唇同士が貪り合った。

風が出たとみえ、窓に被さる竹の影がサヤサヤと震えた。

熱海の朝がはじまっていた。

やがて死ぬと知らぬ少女は歌うで章

さまようイメージ

1

暑さ寒さも彼岸までというが、今年の秋はせっかちだった。

三角に切り揃えたサンドイッチそっくりの日比谷図書館を出た風早の肩を、霧のような雨が濡らした。

傘は持参しなかったが、走り出すほどの降りではない。

『精養軒日比谷店』なら目の前の富国生命ビル地階にある。上野に本店を置く名代のレストランなので、風早には荷が重くてめったに行かないのだが、午後のこの時間ならティータイムだ。

今日は一兵をまじえて最初の美術打ち合わせである。いつものＣＨＫの食堂やスタジオ二階のラウンジでは、雑音が多いからと大杉が選んだのだ。

美術担当は、制作進行兼務で那珂一兵に決まっていた。

久々に会った彼は、貫禄もおなかの肉もついていたが、それ以上に目立つのが顔の下半分を覆うひげであった。

髭と書いては校正さんにエンピツをいれられる。『星の寄生木』のマスターみたいに、鼻の下に蓄えられてよく手入れされたのが〝髭〟だ。だが一兵は鼻下だけではない。頰の髯、顎の鬚とモシャモシャ生え育っていた。原因は剃るのが億劫だったからだそうだ。ついでなので年内いっぱい繁らせるという。

肩を濡らして道を渡ろうとしたら、信号が赤になった。

信号待ちの短い間に、風早は読んだばかりの『宝石』誌の作者の名を次々に反芻、記憶にとどめようとしていた。

鷲尾三郎、氷川瓏、香山滋、白家太郎……あ、多岐川恭に名を変えたっけな。

「イヤ！」

不意に小声だが、錐のように鋭い女の口調が耳を刺した。

反射的に振り向いたが、隣に立つふたりは傘に隠れて顔が見えない。黒とオレンジ色が並んでいた。

「だってみはるちゃん、ボクは」

「ちゃんなんかつけないで！」

糸みたいに頼りない男の声に比べると、女性の声はまるでワイヤーだ。年齢不詳の彼女はその鋼線を容赦なく振り回した。

「男の泣き顔にゾッとしたから、寝てやったんだ」

驚いた風早の脳内から、『宝石』常連作家の名が吹っ飛んだ。昼下がりの日比谷で聞く言葉とは思えない。

「なのに待ち伏せなんかしやがって。あたしはこれからリハーサル。あんただって仕事があるんだろ！」

信号が変わるとすぐオレンジ色が飛びだしたが、もう一本のコウモリ傘は硬直していた。後ろにいた青年が舌打ちして、黒い傘をすり抜けていった。

急ぎ足で渡りながら、風早は聞いたばかりの会話を復唱する。

リハーサルといった。ＣＨＫに向かったのか、芸能人かな。

ふりかえると出遅れた黒い傘の主が、大慌てで渡ってくる。短気なタクシーに警笛を鳴らされ、あわや転倒寸前であった。

苦笑した風早は、もう富国生命ビルにたどり着いていた。

地上からじかに地階へ下りる階段が用意されている。店を俯瞰（ふかん）できる踊り場で左右に屈曲して、客の動線を捌（さば）いていた。踊り場から見下ろしてすぐわかった。斜め下ほぼ正面で、大杉が手をあげている。

地階の店だが天井が高く落ち着いた内装で、席をしきる衝立越しに見える客の頭は数えるほどだった。

四人がけの席で大杉と向かい合っていたのが、那珂一兵である。発展途上のひげ面でも、人当たりのいい笑顔を見せてくれる。

スタジオから直行したとみえ、この店にそぐわない作業用のジャンパーを羽織っているが、ふしぎに彼はどんな恰好をしてもその場にしっくりときた。

短い契約期間内でぎりぎりまで酷使される一兵は忙しい。それも大杉のプチミスでは特例として、制作進行まで務めてくれるというから、風早は大船に乗った気分でいた。

脚本脱稿後に、風早がＣＨＫ界隈にきたのははじめてだ。

一通り挨拶を交わすとすぐ、気にかかることを尋ねた。

「配役はどうなった」

大杉のイメージは熱海に出かけたとき聞いている。だから一番に知りたかったのだが、大杉は軽く首をふった。

「ダメだった」

「ダメって、越路さんが?」

「いや、みどりちゃんも、原さんも」

「えっ、全滅なの」

「舞台とロケと民放のドラマ。みんなぶつかっていてＮＧ」

これは正直なところショックだった。売れっ子たちには違いないが、ひとりくらいなんとかと思っていたのに。

「じゃあ、どうするんだ」

平気な顔で大杉は答えた。

「そこはプロデューサーの俺に任せとけ」

「錠前さんの相手役はどうなった」

ふたりが熱海で助けたユイは、あれから東京へ転院したものの高熱で一週間寝込んでしまった。その結果、渡米の機会を失ったという。もともと彼女の希望で伝を求めシカゴ在住のバレエ教師に弟子入りするはずだったが、ブランクの間に別口の女性に攫われたという。

「けっきょくユイちゃんは、日本に残っているんだろう。それならプチミスに予定通り出てもらえば……」

瑠璃子のステージママぶりは嬉しくないが、最初に大杉が目をつけた少女なのだ。風早は友人の鑑識眼を信頼していた。

だが大杉はあっさりと答えた。

「そうはゆかん。次の候補を交渉してすぐOKが出た後でね。ユイはツキがなかったよ」

「代わりの子がみつかったのか」

「ああ。機会があり次第出てほしかった子なんだ」

「俺が知ってる役者?」

プリントされた台本をめくっていた一兵が、顔をあげた。

「先週の『歌のアルバム』に出た子だね。中里みはる」

「歌手なのか」

意外な気もしたが、大杉の所属は楽劇課だから、歌って踊って芝居のできる新人に目をつけていたのは当然だ。テレビ時代である、歌さえうまければルックスは二の次という、そんな生易しい芸能界ではなくなっていた。

それについてはすぐ納得した。だが同時に、〝みはる〟という名前がさっき聞いたばかりであることに思い当たった。

（もしかしたら、あのオレンジ色の傘の主？）

大杉は一兵と会話をつづけていた。

「『アサヒ芸能』という週刊誌がある。誌上で毎週新人歌手の人気投票をやってる。ライオンレコード専属の彼女が、ジリジリ票を集めて、先週ついにベストテン入りした」

「やはりそうか。あの歌番はオレの美術だった。夜の岸壁をバックにタバコをふかして歌った。CHKに珍しく頽廃的でいいムードを出してた……彼女なら芝居心があるし、訓練も積んでる様子だ」

一兵は納得顔だが、風早はオヤと思う。

ぼくの台本のヒロインは小悪魔的でも、そんなムードが似合うとは考えられなかったからだ。「寝た」と放言した傘の女性なら、なるほど頽廃と形容できるかも知れないが……。率直にいって風早は歓迎の気分ではなかった。

女を体で知る年になっても、彼は依然として素朴な女性信奉者であるようだ。

だがまあここは、大杉のプロデューサーとしての目を信じることにしたらしい。

「それはいいんだが、問題はあとの三人のキャストだぜ……え？」

大杉の視線がそれていた。階段の踊り場を見上げている。風早もつり込まれて、見た。

のっしのっしと形容したい足どりで、大兵の紳士が踊り場へ下りてきたところだ。堂々たる三つ揃いの服装は一部上場会社の社長然としていたが、発散するオーラは社長より親分めいて見える。鋭いまなざしで店内を見下ろした紳士は、「よっ」と片手をあげて、その方角に下りていった。

思わず立ち上がって、後ろ姿を見送った大杉が説明してくれた。

「伊達虎之助だ」

風早も思い出した。大杉弥生が大のファンという名古屋出身の彼。本名の高柳士岐雄で帝都映画社長にまでのし上がった人物だ。入局早々ガツンとやられた大杉には、忘れ難い顔であったろう。

「あの人が伊達さんか……」

一兵が漏らしたので、大杉は意外そうだ。

「チャンバラの大スターだぜ。一兵さん、看板に描いたことなかったの」

「俺が描いてた小屋は、洋画や東宝・日活だったからなあ。一度でも描いていれば頭のどこかにひっかかってるんだが」

待ち合わせだったらしい席に、伊達の姿は沈んだ。

「……さすがの重量感だね。もうトシじゃないのか」

風早に聞かれて大杉が苦笑いした。

「体を鍛えてるそうだ。今でもエレベーターを使わず階段で上り下りしている。アメリカみたいに高いビルができたら大変だな。――階段で思い出した。一兵さん、ここなんだ」

台本のラストに近いページをひろげたので、一兵と風早の額が集まった。

「ホンに従えば、この場面は錠前氏のアトリエの二階だね。……でも俺のイメージはそこからカメラをグイグイ引いて、最後のダンスシーンまでワンカメラ押しで繋ぎたい」

すぐには一兵も、大杉のいおうとすることがわからないようだ。

「いい？　視聴者はこのシーンを二階と思っている。それなのにカメラがバックしてゆくから、二階の概念をぶち壊される。で、そのまま踊りの場面さ。視聴者はある意味混乱すると思うよ。ナマという先入観を逆手にとって、浮遊感、揺らぎの感覚を与えたいんだ。生とも死ともつかぬ天地混迷を具象化させたいのさ」

2

確かに風早は書いていた。

シナリオは読み物ではない。ディレクターのイメージを誘発して、こんな話ならこんな画面で綴りたい――と思わせればいいのだから、ラストシーンのト書きはあえて具体的な詳述を避けたのだ。

踊るように先導する白い翼の〝少女〟の後を、活気を取り戻した〝幸福を売る男〟が見違えるほど華々しい体捌きでつづく。

ふたりを迎えるのは、野放図で際限のない幻想の世界。天国でもなく地獄でもなく、これは時空の概念を超越した舞台でもあろうか。

誰も知ることのないどこかへ、女たちにおのれの幸福を売りつくした〝幸福を売る男〟は飄々と消えてゆく。

F・O

「ひでえよなあ」

ぼやく大杉の言葉に風早は我に返った。

「こんなト書きを読まされた俺は、なにをどうやって演出すればいいんだよ！」

大杉は自分の頭を殴っていた。

「カツに丸投げされちまったんだよ、一兵さん」

当の一兵はにやにやしている。

「というあんたは、美術プランをオレに丸投げするつもり？　そうじゃないだろ、プロデューサーさん」

大杉もにやりとした。

「さすが一兵さん。わかってらっしゃる」

「さんざ自分のイメージをしゃべり散らした癖に。おかげであんたの描きたい絵を、たっぷりのみこまされた。いいよ、それで」

一兵はもう腰を浮かせている。

「いいのか、もう」

「台本をもらったとき話してくれただろう。過去の三人を描くのはビデオ撮りで、小道具と照明だけで見せるって。だからオレが考えるのは、メインセットのアトリエと、幻想のラストシーンってことだよね？」

「そう。予算がないからあっちこっちと金をかけられない、一点豪華主義。トップシーンの主役の寝室とアトリエだけガッチリ造りこみ、そこからファンタジーに導くところが、一兵さんの」

「美術デザイナーの見せ場ってことだ。やってみるさ……じゃあな、明日のドラマの飾り込みがあるから、これで失礼するよ」

もう一兵は立ち上がっていた。それを追うように大杉も立った。

「今夜、きてくれるね」

「『星の寄生木』に二〇時だろ。それまでにラフをあげておくよ」

「仕事の早い人、好き」

「早いだけ？　オレ」

「いいプラン引く人、好き」

大杉に投げキスされて、顔をしかめた。

「オレが女だったら、あんた奥さんに嚙みつかれるよ」

一兵は一二年前の事件解決に立ち会っているから、弥生をよく知っていた。

「じゃあ……」

テーブルを離れようとして、一兵が足を止めた。

風早たちも気がついた。

ちょうど伊達虎之助とその客が、立ち上がったところだった。同年輩に見える相手の男は和装だ。渋い草色の被布を纏(まと)っていた。これで杖を手にすれば水戸黄門だが、顔にひげは見当たらずサングラスをかけている。大兵の伊達と対照的にスリムだが、彼に負けない男のオーラを放射していた。

ふたりはゆっくりした足どりで、レジには手をあげただけのフリーパスで、廊下に歩み去っていった。

(誰だ?)

風早はわからなかったが、大杉は気づいていた。

「伊丹龍三郎だ」

「やはりそうか。でも、おかしいな」

一兵が首をかしげた。

「帝都の役者を描いた覚えがないのに、あの顎から喉にかけての線に記憶がある……？　そうか、東宝に特別出演したときだ。一度きりだが看板に描いた。だから見覚えがあったんだ」

患者の口を覗き込んだ歯科医が、「オヤあなたでしたか。お見それしました」と挨拶するようなものだ。さすがは看板描きのプロである。風早は笑うより先に、画家の目に舌を巻いていた。

確定するキャスト

1

驚くほど日の落ちる時間が早くなっている。あたりはすでに夜になっていた。

風早が『星の寄生木』へ上る階段に足をかけると、外壁の裾にへばりついた草むらで頼りなげなスズムシのソロが聞こえた。

ウッドカーテンの軽やかな音を伴って薄墨色の店へはいる。

「いらっしゃいまし」

「お先にやってるよ」

マスター碁介の声と、その正面に座していた一兵の声に迎えられた。

いつの間にか彼も馴染んでいるらしい。ふたりの間のカウンターには碁介愛用のアコーディオンが置かれていた。

「ちょうどよかった」

ブランデーを口に含みながら、一兵がいった。

「一曲聞かせてもらうところだった。なにかオーダーがあるかい？　風早先生」

「那珂さんまで先生呼ばわりか。やめてくれよ」

水割りを注文した風早が、口を尖らせる。碁介が笑った。

「作家さんはどなたも先生でいらっしゃいますよ」

「カツドウヤの世界では監督も先生だ。大杉ディレクターをはじめて先生と呼んだのも、日活からきていたチャコだったそうだ」

「大学生が映画女優になったので有名な、筑波久子でございますね」

碁介は映画の知識が豊富なのだ。

「このカウンターでボヤいてましたよ。〝先生〟が自分のこととは知らず、あわてて見回したそうで」

「今はマンガの世界も先生だらけだ」

マンガの世界に片足を突っ込んだ一兵である。

「高校生だった石森章太郎を、おっさんの編集者が先生と呼ぶんだよ」

「あのマンガ家なら当然だが、ぼくはまだミステリのヒヨッ子だよ」

「まあまあ。この業界で下手に謙遜すると本気にされるよ……それよかカッちゃん、好みの曲は」

「そうだなあ」

こんなときまともに悩むのも風早の性格だ。

「ぼくがすぐ口に出せるのは童謡くらいなもんだ……」

一兵は苦笑したが、マスターは大まじめに受け取った。

「それで結構ですよ」

うやうやしく一礼して愛器をとりあげたとき、遠く透き通るような歌声が聞こえた。

「緑の丘の　赤い屋根　とんがり帽子の時計台……」

少女の声が階段を踏む足音につれ近づいた。

「鐘が鳴ります　キンコンカン」

いいタイミングでドアが開くと、ウッドカーテンの音までキンコンカンと響いた。

薄紅色のスカーフをかぶった少女が顔を見せ、その後に丸顔の中年がつづいた。服装のラフさを見れば芸能畑だろう。

「おはようございまーす」

スカーフの下から陽気な声をかけた少女は、（あれ）というように目をクルクルさせ、丸顔の男を振り向いた。

「大杉先生、いないけど」

その声にははっきりと聞き覚えがあって、風早は愕然（がくぜん）としたが、それには誰も気がつかなかったようである。

男の返事より先に、一兵が立ち上がっていた。

「中里みはるさんだね？　大杉さんなら、『ふしぎな少年』の立ち稽古で遅れるそうだ。オレ、美術の那珂です」

「あ！　こないだの『歌のアルバム』でお目にかかりました！　えっと、わたくしライオンレコードの小窪（こくぼ）です」

丸顔がいっそう丸く笑って、流れるような動きで名刺を差し出すと、すかさず一兵も風早を紹介した。

ぼんやり立っていた若者が作者と知って、小窪マネージャーは最大限に恐縮した。

みはるも嬉しそうだ。天真爛漫（てんしんらんまん）をカメラで撮るとこんな笑顔になるのだろうが——しかし風早の耳には、彼女の尖った声が残っている。

まさかと思いながら確かめると、ドアの横の傘立てにオレンジ色の傘が挿されていた。

「大杉先生が遅れるのなら、村瀬さんもごいっしょですね」

遅れてもせいぜい三〇分という言伝てを聞いて、小窪は奥の壁際のテーブル席にかしこまった。

みはるはなんの蟠（わだかま）りもなく、風早と一兵に挟まれてカウンターについていた。オーダーを碁介に聞かれると、どう見ても中学生か高校生の少女が、躊躇（ためら）いもせずに返事した。

「風早先生とおなじでいいです」

これには大人たちが、そろって目を丸くする。みんながいいたいことを、風早が代表した。

「ぼくが呑んでいるのはトリスの水割りだけど」

「はい。あたし、壽屋の洋酒が好きなんです」

二の句の継げない表情が、みはるにはいつもの光景だったらしい。慣れた手つきで運転免許証を開いて見せた。年齢は二〇歳と記されていた。

笑みを消した写真はいくらか年上に見えるが、成人の女性とはとても思えなかった。

2

背後から小窪の笑う声が聞こえた。

「この子は不老不死なんです」

「イヤだあ」

ふりかえった〝少女〟は、テーブル席のマネージャーをぶつゼスチュアをした。

「それじゃあたし、吸血鬼みたい」

「……なるほど」

つくづくとみはるを見つめた一兵が、軽く吐息をついた。

「歌番のときの大人ムードとあまりにチグハグだったが、それがみはるくんのセールスポイントか」

「うふっ」

みはるがたてた笑声に風早はドキリとした。その声は少女でしかない外観とうらはらにあまりにもコケティッシュであった。

「あたし、歌えといわれたらわらべ歌でも演歌でもリートでもかまいません。浪曲だって一席聞かせます。なんでもこい」

「この人なら、天中軒雲月の向こうを張れそうだ」

半ば呆れたような碁介の感想だ。二代目雲月は戦時中から女流のトップに立つ浪曲師で、七色の声が売り物であった。

改めて風早はみはるをみつめた。その視線に気づいた彼女は、世にも愛らしい笑顔で応じてくる。

カウンターに近づいた小窪が解説した。

「三河にある佐々井観光旅館の娘でしてね。小学生のころから歌で人気者でした。ＣＨＫの『のど自慢』荒らしだったそうです。すすめられて上京してうちと契約しました」

「東海版の美空ひばりだね」

一兵がいうと、みはるは顔をしかめた。

「彼女みたいにちゃんとしたお嬢さんじゃないの。あたし戦災孤児ですから」

急いで小窪が付け加えた。

「豊橋の空襲で彼女だけが生き残りました。遠縁だった旅館の主人が養女にして引き取ったんです」

〝もはや戦後ではない〟と経済白書はうたっている。戦争を知らずに生まれた子どもはともかく、戦争の傷跡が今もジクジク膿んでいる世代が、白書一枚でなくなるはずもなかった。

空爆を受けたのは京浜や阪神、名古屋だけではない。全国の中小都市にいたるまで焼夷弾と爆弾の嵐にさらされ、戦災孤児が生まれていた。放送劇『鐘の鳴る丘』とその主題歌が一世を風靡した理由である。

ニコニコしながらみはるはいった。

「苦労したんですよ、あたし」

彼女の前に碁介がタンブラーを置いた。

「濃い目にいたしました……お強そうだから」

「ありがとうございます」

口をつけたとき、からからとウッドカーテンが揺れて大杉と村瀬が現れた。

バッとみはるの顔が輝いた。

「お先に戴いてまーす」

大杉たちは少女の実年齢を承知しているとみえ驚かない。

五人がカウンターに集まると椅子がひとつ足りなくなった。気をきかせた小窪が補充してくれ、自分はもとのテーブル席に引っ込んだ。

コーヒーに飽きず角砂糖をいれながら、村瀬がみはるに知らせた。

「ユイちゃんがOKしてくれたよ」

「わあ、よかった!」

目をキラキラさせたが、風早は意味がわからない。

「降旗ユイを知ってるの」

「ハイ! おなじ堀内先生についてバレエを習っていましたから」

村瀬がフォローした。

「みはるが四年先輩なんです……それで吹き替えを気持ちよく承知してくれたそうです」

「お待たせいたしました、大杉さま」

碁介の手が風早とみはるの前を通過して、瑪瑙色のグラスを差し出す。

「吹き替えというのは」

風早の疑問を、大杉が引き取った。

「セットに姿見がある。その鏡に向かってみはるがポーズを試している……彼女を紹介する最初のシーンなんだけど、ユイには鏡の中を演じてもらうんだ」

「はあ?」

よく分からない。『精養軒』の後でもうそこまで美術の打ち合わせが進んだのか。セットプランを『星の寄生木』に持参すると聞いたが、予定を前倒ししたとみえる。一兵も大杉に負けずに仕事が早いらしい。

「だからさ、実際のセットには鏡はなくて、四角な穴が開いてるだけでね。その前に立ってあれこれポーズするみはると、おなじタイミングでおなじアクションを、ユイにやってもらうんだ。鏡の中だから左右あべこべに」

「そこに姿見があると視聴者に錯覚させるのか。だけど顔はどうする」

体型はそっくりでもふたりは顔の印象が違っていた。童顔のみはるに対してユイは整った美貌で大人っぽい。実年齢とさかさまである。

反対側から一兵の解説がはいった。

「それは画面のサイズ次第さ。胸から下だけ撮っていれば、別人とはわからない。動きさえ呼吸を合わせてくれればね」

どうにか理解できた。元来テレビスタジオの中で大型の鏡はタブーである。予想外のライトが映りこみ、スタッフやマイクがはいり、セットが見切れる。やむを得ない場合は鏡を斜め下に向けて据えたり、鏡面に薄く糊を塗って反射しないよう処理するのだ。

それにしても吹き替えを使ってまで仮想の姿見を置く意味が不明だった。

「カメラポジションを増やすためだ」

また大杉がいいだしたので、風早はそっちを向く。右を見たり左を見たりの動きが可笑（おか）しいのか、挟まれたみはるはクスクス笑った。

「演劇は客席だけ向いてやればいいし、映画のカメラは三六〇度どの角度からでも撮れる。ところがテレビはそうはゆかない。ナマ放送ではどうやっても死角ができる……だがこちらは姿見だよと視聴者に刷り込んでおいて、そこから撮れば全方向からの絵がつくれるわけさ」

ややこしい話だけれど、みはるの吹き替えが難しいことだけはわかった。

「……ユイちゃんにはおなじ衣装と履物を発注してある。リハーサルにもこないと、タイミングが摑めない。そこまで心得ているんだね？」

「了解しています。あの子なら大丈夫です」

村瀬は請け合ったが、風早はユイに同情してしまった。もとは彼女に打診された役なのに、結果としてみはるに役を奪われた上、顔も出ない役で協力させられるのだから。

カウンターの中ではマスター碁介が真摯な表情で、一兵のブランデーをバルーングラスに注いでいた。

「……そこで次の話」

大杉の口元で氷が鳴る。ひと息にロックを呑み干してから、脅かすようにいった。

「みはる、大変だぞ！」

「エーなんですか。びっくりしました」

「あんたを優秀な役者と見込んで一人四役だ。できるか」

「ハイ？　あたしが？」

「そう。錠前さんの相手役、それにプラスして保母さん、未亡人、クラブのママ」

みはるは台本をよく読みこんでいた。作者の風早が気づくより先に、注文の内容を把握したようだ。

「〝幸福を売る男〟にからむ三人の女。全部あたしがやるんですか」

「できる？」

（そうか……そういうつもりで、俺に任せとけといったのか。歌手で女優で年齢不詳のこの女の子——彼女にすべてを託すつもりなんだ）

十代、二十代、三十代と、錠前が遍歴した女をすべて。風早も固唾をのんで、みはるの返答を待った。

3

大杉の向こうから、テーブル席で小窪が中腰になるのがわかった。

「やれるよ、な」

村瀬が声をかけてきた。

固まっていたみはるの表情が、みるみる春の薄氷のように溶けた。

「ハーイ」

朗らかな返答だ。

「あたし、やります」

「おいおい、みはる。俺は『やるか』といったんじゃないぞ。『できるか』と聞いたんだぜ」

大杉の意地悪な念押しにもひるまなかった。

「できます。だって大杉先生、あたしならできると思って仰ったんでしょう。お目が高いです！」

一兵が笑った。

「見事な返事だ」

「小窪ちゃん、スケジュールなら心配しなくていい」

村瀬が振り向いた。

「三人の出番は纏めてビデオ撮りだ。一日体をあけてくれればすむ」

「は……はあ、それならなんとか」

大杉がグラスをみつめたポーズでつぶやいた。

「クロード・オータン・ララ監督の『乙女の星』では、一六歳の夢見る少女を二八歳の女優オデット・ジョワイユウがやった。ウィリアム・ディターレの『ジェニーの肖像』では、少女から成人した女までジェニファー・ジョーンズが独演してる。過去にもそんな実験が成功しているんだ」

グラスの中に映った自分に言い聞かせているみたいだ。

それにしても……ねえ。

はっきりいって、風早は迷っていた。この少女にしか見えない娘が、人生に倦んだ女を演じるのは冒険じゃないのか?

「先生、ご心配みたい」

ワッと体を引いてしまった。みはるが大きな目で見つめていた。

「いや、そんなことは」

「ある。でしょう？　あたしがあんまり子どもっぽいから。でも苦労しているんです、中身は十分に大人なんです……本人がいっても説得力ないかな」

笑顔の一兵が口添えした。

「オレはこの子の、人生に疲れたような歌を聞いているんだが……」

大杉もいった。

「だったら風早先生に聞かせてやればいい。さっきからマスターが出番を待ってるみたいだぜ」

話をふられた碁介が照れ気味に笑った。その前にアコーディオンが置かれている。

「私でよろしければお手伝いいたしますが」

即座に一兵が乗った。

「楽士さんもこういってる。みはるくん、どう。作者先生が納得できるような歌を一曲聞かせたら」

「いいですね、それ！」

和したのは村瀬だ。その声に励まされてか、みはるがスッと立ち上がった。

「マスター、お願いします」

「はいよ」

冗談めかしていても、カウンターを潜って椅子席に出た碁介の表情は、危ぶんでいるかに見えた。彼女の実力を測りかねているのだろう。そのマスターの耳に、みはるが囁いた。

ほう……という顔つきでうなずいた碁介は、彼女が注文した曲の前奏を弾き始めた。それは風早も淡谷のり子の独唱で知るシャンソンであった。

なんの身構えもせず、みはるの歌声がアコーディオンの流れに乗った。

人の気も知らないで　涙も見せず
笑って別れられる　心の人だった

ほの暗い明かりの下、出だしの四小節を耳にしただけで、風早はうちのめされていた。

なんだ、これは。

諦めようとして諦められず、ボロ布になってもしがみつく女の心情を、みはるは強いて歌い上げようとしていない。二度と隣にこない男を幻視して、虚しく思いのたけを口ずさむ——ただそれだけ。

涙かれて　悶えるこの　苦しい片思い
人の気も知らないで
つれないあの人……。

風早は自分で自分が信じられない。

いつの間にか涙ぐんでいた。馬鹿みたい、と思うが本当なのだ。

アコーディオンの後奏が嫋々と終わり、みはるが隣の席にもどったのも気がつかないほどであった。

「ご立派」

手風琴をカウンターにもどしながら碁介がいい、コクンとみはるが頭を下げると、一兵と大杉が小さく拍手した。

村瀬は黙ってカップの最後のひと口をすすっている。

その一曲で、今夜のコンサートは終わりを告げた。遠慮がちに小窪が近づいてきた。

「みはる」

腕時計を示すと、彼女は眉をひそめていた。

「アラ。忘れていたわ」

「すみません、予定がひとつ割り込んでいまして……」

言い訳がましく小窪が大杉に断りをいれた。

「『アサ芸』のベストテン入りを祝って、社長が日活ホテルで一席設けたんですよ」

「お！　すてきじゃないか……行っておいで。みはる」

「ありがとうございまーす」

直前の人生に倦んだ女の風情はどこへやら、無邪気な芸能少女にもどったみはるは、小窪の慇懃な挨拶といっしょにサバサバと姿を消した。

4

ひと山越えたとばかり寛いだ大杉は、カラのグラスを碁介の方に差し出している。

「セット全体のプランを聞く前に呑んでつまむが、ナツはいいか」

「いいスよ。俺ならコーヒーのつまみに砂糖をかじってます」

大杉と村瀬はそんな調子だが、図書館でアンパンを頬張ったきりの風早は、本格的に空腹だった。『夢中軒』でラーメンをすすることにした。

大杉に断り、店を出ようとして気がついた。傘立てにオレンジ色の傘が忘れられている。届けてやるつもりで摑んで階段を下りると、意外にみはるたちはまだ近くにいた。

「……やっぱりついてくるの、あのブタ」

彼女の不機嫌な声が聞こえ、風早は足を止めた。

肌寒の風が吹きすぎ、路地の水溜まりに映る提灯の明かりが揺れる。ふたりは『夢中軒』の前で立ち話をしていた。

「仕方がないよ……来年になれば、二代目があとを継ぐ……社長が明言してるんだ」

「ヤだヤだ。ブタに撫でられると、鳥肌が立つ」

『星の寄生木』で聞いた声とはまるで違っている。さっきが板チョコなら、今は剃刀の刃だ。

「あいつを見ると、ビールをぶっかけたくなるの。自分ちの商品のつもりであたしをいじり回すのよ、ね、小窪ちゃん。本当にぶっかけていい？」

「おれの前では頼むから、自重してくれ」

「わーった。ベッドにはいってからやってやる。どうせあいつホテルを押さえたんだろ。小窪ちゃんに予約させたんだろ」

マネージャーの答えはない。

ふたりが遠ざかる様子にあわてて追うと、足音でふたりが振り向いた。

迎えたみはるの声は、板チョコにもどっていた。それも『アメリカンファーマシー』で買ったハーシーだ。

「あら、先生」

「忘れ物、はい」

「まあ……すみません！　雨があがってたから、気づきませんでした」

丁寧に幾度も頭を下げて傘を受け取った。

「ぼくはここでラーメンだ。きみはフルコースを食べておいで」

「あたしだってラーメンがいいんだけど……」

まんざら嘘でもない口ぶりだったが、小窪に促されてしぶしぶ歩きだした。その後ろ姿を見送っていると、みはるが振り向いてもう一度頭を下げた。

なんとなくため息をついた風早は、『夢中軒』の暖簾（のれん）をくぐった。

「いらっしゃい」

　律子の声は朗らかだが、店主の声がない。代わりに大勢の喝采があがった。テレビの相撲ダイジェストだった。大鵬（たいほう）と柏戸（かしわど）の名がアナウンスの中で飛びかっている。横綱に同時昇進したときの録画らしい。

　おやじの棋策は鉢巻きをしたまま、14インチの画面にへばりついていた。

「お客さまだよ」

　頭をポンと叩かれて、やっと気がついている。

「らっしゃい……冷中（れいちゅう）ですか」

　風早は苦笑した。

「外はそんな陽気じゃないよ。チャーシューメンで」

「チャーシュー一丁！」

　大声で応じた律子が小声で叱った。

「働け、おやじ」

　おひやを出そうとして、考え直して熱いお茶を出してくれた。

「ありがとう。律子は気が利く」

「褒めてもらうのも今年いっぱいだから……」

「え、どういうこと」

「ありゃ。まだオープンじゃなかったか」

厨房の様子を窺って、そっと話してくれた。

「CHKがこのあたりの土地を残らず買い上げたの」

路地をはさんだ放送会館の増築計画だという。一帯はまるごとテレビスタジオになるらしい。

「局の偉い人が話してた。それでも数年のうちには満杯だって。どこか別なところに広い敷地を確保するらしいの。CHKのおこぼれでやってきたんだし、私だって看板娘には薹がたってしまう。ひきどきって大切だわ」

「そうか……ここ、なくなるのか」

たった三カ月馴染んだだけだが、やはり寂しい。思いついて尋ねてみた。

「じゃあ『星の寄生木』も？」

「枕を並べて討ち死によ。おやじの世代だと玉砕というんでしょ」

「じゃあマスター……碁介さんは？」

彼に関しては大杉や村瀬も大した情報を持っていなかった。『星の寄生木』に落ち着くまではやくざな商売についていたとか、旅また旅の浮世稼業であったとか。現に姪の律子も父親に多くのことを聞かされていなかった。

「知らない……大陸で暮らしたとも聞いたけど。足を痛めたのがそのときかな……いらっしゃい！」

声を張り上げたのは、暖簾をくぐる人影が見えたからだ。ガラス戸を開けたのは、活動的なズボン姿の若い女性だった。

「遅くなりました！　アレいない……」

　リスみたいにきょろきょろする仕種で思い出した。『ふしぎな少年』のドライリハーサルで駆け回っていたスタジオディレクターだ。

「村瀬さんを探してるの」

　声をかけたら、餌をみつけたリスになった。

「はい、そうなんです！」

「だったらこの上にいますよ。『星の寄生木』……」

「あっ、そっちか！　ありがとうございます！」

　ピョコンとお辞儀して飛びだしかけて――立ち止まった。

「あのっ、えっと？」

「あ、ぼく風早勝利です。野々宮さんですね、プチミスについてくださる」

「はいっ、はいっ。野々宮摩耶です！　風早先生、どうぞよろしく！」

　言葉尻にのこらず感嘆符をブラ下げて、ステップを踏むように出ていった。タンタンタンと階段の足音までリズムを奏でている。

（全身ミュージカルみたいな人だ）

　呆れていると、チャーシューメンを運んできた律子がシニカルに笑った。

「あのタイプが、村瀬さんのお気に入りみたい。可愛い顔だけどちょっと狆クシャ」

「あ、そうなのか」

麺に箸をつけながら、厨房にひっこむ律子を見やる。彼女も村瀬ディレクターにそこはかとない気持ちを抱いていたのかも。

おつゆまでたっぷり頂戴してから、ふたたび『星の寄生木』の階段を上る。ドアを開ける前から、アコーディオンを伴奏に賑やかな合唱が聞こえてきた。

この夏に発表された坂本九ちゃんの『上を向いて歩こう』だ。『夢あい』をホームグラウンドに、大ヒット間違いなしの人気を摑んでいた。

ウッドカーテンの音をかき消すようなドラ声は大杉で、ひとりだけ調子っ外れがいると思えば、これが摩耶だったから可笑しい。

「おう」と手をあげた大杉をはじめ、後はみんな風早に目もくれず、アコーディオンに合わせた熱唱がつづく。

ゆきがかり上風早も小さく口ずさみながら、一同の背後を回って小窪のいたテーブル席に腰を下ろした。

演奏に忙しい碁介にオーダーするのもすまなくて控えている風早の前に、一兵がこしかけた。

「あなたが書いたプチミスのね、ラストシーン」

「ええ」

『精養軒』で大杉がこぼした話のつづきか。

「大杉さんの中でイメージが固まったそうだよ。絵さえできればこっちのもんだ！　……というわけで、後はこの有り様さ」

一兵は愉快そうだ。裏表のある業界に長くいるのに、この人の裏表がない笑顔が、風早は好きだった。

「撮影所なら打ち入りといって呑んで騒ぐけど、テレビにそんな予算はない。みんなでワリカンの馬鹿騒ぎだから、遠慮なくどうぞ」

手風琴の音が途絶えたと思うと、碁介がトレーにボトルと冷水とタンブラーを載せてきて、壁に接した半円形の小テーブルに置いた。

「申し訳ありません……セルフでお願いいたしますよ」

カウンターの中へもどりながら、もう次の曲をはじめている。

石原裕次郎の定番ヒット曲『銀座の恋の物語』であった。

村瀬に凭(もた)れた摩耶が大口を開けている。曲は変わっても軽度の音痴に変わりはないようだ。

仲間がいることに安心して、風早も最後の唱和に間に合った。

「……真実(ほんと)の恋の物語！」

事件の舞台が構築されてゆくで章

〝密室〟新聞小説の始末

1

秋が深まってきたね、梅子さん。

その後お元気ですか。ぼくは全然元気じゃない。

手紙の出だしからして、情けない文句をならべるけど、ごめんよ。

熱海できみにいばってみせたよね、四五坪の絶対完璧な密室で殺人事件を起こしてみせる！

でもまだそのトリックができていないって。

明日には「夕刊サン」へ出かけて、プロットを提出する約束だった。

それなのに、まだできない！

こんな箇所に「！」を添えて力むなんて恥ずかしいが、でもできない、間に合わない！

あのとき四五坪と数字までならべたのは、殺人の舞台をＣＨＫのテレビスタジオにする予定だったから。大杉くんが企画演出するプチミス制作スタジオがその面積なんだ。見学させてもらって感心した。これは完璧な密室だってね。

こんな舞台で事件を起こせたら、きっと話題になるはずだ。さいわい「夕刊サン」から新聞小説を注文されている。よし、これで行こう。

頭からそう決めていた。

なあに、トリックなんてその気になれば——締め切りが迫れば、きっといいものを思いつく。

そう本気で思っていた、それが甘かった。

学生のころからなん本も推理小説を書いてる。自分でもそこそこの出来のつもりだったし、現に『宝石』誌でそれなりの評価はもらった。

だから今度もできると思った。

魅力的な設定に甘えて、多少強引でも読者は目をつむってくれるだろう……。

ぼくは二重三重に甘えていたんだ。

だいたい偉そうに、大杉くんのプチミス——失礼、プチミステリは番組の枠の名で、作品のタイトルは『幸福が売り切れた男』にきまった——の台本と、新聞小説の二本立てを書き抜けるほど器用な男では、ぼくはなかったんだ。

それが自分で出した結論なのさ。

今日はあなた宛のこの手紙を投函するため、荻窪駅に出る。その足で東銀座の夕刊サン社へ向かいます。

社長にお目にかかって最敬礼してくる。

「申し訳ありません。書けません」

そして新聞の仕事はすっぱり諦めて、大杉くんのシナリオに専念するんだ。ぼくに珍しい――というかはじめてのファンタジーだから、ひと言書くたび日常の埃をひきずってしまう。台詞をもっと煮詰めて研ぎすませて、非日常の世界へ視聴者を誘い込むんだ。リハーサルの時間はたっぷりある。

その間に少しでもいいものを書きたい。

梅子にぜひ見てくれと、胸を張っていえるようなプチミスをね。

ではくれぐれも健康に注意して、我が儘な姉を助けてやってください。

風早勝利

鶴田梅子さま

2

つづけざまの便りになってしまったが、新聞小説の件で心配させたから、取り急ぎ「夕刊サン」を訪ねた前後の始末を書きます。

なんというか、へんてこな結果になってしまった。

約束の時間に出かけたのだが、社長は入院されていた。宿痾だった糖尿病の悪化で、しばらくは社を休まれるそうで、ぼくは途方に暮れた。

仕方なく、樽井社長に代わって紙面の構成を担当する田丸編集局長に会った。営業畑から移籍した関西弁の人で、ぼくは初対面だ。

そんな相手に断りの話なんてと躊躇っていたら、田丸さんから先に切り出してきた。

「いいにくいけどな、小説の話はなかったことにしてや」

むろんぼくは絶句した。

だが田丸さんは、へらへらと笑ってね。

「すんませんなあ、堪忍しておくれやす」

はじけそうに愛想のいい笑顔で弁解した。

「うちみたいな赤新聞の夕刊紙に、連載小説は似合わんのや」とか、

「月極めで購読してくれる読者より、ぶわーっとド派手な見出しにつられて手をのばす、その日その日の浮気な読者が、うちには大切なお得意さんや」とか、ぺらぺらっと。

はあ……まあ、それはわかりますが。

「ぶっちゃけ、連載小説の企画は樽井が見栄ではじめたもんやさかい」

そ、そうだったんですか。

「たまたま今回、社長が編集の一線をしりぞいて、お鉢がわいに回ってきた。企画つぶすに絶好の機会や……先生にはすまんけどな」

次から次へ流れるように弁解された。ところどころアクセントが違っている。付け焼き刃の

関西弁なのか？　商売相手を煙にまくための口上みたいだ。

だが正直なところ、ぼくはホッとしていた。

田丸さんは、せっかく練った構想を無駄にさせて申し訳ないと、しきりにすまながって見せたが、実はそんな構想なんて最初からなかったからね。

そこまで正直に白状するつもりはないから、ぼくは世にも残念げな表情をこしらえたあと、せいせいした気分で荻窪に帰った。

これで「夕刊サン」の仕事はご破算になりました。

当てにした定期収入はゼロ。

梅ちゃんを東京に迎える日が、どっと遠のいてしまった。この新聞小説が軌道に乗れば、名古屋に帰って姉に相談して……と思っていたのが、それも難しくなってしまった。

大杉は年内に今のアパートを出て、郊外の大規模な集合住宅——団地というそうだが、その一戸に入居する。

それでぼくは、空いた彼のアパートに移転するつもりでいた。大杉夫婦が住んでいた部屋は六畳・四畳半の二間つづきだから、梅ちゃんと暮らすにはピッタリだったけど、ごめんなさい。最小限の定期収入が見込まれるまで、しばらくはひとりで頑張ります。もうしばらく待ってください。……高度経済成長っていうけどどこの国の話だろうな。

風が冷えてきました。ＣＨＫの行き帰りに見る公園のイチョウが黄ばみはじめた。体にいっそう気をつけてね。

鶴田梅子さま

3

風早勝利

前便では定期収入が見込まれるまでと書いたのだが、思ったより早くその機会が訪れそうです。

そんなわけで、浮かれてまた手紙を書いてしまった。

実は今日、ビデオ撮りのスタジオに吉報を持ってきたのが、きみも知ってる樽井瑠璃子さんだった。熱海の『しろがね荘』へ一升瓶を持参してくれた、ユイちゃんのお母さんだよ。

録画するのは三場面。保育園と葬儀場と高級クラブだけど、セットは一切使わない。保育園では幼児のための遊具、葬儀場は黒枠の写真額と花に包まれた棺、クラブは豪華なソファとテーブル、その上に洋酒壜。

回想の場面は徹底して安く仕上げるんだそうだ。

小道具だけだから飾り換えは二〇分ですむが、照明の手直しや主役のメイクに時間がかかる。

保育園を撮り終えて、三〇分の休憩時間があった。

それで一兵さんとぼくは、二階の控室で雑談をはじめた。なによりも早く聞きたいことがあったからだが、彼の方で先手を打ってきた。

「苦心したね、風早さん……カツくんでいいかな」

先生と呼ばなくなったのは有り難いけど、虚を衝かれたぼくは「なんのこと？」と聞き返した。

「モノローグのやりとりだよ。第一稿とまるで様変わりしてるじゃない。苦労しただけのことはある……詩的に昇華されていたね」

「ありがとう」

ぼくはホッとしていた。その言葉こそ聞きたかったんだ。演出サイドの大杉くんではなく、離れたポストからの客観的評価がほしいと思っていた。

どの場面にも会話はない。錠前さんの回想として三人の女が描かれて、おのおののモノローグがはいるだけなんだが、その語彙を選ぶのに苦労したんだよ。

ぼくは作詞したことがない。自分でも散文的な男と思ってるし、シナリオを書くのに詩の修業なんかいらない。ずっとそのつもりでいた。

違ったんだ、それが。

文芸評論家がいうだろ、ミステリは人間を描けていないって。だから広範囲の読者を呼び込めない。ミステリの世界に閉じこもって、好きな者同士が褒めたりけなしたりしてるだけだ。

――ミステリに無縁な読者はきまってそういう。

でもぼくは違うと思ってる。

人間そのものがミステリじゃないか。正面から人間を描くなんていばっても、うわずみをかき回すだけで、おいそれと深みに手が届かない。それならさ、手を替え品を替え謎にぶつかるミステリこそ、思いがけない角度から人間を描けるんじゃないだろうか。

それにはコトバのあらゆる勉強が必要なのに、詩に無関心だった。だからいざファンタスティックなミステリという課題に挑んで、ぼくはのたうちまわった。

ごめんごめん。

読む人の顔が見えないのをいいことに、ついおしゃべりしすぎた。

いったいぼくはなにを書こうとしてたんだ。

そうだ、一兵さんと雑談していた、そのつづきだ。

遅い時間だったから、人は少ない。少し離れて演出の三人――大杉・村瀬・野々宮の顔ぶれがミーティングしていた。それくらいだった。

そこへ彼女が出現したんだ、樽井夫人の瑠璃子さんが。

あれっと思ったときは、彼女はもうもうぼくの隣に座って口を開いてた。

「風早先生、ごめんなさいね」

なぜかぼくはこの人に、謝られてばかりいるみたいだ。

それにしてもどういう理由で、ぼくに?

「主人が入院している間に、編集局長の田丸がご無体な振る舞いをいたしまして!」

よくわからないが、ぼくの連載をキャンセルしたことかな。

「先生はユイの命の恩人でございます……その方に向かって、企画中止とはなにごとでしょう！　先生は温厚な方でいらっしゃるけど、妾は胸のうちがおさまりませんの！　亭主とも相談しまして、せめて週一の原稿をお願いするよう、社長命令として田丸に申しつけましたの」

……つまりそういうことだった。

さすが三流新聞の「夕刊サン」だね。公私混同もいいところだ。

いつものぼくなら固辞したけど、このタイミングなら、内心大歓迎さ。

毎日の連載と週一回では比較にならないが、定収を見込める仕事だもの、オンの字だよ。

毎週の日曜版に千字前後で毎回読み切り。内容はぼくの自由だから、ミステリでもエロでもかまわない。それなら当分ネタに困らない自信があった。

よし、今度こそモノにしてやる。

顔のヒモが緩みそうになるのを引き締めて、ぼくは鷹揚にうなずいた。

「やらせていただきます」

「まあ、よかったワ！」

語尾を撥ね上げた瑠璃子夫人を、一兵さんはなぜかじっと見つめていた。

「失礼。降旗さんじゃありませんか」

「妾の旧姓ですけど」

ひげもじゃの男に不意に呼びかけられた夫人だったが、やがて表情に驚きの色が浮かんだ。

すると一兵さんは、照れたみたいに顔の下半分を手で覆ったのさ。

「覚えてる？　ボクですよ、名古屋の博覧会でいっしょだった那珂……」

みなまでいわせず、噴水みたいな勢いで瑠璃子夫人が叫んだね。

「いーっちゃん！」

離れていた大杉たちが腰を浮かせたほどの大声だった。

ふたりは、戦前に名古屋と東京で起きた事件に巻き込まれた。やはり一兵さんが探偵役を務めて、謎を解明していた。その話なら、亡くなった別宮（べつく）先生に聞いていたけど、樽井瑠璃子さんはそのときの関係者だったんだよ。

長くなるから後は端折（はしょ）ろう。今日の手紙はぼくの生活が主題だからね。

樽井夫人を信用しないわけじゃないが、実際に日曜版の連載がスタートして定期的な入金が確実になったら、いよいよ大杉家と風早家の住まいのリレーの計画をはじめよう。いったん諦めかけたプランだったが、今度こそという意気込みでいます。

そのためにはまず、プチミスの放映を成功させなくては。

期待して待っていてください。

放送は一〇月さいごの土曜日二八日、二一時三〇分からだよ、お忘れなく！

風早勝利

鶴田梅子さま

立ち稽古たけなわ

1

「……そこが大事だと思うんだ」

大杉が辛抱強くみはるに言い聞かせていた。

「はい？」

小首をかしげたみはるは黒のレオタード姿だから、全身のラインがくっきり出ている。

「元気がよすぎるんだ」

「いけませんか？　この人物ならこんなポーズで画伯を迎えると思いました」

「いや、俺がきみに欲しいのは、錠前さんにとっても視聴者にとっても、得体の知れない怪物なんだ」

「怪物！」

「そうだよ。きみは人外の生命体だ。人間から見れば妖精であったり、天使であったり、悪魔であったり。つかみ所のない存在なんだぞ」

「……ハイ?」

『幸福が売り切れた男』の立ち稽古が、放送会館三階のリハーサル室で進められていた。大杉日出夫は演出に専念しており、その進み具合を村瀬夏也が熱っぽい目で見つめている。雑務を一手に引き受けているのは、野々宮摩耶であった。

「どうぞ」

片隅で見学している風早の前のテーブルに、摩耶が湯飲みを置いた。ホカホカと湯気があがっている。

「ありがとう」

あれきり先生と呼ばない摩耶だが、愛想はいい。人懐こいので、出入りするスタッフにも受けがよかった。稽古場では必要以上に村瀬に接近する様子を見せないのも、賢明な態度といえた。とはいっても、ときにあっけらかんと惚気(のろけ)たりするから、リハーサルが進むにつれ関係者は残らず二人の仲を察していた。

野々宮に比べ村瀬の態度はいっそうきっぱりと公私を峻別(しゅんべつ)して見えたから、誰もが好感を抱くようだ。

大杉にこぼされたことがある。

「俺たちはつきあうのも内緒だったが、今はオープンだからな、羨(うらや)ましい」

「馬鹿いえ」

風早は苦笑した。

「さんざ見せびらかした癖に」

「そうだったか？」

「ぼくたちの方で気を遣って、知らないふりしていたんだ」

おかげで周囲にガスが溜まり、学園祭の騒ぎの遠因になったと風早は思う。一二年前にはあれほどこわばっていた男女関係も、今では自然に振る舞えるようになりつつあった。

もっとも闊達に行動できるのはまだ一部に過ぎないから、アベックという言葉にどこか陰湿な雰囲気が漂ったりする。

大杉が制作進行だったころ、ロケ帰りの夜にアベックの名所といわれた神宮外苑をトラックで通りかかったそうだ。荷台に照明器具を積んでいたので、悪戯心を起こしたスタッフのひとりが電源をいれて外苑を照射した。

「いやあ、凄かった……黒々とした木陰がライトで漂白されると、次から次へバッタみたいにアベックが飛びだしてくるんだ！　さかりのついた男と女の大群が」

一夜を明かす低廉なホテルはなく、池田内閣の所得倍増計画も、まだ緒について間がない。

自分たちより遅れて成人した世代、村瀬夏也や野々宮摩耶の心身の発育ぶりが、風早には羨ましい。正直にいえば腹が立つほど羨ましかった。だがまあ、それも過去の話か。

「地球は青かった」と、人類はじめての宇宙飛行士ガガーリンはいったが、ぼくにいわせれば「梅子の肌は白かった」……。くだらないことを考えて、恥ずかしくなる。

「風早さん」

隣の椅子に腰かけていた一兵が呼びかけていた。

「カッちゃん。おーい、風早先生！」

「あ、ごめん」

妄想に没入していた風早が、あわてて振り向いた。

一兵が作業衣の若者を連れて立っていた。

「ちょっと見てよ。藤浪（ふじなみ）小道具から今届いた」

藤浪は撮影所が近い国領（こくりょう）の高津（たかつ）小道具店と違って浅草にあり、舞台中心の伝統ある小道具屋だ。オーダーメイドの特殊な小道具発注も可能だった。

若者がテーブルに載せたのは黒いランドセルみたいな箱で、背負い紐もついている。

「なにに使うんだい」

「これが死神の羽根だよ」

「へえ?」

小道具係らしい若者があわてて止めた。

「あ、そこにさわると羽根が出ます！」

小箱を手元に引き寄せようとして、かえって自分が作動させてしまった。背負い紐のあたりがスイッチらしい。

ブワァッ……と箱から羽根が生えた。

左右に二枚、驚くほど大きくそれはひろがった。事務室を改造した稽古場の天井灯をはたき落としそうな勢いだ。

立ち稽古に励んでいた大杉たちも、目を丸くしてこちらを見た。

「ごめん、スギちゃん」

一兵が謝っている間に、小道具係は羽根を畳み込もうとしたが、うまくもとの箱におさまらない。見かねた風早が手伝おうとしたが、彼も定評あるぶきっちょだから、やはりうまくゆかない。やっと畳んだ一枚を箱に収納すると、片方の羽根がまたひろがる始末だ。苦笑した大杉が声を張った。

「一五分、休憩！　羽根を見ておきたい人、どうぞ！」

2

早速近づいたのは錠前だが顔色はよくない。連日の立ち稽古が体力をそいでいるのは確かだが、動きの若々しさは衰えを見せなかった。

「ほう……なるほどね」

まだ収納しきれない黒い羽根をしげしげと見つめ、撫でている。

「よくできてますね！」

笑顔を覗かせた野々宮摩耶に、錠前は飄々と応じた。

「そりゃあ、おいらのギャラの二倍もかかったんだから」

「え、そんなに！」

真顔になる彼女の前で、大杉が手をふった。

「うそ、うそ。ひっかかるなよ」

「本当は三倍」

と笑い飛ばした錠前は、天井近くまで伸びた羽根を見上げた。

「それにしても想像以上の大きさだ……ディレクター」

大杉に呼びかけた。

「こいつで視聴者を仰天させようって寸法かい」

「ええ、まあそうです」

この場を仕切るプロデューサー・ディレクターではあるが、大ベテラン相手に相応の言葉づかいを忘れない。

このとき風早は気づいた。

薄縁をひろげた壁際のパイプ椅子に、ちんまり座ったままのみはるは、自分の大事な持ち道具が届いたというのに、なぜか立ち上がろうとしていない。

見回したが、大杉は一兵と額を合わせており、村瀬と摩耶は錠前をはさんで台本をひろげていた。

風早は急ぎ足でみはるに近づいた。

「あの羽根、見てくれよりずっと重いんだ。体験してみないと本番で振り回されるよ」

「ええ……そうですね」

生返事で立ち上がるのが、風早にはふしぎだった。台詞録音に立ち会ったときのみはるは無我夢中で、風早が書いた台詞に食らいついていった。いいにくそうな台詞を修正しようとすると、「あたしの滑舌がわるいのかしら。もう一度やらせてください」と押し切られたほどだ。なぜあの小道具に興味がないのだろう。

不審げな風早に、みはるが囁いた。

「すみません……先生もいっしょに」

「え？」

「羽根のチェック、立ち会っていただけませんか」

どういう意味かわからないが、真剣な表情の依頼を断れずついていった。

ちょうど大杉と村瀬が羽根の調子を試していた。

「みはる、この箱を背負ってくれる？」

大杉の指示には素直で、背負い紐を左右の腕に通した。箱を正規の位置――腰骨のやや上まで下ろそうとしたが、紐が短すぎた。

「長さの調節はできるから。……三宅くん、手伝ってあげて」

小道具係は三宅という名らしい。

「はい」

背後に回る三宅と彼を背にしたみはるの表情に、風早は漠然とした違和感を覚えた。

「これでどうですか、中里さん」

「いいと思うわ」

硬いふたりの声を耳にして、風早はあっと思った。

あのとき傘越しに聞いた男女の声だ！

「だってみはるちゃん、ボクは」「ちゃんなんかつけないで！」

……。

反射的に風早は、三宅とみはるを見比べたが、ふたりにそれ以上の反応はない。

一兵が大杉に尋ねた。

「もう一度羽根をひろげる？」

「いや、いい。開くのは一瞬でもあと片づけに時間がかかるから」

「それなんだが、スギちゃん」

ひろげたのは美術プランのようだ。Cスタジオの見取り図に書き込まれた、各セットの配置。

その図面を眺めて一兵が大杉に尋ねた。

「羽根を生やしたまま、彼女はどこへ逃げるんだい」

「ありゃ」

おでこに拳固を当てて固まった。風早は可笑（おか）しくなった。そこまで考えていなかったらしい。

大杉は渋い顔つきでひとり言を呟いた。

「ええと……アトリエでは錠前さんの芝居が進行する……マイクやライトを邪魔しないようどこへカタすかだな」

錠前や村瀬たちも近づいて、テーブルを囲んだ。

羽根を箱に詰め込む三宅には一顧も与えず、みはるも囲みに加わった。

「羽根をひろげるのはアトリエのこのコーナーですね」

村瀬をみはるがフォローした。

「だったら私はこの通路へ抜けて……そこで待機かしら」

摩耶も問答に加わった。

「それじゃ狭くて身動きできないわ。いっそ寝室はどう?」

「だけど摩耶、羽根がつかえるだろう。このセットはヒキがほしいから、欄間（らんま）まで飾ってるぞ」

「あ、そうだった」

村瀬に指摘された野々宮摩耶が顔をしかめると、みはるの指が隣接した部屋を押さえた。

「ここ、どうでしょうか」

「捨て部屋?　ああ、そうか」

摩耶はうなずいた。

風早は最近になって、テレビ美術の〝捨て部屋〟という概念を知った。

テレビのセットは狭い。スタジオ全体はある程度の広さがあっても、その中に五杯六杯と違ていた。
う装置を飾る必要があるからだ。「杯」がセットの一単位ということは、風早も以前から知っ
大杉によれば、これまでいちばんセットプランが難航したのは、巨匠北条秀司作品の一時間ドラマ『飛ぶ雪』だったそうだ。

「台本通りだと三四杯も必要な、百姓一揆の話なんだよ。しかもセットのそれぞれがでかい。江戸城大広間だの、一揆の首魁の処刑場だの」

おまけに群衆場面まである。それではカメラを移動するスペースも確保できない。

作者の了解を得てセットを二六杯まで減らしたが、まだスタジオは国電なみのラッシュだ。やむなく大広間を三カ所に分けて飾り、場面を終えると本番中に分解する。広間を歩く俳優には距離を盗んでもらった。

「盗むって?」風早には意味不明だ。

「六畳を小刻みに歩いて十畳間に見せるのさ」

いろんな手があるものだ。

処刑場を囲う竹矢来は足元を撮らないようにして、群衆に手で支えさせる。そのシーンが終わると竹矢来を摑んだままカニ歩きで逃げさせる等々、苦し紛れのあの手この手だった。

「捨て部屋の発想もそのひとつだ。たとえば社長の居宅と避暑地の別荘を直角に配置して、交点に小さな部屋を飾る、これが捨て部屋だ。居宅側から撮れば捨て部屋の奥に庭園、避暑地側から撮ると部屋の遠景には林が見える。ひとつの捨て部屋を二通りに使うんだ」

奇術じみた舞台装置である。

一兵が引いた『幸福が売り切れた男』のセットプランによれば、寝室側からは奥にテラスと切り出しの庭が、アトリエから撮れば一階部分の陸屋根の向こうに山の遠景が見える。実はそのテラスと陸屋根はおなじ灰色の平面、という捨て部屋の発想であったが、おかげでアトリエを二階に見せかけることもできた。

視聴者を騙すだけだから、テラス兼陸屋根は六尺四方でしかないが、屋根がないので羽根をひろげたまま逃げ込める。

「あら、だけどここで羽根をはずしても、収納するスペースがあるかしら」

摩耶は心配顔だ。とにかくかさばる小道具なのだ。遠見や切り出しが犇く狭間で、全身をくねらせて背負い紐を抜くのはひと仕事に思われた。

不安をのこすみはるの背後から、三宅が笑顔で声をかけた。

「大丈夫。僕がついてる」

そう囁かれたがみはるの硬直は解けなかった。

決して野次馬ではない風早だが、三宅が羽根の箱を抱えて去ったのを見越して、こっそり一兵に尋ねた。

「あの小道具さん……ＣＨＫの人？」

「三宅くんなら学生のバイトだよ。東大の演劇部で活躍している」

毛並みはよさそうだ。一兵がつづけた。

「中里みはるの大ファンだそうだ。本人が自任してててね。親は富士五湖で旅館を経営して、代議士も二期務めている。その長男が本気で彼女にプロポーズしたというのに、彼女はいい顔をしない。美粧の女の子たちが羨ましがってる」

ゴシップ好きと思えない一兵がいうのだから、本当のことだろう。

「玉の輿なのに、ていうわけですか」

「みはるくんには、歌や俳優業に誇りがあるんだろうね」

一兵は好意的な視線を走らせた。

パイプ椅子に腰を下ろしたみはるは、台本に目を落とし丹念に鉛筆でメモっていた。

3

大杉たちは、錠前に音楽の担当者を加えて、熱心に振り付けを繰り返すのを見守っていた。ダンスを持芸のひとつにしている錠前は、なかなか納得がゆかないようで、村瀬にカメラポジションを確かめているようだ。

一兵がややトーンを落として、話しかけてきた。

「風早さんも気がついたようだね。みはるくん、目を合わせようともしないだろう。三宅くんの方では、結婚してくれればすばらしい旅館の女将になる。そう公言しているのに、実情は連戦連敗らしくてね。かえって周囲がやきもきしている」

一兵も周囲のひとりかも知れない。彼には珍しくこの手の話題に乗ってきたのだから。

風早は黙考した。あのときの様子ではふたりは一度枕を交わしていた。みはるにしてみれば情にほだされて体を与えても、結婚は拒否ということだろうか。

古めかしい言葉だが、釣り合わぬはなんとやらだそうな。しかし風早の聞くところでは、佐々井家は三河湾に面した温泉街を代表する佐々井観光旅館のオーナーだ。同業者として好都合な縁組なのに？

そこまで考えて、風早は苦笑した。

（結婚が女性の幸福につながるなんて、誰が決めたんだよ）

家柄の釣り合いじゃない。本人同士の問題であった。

見る限り真面目な青年の三宅なのだが、みはるとなると残念ながら——。

路地に佇んでいた彼女と小窪の会話を思い出したとき、そのマネージャーがあたふたと稽古場に顔を見せた。

「おはようございます！」

「おはよう」

大杉が大股に近づいた。

「レコードの件、前進した？」

ライオンレコードから、錠前とみはるの重唱でプチミスの主題曲を発売する話が進んでいたのだ。ミュージカル風にアレンジされた作品は大杉演出のこの一本だけだが、プチミス全作品を通しての主題曲があるし、野添ひとみと浅丘ルリ子のドラマではテーマソングもできていた。

「それならいっそ、レコード会社にかけあってタイアップで出しましょう」

新しいものの好きな大杉が、渋りがちな条野課長をせかして小窪に橋渡しを依頼したのだ。

公共放送の看板をかけたＣＨＫはこの手の商売に不熱心だったが、テレビ業界で民放各局がめきめき業績をあげていたし、『シャボン玉ホリデー』でクレージーキャッツが爆発的ヒットを飛ばしてもいた。

むりやり背中を押されるように、ＣＨＫも新しい分野を手さぐりし始めていた。『夢あい』と並ぶ楽劇課の看板番組『若い季節』がそうだし、『ふしぎな少年』の子ども人気を当てこんだ正月用カルタ企画に、協力したのもその例だ。

だが連ドラならまだしも、四回しかつづかないプチミスが、レコード販売促進の材料になるというのは甘かった。

「すみません」

小窪がペコリと頭を下げている。

「社長に、ＥＰでもといったんですが……朝日に頼んでソノシートを出してもらえ、だそうです」

ソノシートは塩化ビニール製のフィルムに、輪転機で溝を刻みつけた安価な円形の録音盤だ。朝日新聞社と日本印刷が共同開発、朝日ソノプレス社が企画販売しているが、まだこれといったヒット作は出ていない。

報告をうけて大杉は諦めたが、みはるは悔しそうだ。

「いい曲なんだけど……」

「二代目も惜しがっていたよ。私なら企画を通した、ライオンレコード版『銀座の恋の物語』にできたって」

「フーン……あのブタでは売れるものも売れなくなったわ」

掌を返すようにいい捨てたみはるはチョロリと赤い舌を見せた。苦笑いする小窪と見比べて、風早はこの少女——いや外見と裏腹に成熟しきった女の、黒い胸のうちを覗き見た気分だ。

そのとき、稽古場のドアが開いた。

「あ、粂野さん」

摩耶の声が聞こえるとすぐ、大杉の驚きがつづいた。

「……局長!」

4

現れた男はふたり。

案内役のように先に立ってノブを摑んでいたのは、風早も紹介されていた粂野楽劇課長だが、後の男は見覚えがない。堅苦しいスーツの粂野と対照的に、砕けたホンコンシャツに袖を通した肥満型だ。目鼻の造作が大きくて、サラリーマンというより遊び人のタイプである。

一兵が呟いた。

「へえ……好川のおっさんだ」

「どなたですか、あの人」

野々宮摩耶も知らない顔のようだ。

「偉い人だよ。好川芸能局長」

「局長！」

目を丸くした。なみの職員からすれば、雲の上の存在だ。

そんな偉い人にしては気さくな男だった。通称といわれる〝おっさん〟がぴったりの風采だ。

ひょいと手をのばすと、大杉の肩をたたいた。

「面白くなりそうかい、大松くん」

「もちろんです」

「期待してるよ」

「ありがとうございます。……ついでですが局長、俺は大杉です」

「あ、そうなの。杉でも松でもいいや。面白くしてくれるんならね」

「その通りです」

大杉は半分顔をしかめて、半分笑った。

上京早々彼に聞かされた。

「『ふしぎな少年』の企画が通ったのは局長のおかげらしい。俺がつくったパイロットを見て、『よくわからんから面白い』といってくれたとさ」

それ以来大杉は、「よくわかるが面白くないモノより、よくわからなくても面白いモノの方が上」と、嘯くようになっている。CHKらしからぬ振る舞いの局長に、私淑したのかも知れない。

「おっ、ロクちゃん！」

局長のダミ声があがって、風早たちはいっせいに見た——笑顔を浮かべた錠前が、椅子のひとつからゆっくりと立ち上がっていた。

病勢の進行をはた目には見せない彼だが、衰えをカバーしたいのだろう、出番のないときはいつもおなじ椅子に身を預けていた。

ズシズシズシと局長は遠慮ない勢いで近づき、手をさしのべた。肉体労働者みたいに節くれだった腕だ。

錠前が両手で局長の手を掴んだ。

「しばらくだね、ヨッちゃん」

「元気に生きてるじゃねえか、ロクさん」

これが好川局長の地金に相違ない。巻き舌の江戸っ子調だ。

「下町の芝居好きな呉服屋で育った局長さんだ。だから映画や舞台の内情に通じているし知人もいる」

一兵が風早に囁いた。

「まあね、生きているよ」

応じる錠前は淡白な口調だが、歓迎の笑みが満面だった。

「稽古していりゃいつでも元気さ、おいらは」

「局長は、錠前さんをご存じでしたか」

ようやく条野が口を挟むと、おっさんは大口を開けて笑った。

「大学のころムーランへ毎日のようにかよったもんさ。そのうち金がなくなって、裏方の力仕事を内職した。ロクちゃんにはときどき呑ませてもらったなあ」

「『五十鈴』だったね、懐かしいよ」

「サービスは年配のおばさんたちで、凸凹の薬罐から酒を注ぐとき、『美人だね』といってやると、升に零れる酒の量がてきめんに増えた」

風早にはよくわからない話を交わして、ふたりでドッと笑ったかと思うと、おっさん局長は真顔になった。

「ロクちゃん、ちょっといいか」

ドアを指して背を見せると、錠前がいった。

「ヨッちゃん。そいつは演出に話を通してくれ」

「おっと、すまん」

くるりと大杉に向き直った。

「五分でいい、ロックの体を貸してくれ、大松くん」

また間違えている。訂正することもなく大杉は村瀬を見た。

「ナツ、時間はあるか」

「あります。一〇分くらいなら」

「だそうです、局長どうぞ」

「ウン、わかった」

出てゆこうする好川に、粂野が気を遣った。

「空いてる部屋、あるのかね。村瀬くん」

村瀬FDも野々宮SDも困り顔になった。

「あると思いますが……スタ管の縄張りなので、この時間はちょっと」

AからDスタはもちろん、稽古場のスケジュールまで調整するのがスタジオ管理課である。以前は人間が管理していたので、面と向かって大声で怒鳴れば押さえる時間の融通がきいた。最近はコンピュータ制御のため無理が通せない。だからみんな一斉に水増しで申告するので、かえってスケジュールが窮屈になった。コンピュータ導入の音頭をとった技術陣は首をかしげているそうだ。

局長は気楽な顔で手をふった。

「構わんでくれ。廊下に椅子があっただろ、そこでいい。用がすんだら勝手に帰るからな、粂野くんあとはよろしく」

ズシズシと出てゆくおっさんの後を、錠前がつづく。のこされた粂野課長は、顔をこわばらせていた。

「局長、あんなに親しかったのかね、錠前さんと」

大杉が首をふった。

「全然知りませんでしたよ。ムーランがあったころは、名古屋でしたから、俺」

「そうだったね」粂野が軽くため息をついたように、風早には見えた。

「あの人を主演にしてよかった……」

これは本音だろう。錠前の起用に渋い顔をしたはずの粂野だが、上司の心証をよくする絶好の機会と踏んだに違いない。全員に聞こえるよう声を張った。「いいものにしてくれよ、みんな。演劇課に負けるな」

どうやらおなじ局内で、演劇課と楽劇課の対抗試合の様相と思われた。相手はドラマ三本だが、こちらはミュージカル一本で、どちらが視聴者をより引きつけるかという勝負である。

「もちろんです、課長！」

粂野の発破に即応したのは村瀬だった。大杉の頭越しに、胸を張った彼はいきいきした表情を見せていた。

「ＦＤは俺です。誰にも絶対にミスさせません！」

風早が目を見張るような意気込みである。

気がつけば椅子にかけたみはるまで、両膝に乗せた拳をギュッと握りしめていた。

姉妹弟子の競演

1

確かに彼が本気にならねば、楽劇課のプチミスは崩壊する。放映開始後のスタジオを支配するのはＦＤだ。大杉がトップといっても非常の事態に際しては、副調の中にいるＰＤでは手も足も出ないだろう。すべてをＦＤの才覚と機転に委ねるほかないはずだ。

（非常事態……）

風早は胸の中で繰り返した。

（たとえばどんな場合だ？　そう、ぼくが小説の構想を練ったときのように、放送中に本物の殺人事件が発生した場合とか……。おいおい、そんな！）

思わず口に出してしまった。

「とんでもない……」

一兵が振り向いたので、あわてた風早は台本に目を落とした。

ドアが開き、錠前がもどってきた。

ひとりではなかった。ユイと母親の瑠璃子がつづいて、条野に気づいた親子は急いで頭を下げた。

「今そこで局長さんにお目にかかりましたわ。しっかりやれと声をかけていただいて」

瑠璃子が丁寧に報告する。そういえば彼女の旦那は、局長のジャン友であった。

小走りに近づいた摩耶が親子に囁いた。稽古の進み具合を教えたのだろう。ユイは素直に耳を傾けたが、瑠璃子の顔はきびしい。今にも条野の前で、役について文句を垂れそうだ。

ひげを撫でていた一兵が立ち上がった。

「瑠璃子さんのお守りをしてくるよ」

「よろしく」

風早はホッとした。瑠璃子は彼を〝いっちゃん〟呼ばわりしていた。二〇年以上昔のことだが、それなりに馴染んだ仲だったのだ。安心してお守りを任せることにした。

一兵が瑠璃子と話しはじめ、解放された条野課長は錠前の椅子の隣に腰を下ろした。彼が局長と話した内容を知りたいとみえる。

淡々とした語気の錠前だが声は風早にまでよく届いた。

「おいらの病状が気になったんだね。ムーランの知り合いから、錠前はもう先が長くないと聞いたらしいよ」

こともなげにいった老優は、紙がこすれるような笑い声をあげた。

「だからいってやったのさ。先が長くないから、命のある内にいいものに出たいってね。おっさんはわかってくれたよ。『期待してる』だってさ」

いいきってから、声を張った。

「おーい、ナツちゃんや。休みの時間を超過してはまずいだろ」

錠前までナツと呼んでいる。

その村瀬がパンと手を叩いた。

「二ページ頭から返します！」

「はい！」

間髪をいれずとはこのことだ。バネ仕掛けの人形みたいな勢いで、みはるはたちまち村瀬の前に立つ。ユイも負けていなかった。羽織っていたカーディガンを脱ぎ純白のレオタード姿になって、子ウサギみたいに跳ねて行く。

例の姿見の場面のリハーサルだ。

視聴者に大型の鏡があると認識させるのだから、ふたりの動きは寸分のズレもなく同調する必要があった。だからふたりが顔を揃えるまで、このシーンの稽古はできなかったのだ。

大杉が椅子の錠前に声をかけていた。

「どうぞそのままお休みになっていてください」

「あいよ。当分おいらの稽古はないんだね」

安心したように座り直す。決して疲労の色は見せないのだが、それでも観察する風早に、一脈の不安はあった。

非常事態という穏やかでない言葉の意味が、頭蓋の中でエコーする。

（我ながら神経質だ……）

そんな風早をびっくりさせるほど、元気な声でユイが質問していた。

「村瀬先生！」

教室のつもりで手をあげている。

「先生はよせよ」

照れ気味の村瀬を、大杉は遠くからにやにや笑っていた。どうやらこの場面はＦＤに丸投げのつもりらしい。

「えっと……じゃあナツさん。私たち、相談したんです。ふたりで『時の踊り』を踊ってはいけませんか」

村瀬がホウ……という顔になった。

「ポンキェルリの『ジョコンダ』か？」

「ええ、そうです」

今度はみはるが答えた。

それ以上なんの説明も要求せず、村瀬は理解したようだ。

「『ファンタジア』の振り付けで、揃えられるの？」

「ハイ！」「できます」

ユイとみはるが応じ、一拍遅れて風早も納得した。

ディズニーが名指揮者ストコフスキーと組んだ長編アニメーション映画『ファンタジア』は、クラシックの名曲をディズニーのスタッフが独特の想像力で動画化した大作である。一九四〇年公開というから昭和一五年だが、日本で対中戦争が泥沼化したころ、アメリカではこの漫画映画の里程標が生まれていた。

単なる名曲のアニメ化ではない。たとえばストラヴィンスキーの『春の祭典』を、地球の創生期から生命の発祥を経て、恐竜時代の終焉まで綿密な考証のもとに描いている。イメージの奔流に風早も感動させられたし、大杉にいたっては「いつか俺も漫画映画に関わりたい」と熱にうかされていた。

オムニバスの一編『時の踊り』は歌劇『ジョコンダ』の一節だが、アニメの中で踊るのは人間ではなく、ダチョウ・ワニ・カバ・ゾウといった動物ばかりだ。およそバレエに縁遠い動物たちが、神殿を舞台として優雅に滑稽に舞ったのち、巨象群舞の地響きで神殿が崩壊して終わるのだが、みはるとユイはその冒頭の振り付けを暗記していた。

「ダチョウのお姫さまが、長い睫毛(まつげ)を震わせる場面だろ」

村瀬がいうと、ふたりは喜んで手を打った。

バレエ団で揃って見たあと、みはるとユイはふたりで繰り返し見て、記憶を確かめながら踊ったこともあるという。

「だけどユイちゃんは鏡の中だよ。左右を逆に踊ることになるぜ」

不安げな村瀬に大杉が口添えした。

「試してみろよ、ナツ。うまくゆけば稽古の時間が節約できるしな」

村瀬も大きくうなずいた。

「了解です。それでゆこう！　といっても今は音楽が流れないよ」

「大丈夫です」「大丈夫です」

ふたりの声が心強くハモった。

「じゃあ摩耶、姿見の位置をきめてくれ」

その指示にSDが応ずるより早く、ふたりの間にしゃがんだ一兵がテープを張った。

「鏡はここのつもりで踊って。みはるくんの背後はアトリエ、ユイちゃんの背後はそのアトリエが映ってるはずだが……」

大杉を見やった。それを受けて、大杉が説明する。

「放映のときにはライトが落ちているから、バックはカメラに写らない、気にしないで。明かりはめいめいの頭上にダウンライトがひとつだけ。OK？」

「OK！」

ふたたび小気味よくハモった。

みはるもユイも軽く目をつむり——それからパチッと音をたてそうな勢いで目を見開いた。愛らしさと凜々しさと、容貌はまるで違うのに、風早はふたりがまるで一卵性双生児のような気がした。

2

村瀬が無言でキューを出す。

少女たちの脳内で、同時にポンキェルリの曲が演奏をスタートしたはずだ。

かろやかなステップがはじまる。

信じられないしなやかさで、両の踵が合わさり跳ね上がる、みはるもユイも。

「いい」

一兵がひとりごちた。いつの間にか彼は、風早の近くにもどっていた。

クルリとみはるが背を向けた。まったくおなじ瞬間に、ユイも背を向けている。

ここからが難しいと、風早は危ぶんでいた。互いに背中を見せたまま、それでも呼吸を合わせて寸分のズレも感じさせずに、複雑なステップを踏むのだ。

が、そんな不安はまったくの杞憂であった。

そこによく磨かれた姿見が立っているように、みはるはユイと、ユイはみはると、瓜ふたつの踊りを見せた。

……そこで風早はふっと思いついた。

待てよ。このシーンではみはるは腰のすぐ上に黒い羽根を仕込んだ箱をつけているはずだ。ではカメラに映ってしまうのではないか。

一兵相手に疑問をぶつけると、彼はわが意を得たように答えた。

「それが姿見で二人一役を演じさせた、もうひとつの理由だよ。ユイちゃんの顔を撮らないように、みはるくんの後ろ姿も撮らない。視聴者はなにも仕掛けのないユイちゃんの後ろ姿を、みはるくんと思い込んでいる。それなのに彼女の体から翼が生えるんだ。びっくりするだろうね。手品の前に、ハンカチの裏表を改めるようなものさ」

なるほどなあ……説明をすませた一兵を見送って、風早が感心していると、また新手がやってきた。

「見事じゃないですか」

そういいながら隣に座ったのは、条野だ。驚いて椅子を立とうとした風早を抑えて、課長は機嫌よく話しかけた。

「歌手が表芸というから、芝居やダンスに不安があったが、近ごろの若い子は芸達者だね。体つきもいい。私たちの時代と食べるものが違うんでしょうな、風早先生」

「はあ」

先生はやめてくれとは、さすがに課長相手ではいいにくい。

その粂野にそっと声をかけたのは、瑠璃子だった。どうやら彼女は、粂野に話しかける機会を待っていたようだ。

「聞いてくださいます、課長さん」

切り口上ではじめられ、粂野は萎縮して見えた。なんといっても彼女は上司である好川の知己なのだ。

「もちろんです、樽井さん」

「瑠璃子と呼んでいただいてよろしいのヨ」

つり上がる語尾をきかせて、自分も粂野の隣に座った。話を風早にも聞いてほしいようだ。

「明日の晩はスタジオで、ドライリハーサルですわね」

「そのはずです。……もしかして稽古に出られないとか?」

粂野が先回りした。今日の立ち稽古にユイが遅れたのは、ラジオの放送の録音があったからで、それは風早も承知していた。

瑠璃子がオーバーに手をふった。

「とんでもない。必ず連れて参りますわ」

「それは結構」

「その代わり、明後日のカメラリハーサルですけど、午後一時からの第一回を中座させていただきたいんですの」

風早は驚いた。まずいよ、それは。

さすがに条野も困り顔になった。

「それは番組のクルーに話していただきませんと」

「でもブロックだけですのよ。ランスルーにはちゃんと間に合わせますから」

遅刻する理由はいわない。今日は抜き稽古だったから、ラジオと掛け持ちでも問題はなかったが、衣装をつけライトやカメラが本番同然のカメリハを留守にされては、大杉も困るだろう。風早は瑠璃子に見えるよう、はっきり眉をひそめて見せた。

カメリハには二種類ある。ブロックは要所要所の段取りを固めるもので、ランスルーは多少のミスがあっても構わず最後まで演じるものだ。これをやらないと作品の長さが読めないから、ときに放送時間からハミ出し、主調整室に情け容赦なくブッタ切られる。

あべこべに番組が終了してもまだ時間が空くときは、適当なフィルムを流して間を持たせる。おかげで風早も、番組と無関係に悠々と金魚が泳ぐ画面をなん度か見ている。

ドラマは終わっていないのに途中で切られてはたまらないので、時間が押しそうと見たときのFDは、俳優に向かってトンボでも捕るように人指し指で渦を描く。これがテンポアップの合図なのだ。

たいていの場合は、大杉が越路吹雪の『一日かぎりの冒険』でやったように、視聴者を騙しきるのだが、数ある中には最悪のケースも存在する。CHKテレビ最初の芸術祭参加ミュージカル『スポンジの月』は、台本が仕上がったのが放送当日の午前一時であった。作曲も振り付けも演技もすべてぶっつけ本番のナマ放送で、開始時間が予定より二〇分遅れ、放送終了は四

○分遅れるという始末だ。
撮影後にフィルムを切り貼りして編集できる映画と、ナマのテレビ番組は根本的に違い、むしろ舞台に近いかもしれない。大杉にいわせると、映画と演劇の不便な点だけ集めて視聴者に提供するのが、これまでのテレビドラマだった。

見れば瑠璃子は、まだ粂野に食い下がっている。

「ご覧になりましたでしょう、姿見の場面はもう十分に呼吸が合っておりますもの。最初のカメリハくらいはよろしいではありません?」

粂野は苦り切っていたが、頭ごなしにできない様子だ。

よく通る声であったし、鏡のシーンは台詞がないから、少女たちには筒抜けであった。

——そのとき風早は見たのだ。

ユイが嫌悪の念をあらわにしていた。

彼女は懸命な目でみはるを見つめ、胸の前でそっと手を合わせている。風早にはユイが目に涙を浮かべているように思われた。

瑠璃子のゴリ押しに手を焼いた粂野が、(わかりましたよ)というように首をふって、

「ちょっと、大杉くん」と手をあげた。

瑠璃子の頼みを演出者たちに取り次ぐのか……風早が憮然(ぶぜん)としたときだ。

課長に応じようとした大杉を無視して、みはるがいった。

「なあに、ユイちゃん。あなたカメリハに遅れるの?」

軽やかな口調なのに、まるで舞台で発した台詞みたいに、その声は稽古場の隅々まで届いていた。

「そんなのみんな困るんじゃない？　カメラさんも照明さんも……あたしたち本番とおなじメイクでレンズの前に出るの、それがはじめてでしょ。大切なリハーサルだわ。ねえ、大杉先生」

風早は瑠璃子が額に青筋をたてたことを確信した。

「どうしてもブロックに出られないご用があるの、ユイちゃん？」

話をふられたユイはホッとしたような笑顔で、かぶりをふった。

「……さあ？　私はよく知らないわ。スケジュールの管理はお母さんだから」

おや、彼女はママといわないのか。

風早がピント外れな感想を抱いたとき、ガシャンと金属的な音が聞こえた。瑠璃子がパイプ椅子から勢い良く立ち上がったのだ。激越な調子で食ってかかるかと思ったのだが——。

稽古場の全員の視線を浴びた彼女は、しばらくなにもいわなかった。なにもいえなかったのだろう、横車を。

やがて憤怒を堪えた平坦な声を作った。

「主演女優さんが、そこまで仰(おつしや)るなら……」

いまいましげにみはるを睨めつけて、

「もうようございます」

また椅子を鳴らして座りこんだ。

「そうですか。ではひとつ、そういうことで」

目に見えて安心した条野は、みはるとユイに近づきわざとらしい拍手を送った。

「見事なものだ。ふたりでひとりにしか見えなかったよ。明日はこの調子でね！」

「ありがとうございます」

条野に応えるみはるの笑顔は、可愛いというより婉然(えんぜん)としていたから、

「ハイ、やります！」

きっぱりした返事のユイの凜々しさが、かえって引き立った。

そのことさえ瑠璃子には腹立たしいようだ。

「ご承知かしら、先生」

風早はびっくりした。隣だった条野の椅子が空いたところへ、瑠璃子がするすると移動してきたのだ。

「なんでしょうか」

「いくらユイが一所懸命になっても、顔は一度も映りませんのよ」

「はあ……そうですね」

「こちらを向いてるとき胸のあたりまで。カメラがパンアップしたときは、もう後ろ姿なんですもの。これが映画でしたら……シネマスコープの大写しなら！　テレビなんて本当に貧乏臭い……」

いいすぎたと思ったのだろう、あわてて弁解した。

「妾なんてもうおばあちゃんですから、チマチマしたテレビより劇場の大画面がデラックスに見えますのよ。大きいことはいいことだって」

笑って見せたが、目は決して笑っていない。

「では失礼いたします」

椅子を立った瑠璃子は丁重に頭を下げて、娘の方に歩み去った。

3

次は錠前の出番である。

立ち稽古は、ビデオに撮られた三人の女性、保母・未亡人・クラブのママと、錠前のやりとりにしぼられていた。

一般的な番組なら、ビデオ撮りするからには錠前と三人の女性をべつべつに録画するはずだ。風早もそのつもりで三つの場面を書いたのだが、大杉は錠前だけナマで演じさせると最初から主張していた。

幻想の過去と現実の今の対照が実感できるよう、ビデオとナマをカットバックさせるコンテを切ったのだ。したがって錠前が演技する時間はあらかじめ決まっていた。相手役がすでに録

っ た。

予定された秒数の間に演技の熱量を加減するのは、ベテランコメディアンにも容易ではなかった。

錠前が芝居の寸法をわがものにするまで、大杉は執拗にリハーサルを反復した。

その場その場で必要になるビデオシーンをモニターに送出させるため、サブとの連絡役の村瀬FDも、息が抜けない。

この間、大半の関係者はただ待つのみである。

映画俳優の佐田啓二(さだけいじ)は、どれだけ待たされても決して不平をいわないそうだ。「待つのもギャラの内」と悟っていたという。むしろ待つ間になにをするか、なにをしないかで、成果に差がついてゆく――と、大杉に聞いたことがある。

ユイから離れたみはるは、風早とおなじ壁を背にした椅子に席を移して、黙々と鉛筆を走らせていた。

三脚の空いた椅子越しに風早はそんな彼女を眺めていた。なにを書いているのだろう。横顔に熱がこもっている。

フッと顔をあげたみはるが、こちらを見た。風早の視線に気がついて少し笑った。

「カンニングペーパーかい」

尋ねられたみはるは、ふるふるとかぶりをふった。

「演出メモです」

「へえ?」

お尻をずらした彼女は、風早とひとつ隔てた席まで近づいた。

「どうぞ」

「え、見ていいのか」

差し出されたのはプチミスの台本だ。ホチキスの針が抜かれ、袋綴じだったどのページもひろげることができる。みはるはその裏に鉛筆でメモっていたのだ。

あるページには、ダンス教室のテキストみたいに足の流れが示され、所々に音符が書き込まれている。

「あたしにだけわかるメモですけど。この音符が聞こえたときに、こう動きはじめるんだって……こっちは」

台詞の下に人の形がいくつか描かれ、右手を動かす範囲が点線で指示してある。

「ここ、あたしが話す場面の演技だけど、大杉先生にいわれました。夢中で台詞をしゃべっているあたしって、手が余分な動きをするそうです。でも無理にその癖を直さずに、むしろ意識して使う方がいいって。うまくゆけば癖でなくきみの個性になると仰るの」

「うーん」

風早は唸った。スギの奴まともなことをいう。

「するとこれは、演技プランのカンニングペーパーというわけか」

「あ、そうなりますね」ちょっと笑った。

ナマ放送のテレビドラマで、俳優の誰もが苦しむのは台詞を覚えることだ。月単位で稽古を積むのに慣れた新劇の俳優がテレビでショックを受けるのが、二日か三日リハーサルしただけで、本番に突入することだ。

映画撮影なら台詞をトチれば、即座にリテイクできる。だがナマで撮り直しは絶対にあり得ない。

本番で台詞を忘れて立ち往生する役者を、大杉はなん人も見たという。

「気配でわかるんだ」

自分から「俺は気の利くＦＤだった」と嘯く大杉は、咄嗟(とっさ)にマイクの指向性を確かめてその間隙から台詞を教えてやる。

「タイミングが外れて、俺の声が全国に流れたときもあった」

彼は笑うが、出演者にしてみれば笑いごとではない。台詞を忘れるベテランは三木のり平だったそうだ。

「ご本人が自認していた。よその役者がトチったのを勘違いして、『ごめんな、俺のミスだろ』と詫びられたこともあった」

そこでカンニングペーパーの出番となる。

「万年筆ではにじむから、台詞をボールペンで視線の向くところに書きつける。張り物の裏に書く人が多いな。木の幹にラブシーンの台詞を書いたのはいいが、どの木に書いたか忘れて林の中を右往左往、恋人を置いてけぼりにした役者がいた。森繁さんが喫茶店のテーブルにびっしり台詞を書いておいたら、本番直前に汚れていると気をきかせた小道具がテーブルを取り替えちまった例もある」

悲惨なエピソードが多い中で、みはるは演出の要旨までメモしていたのだ。役者魂というべきか。

「エヘヘ」

みはるはくすぐったそうだ。

「あたし、おばあちゃんになって歌も芝居もできなくなる前に、演出の仕事を覚えたいんです」

「なるほど……」

風早は舌を巻いた。この若さでこの根性は大したものだ。絶対にスターになれる。

「凄いね、きみ」

「そうですか？　ありがとうございます」

ニコニコしている。

可憐（かれん）な笑顔の向こうに、違う女の表情がダブって見えて、風早は話題を切り換えた。

「子どものときから志を立てていたんだね」

親御さんが芸熱心だったのかと尋ねかけてやめた。彼女は戦災孤児であった。

「養女に行った先が、大切にしてくれたのか」

「ええ。でも母は早く亡くなりました。優しい人だったけど」

「それからは父さんに見守られたんだ。旅館の経営者だって？」

「はい。あたし、宴会のお客さまの前で歌や踊りを披露して、舞台度胸だけはつきました。ライオンレコードの社長さんも、お客さまのひとりでした」

彼がみはるの才能を見いだした話は、小窪に聞いていた。

そして二代目にも、目をかけられる機会がきたわけか。少しばかり風早は意地悪な質問を試みた。

「そこまで将来を考えているのは偉いけど、でもみはるさん、恋人は？」

「はぁ？」

虚を衝かれたような間があったが、すぐに彼女は愛らしく答えた。

「もちろん、いますよ」

「誰？」

「風早先生です！」

纏(まと)めた台本を手に、キャラキャラ笑いながら元気よく駆けていった。

4

苦笑で見送っていると、一兵が再度やってきた。

「みはるとユイ、姉妹のようだね。顔だちはまるで違うんだが」

話の水を向けられて風早が聞いた。

「ユイのママ、ご機嫌は直りましたか」

「……さあ、どうかな」

自信がなさそうだ。

一兵と樽井瑠璃子は長いつきあいだった。昭和一二年――といえばもう二四年前になるが、名古屋で開催された戦前最大規模の博覧会に、ふたりで取材にでかけていた。今の「夕刊サン」が「帝国新報」を名乗っていた時代だから、古い話である。

苦笑する余裕もないとみえ、一兵は真顔だった。

「瑠璃子さんがあそこまで粘着質とは思わなかった。モガのころの彼女は、方向音痴だが愛嬌のある職業婦人だったんだよ」

「人間は変わるもんですって」

「若いわりに年寄りじみたことをいうね。……彼女としてはあの時間、ぜひとも娘の体を空けたかったらしい」

「でも理由をはっきりいいませんでしたよ。スギや粂野課長にはいいにくかったみたいで」

一兵はうなずいた。

「そうだと思う。映画のメジャー級の大作から声がかかったとかね……瑠璃子さん前々から旦那のコネで帝都映画に売り込んでいたから」

なるほどと風早は合点がいった。

プチミスの主役は間が悪くて逃がしたが、母親としては娘をテレビ番組の主役程度と思っていないのだろう。日に日に逆転しつつあるとはいえ、テレビに比較すれば映画の主演女優という肩書は今も桁違いだ。

「それなら、ユイちゃんにしてもチャンスなのに」

「まあ、そうだね」

「みはるさんは、それを知らないいんでしょうか」

知った上でカメリハを強要するほど、自分勝手な役者とは思えないのだが……。

「いや、知っているらしい」

「それではみはるさんは、わざと憎まれ役を買って出たみたいだ」

「さすが作家の目だね、鋭いな。実は風早くんの見立て通りだよ」

これには驚いた。

「どういうことですか」

「ユイちゃんの意志らしい、日本で映画に出たくないそうだ……美粧が聞いてる」

一兵は声をひそめ、風早は首をかしげる。

「日本で？　ということは、渡米が本命なんですか」

「うーん。父親はそう観測してたね」

ユイの父の樽井建哉は、一兵少年が銀座で似顔絵描きをやっていた時代から顔なじみなので、持病の糖尿で入院中の彼を見舞いに行ったばかりであった。

ユイはアメリカでデビューするつもりなのか。『LIFE』の表紙になった木村三津子の例もある。それだけで箔のついた彼女は、たちまち大映映画『いついつまでも』の主役に抜擢されている。

だがそんなルートがあるなら、本人より母親がのめりこみそうだ。ユイの希望はシカゴでバレエの指導を受けることと聞いていたのだが。

「娘の気持ちがわからんと、樽井さん悩んでいた」

「そうなんですか」

父親が匙を投げる少女の心理なんて、想像もつかない。

「もしかしたらみはるくんは、彼女の真意を知っているんじゃないかな。だから協力してチャンスをつぶしてやったとか？」

射あてた気になって風早が顔を寄せると、逆に一兵はツイと離れた。

「……もうやめよう」

サマになりかけたひげを、ぞろりと手で撫で回した。

「あんたとオレが顔を合わせると、つい人の気持ちを推理したがる。よくないぜ、探偵癖なんて」

一兵の呟きには後悔の思いがこめられている。

昭和一二年の事件で一兵少年は探偵を務めた。彼を探偵役に据えたのはなんと事件の真犯人である。

だ。そして風早の知る昭和二四年の場合も、一兵に探偵を依頼したのは当の殺人犯だったのである。

思い入れのある知己を犯人と断じたときの、一兵が思い知った胸の痛み。

ふたつの事件の謎解きは、探偵をダシにした犯人の緩慢な自供ではなかったか。一兵は探偵どころか被害者のひとりだったといえそうだ。

高校生として遭遇した事件では、風早も解決にひと役買っている。決して知りたい真相ではなかったが、探偵役の片棒を担いだ実体験は、推理作家志望であった彼を夢のスタート地点に立たせてくれた。

その点は感謝しているけれど、だからって一兵さんみたいに、二度も辛い思いを嚙みしめたくなんかない。

同意した風早は、一兵に軽い笑みを送った。

(三度目がなくてよかったね、一兵さん)

そのとき、大杉のよく通る声があがった。

「いい!　いい!　錠前さん、それでゆこう!」

拍手したのは村瀬と、彼に肩をならべた摩耶であったが、その横では条野課長も満足そうにうなずいている。彼だってもとはラジオドラマを演出していたのだ。こんな空気が嫌いなはずはなかった。

はじめ全くの手さぐりに見えた錠前の演技が、ようやく大杉の要求するイメージにぴしゃりと嵌まったらしい。疲れ切った様子でも、彼は上機嫌だった。

「頼む、スギちゃん」

老コメディアンは、大杉を片手拝みした。

「今の芝居を忘れない内に、もう一度繰り返したいんだ」

「そうこなくちゃあ」

愉快そうな大杉の答えだった。

「ナツ、最後の立ち稽古だ」

「了解です！」

椅子にかけたりテーブルを囲んだりしていたスタッフ・キャスト全員に、威勢のいい活をいれた。

「みなさん、お待たせ！　ラストヘビー、キッチリ仕上げましょう！」

「はい、ナツちゃん！」

「頑張ります！」

心地よく張りのあるユイとみはるの返答だった。

立ち稽古も今日が最後だ。いよいよ明日はスタジオに下りてドライリハーサル、という手順であった。

5

立ち稽古は稽古部屋で、ドライリハーサルはセットが飾られたスタジオで行う。それだけの違いであって、芝居や踊りはおなじことを反復すればいい。

そう理解していたのだが、次の日になって実際にドライリハーサルに立ち会った風早は、認識を一変させられた。畳の上の水練とはいい過ぎだが、昨日までの立ち稽古に比べ、セットの中でのリハーサルは実地に海へ飛び込んで泳ぐようなものだ。カメラもマイクも使わないから、浅瀬でピチャピチャやってる程度だけれど、臨場感が違う。

ライトがないのでフラットな情景だが、鼻を衝く張り物の匂いが風早を圧倒した。ドライは『ふしぎな少年』で見ていたが連続ドラマの場合セットは作り置きされている。今日の張り物は遠見や切り出しの端々まで、この番組のために新調されたものだ。

そしてアトリエに散在する大小さまざまな絵。壁にかかった額だけではない。イーゼルを占領した肖像画。片隅に立てかけられた絵・絵・絵。そのどれもが題材は女性である。微笑み、囁きかけ、睫毛を伏せ、媚笑(びしょう)を漂わせている。

このすべてを一兵が描いたらしい。

試しにセットの中央に立ってみた風早は、膠(にかわ)にまじって彼女たちの放つ香水の香りを嗅いだような気がした。

アトリエと通路をへだてて、一兵が話していた捨て部屋がある。階段を上りきった場所と設定された通路からは、一階部分の陸屋根が見える。九〇度に角度を変えベッドルームの掃きだし窓から覗けば、庭に突き出たテラスに化けているからテレビ美術のマジックであった。この狭い空間が、巨大な翼を取り外すスペースになる。

ここで、大杉とAのカメラマンが軽くトラブった。

「外した羽根を、誰がどこへ逃がすんだい」

「そのまま捨て部屋に残してはいけない？」

「いけねえよ、スギ。あんなかさばる翼を残されては、俺かCカメラの背景にはいっちまうぜ」

「うーん、そうか」

「なんとか始末してくれよ」

小さな箱から黒い翼は伸びている。箱の背負い紐から両腕を抜けば、難なく翼を外せる仕組みだ。

だが、なにしろ羽根が大きい。ひろげるときは背負い紐に添えられた細い糸をひくだけだが、片づけることまで大杉も思案していなかったらしい。すると、ひげをこすりながら一兵が進言した。

「狭い捨て部屋だけど、天井は開いてますすよ、ホラ」

みんないっせいに見上げた。

ちょうど真上にキャットウォークが橋をかけている。

「あそこに誰かいて、みはるが外した翼をハカしてはどうですかね」

大杉が手を打った。

「そのアイデアいただき！」

頭上に羽根を引き上げれば、カメラには確実に写らない。ちなみにハカすは捌かす——カタすとおなじ意味で使っているらしい。では誰がキャットウォークで待機するかだが、ずっと翼の担当であった三宅に一任された。

難関はこれでひとつ突破できた。まったくどこからどんなクレームが湧いて出るか知れたもんじゃない。風早はひそかに胸をなで下ろした。

6

秋の夜はふけ、ドライリハーサルは無事終了した。

時計は二一時を大きく回っている。演出三人はこの後『星の寄生木』に集まって明日の鋭気を養うとかで、風早も誘われていたが、まだ控室でぐずぐずしていた。

実は自分が書いたラストシーンがどんな画面となって描かれるのか、今になってもはっきりしないのだ。

　黒から白へ、死神から天使の翼にチェンジしたみはるが、踊りながら先導すると、その後を軽やかにステップを踏む錠前の姿が撮られるわけだが、広々としたフロアを去ってゆくふたりがどんな画面に納まるのか、ドライリハーサルでも見当がつかなかった。カメラを引いて遠景まで見せるとすれば、否応なくアトリエや寝室のセットまでが丸見えになり、それでは幻想も詩情もあったものではない。こんなラストで果たして風早が書いたような情緒纏綿(じょうしょてんめん)としたムードが出るだろうか。

　作者としてはひどく心もとなかった。

　とはいえ風早は、あえて大杉に質問していない。聞いたところで彼のことだ、「本番を見ればわかるよ」と軽くいなすに決まっていた。先入観抜きで見るのもいいと思うが、仮にもぼくは作者なのだから、自分なりに脳内でスケッチしたイメージを、放送された絵と比べてみたいではないか。

　書いた文章がそのまま載る小説と、テレビは違う。そんなことはわかっていたし、読む毎に場面の組み立てを想像してゆく読者こそ、小説の演出者と見立てる考えもある。千人の読者がいれば、千通りのイメージ、千通りの小説が成立するといっていい。

　だがプチミスの演出は大杉ひとりなのだ。

（さあ、きみはどんな絵を創ってくれるんだ？）

　自分の思考に浸っていた風早は、ここでやっと気がついた。

高らかなマンボのリズムが、正面の21インチ画面を揺さぶっている。番組は『秋の夜の軽音楽』……今夜はラテンの老舗、東京キューバンボーイズの出演だった。演奏されているのは『マンボNO. 5』。フルバンドだから広いAスタが使われていた。

身も心も浮きたつようなダンス音楽のマンボである。歯切れのいい演奏を耳にして、いつか風早は膝を揺すっていた。開けっ広げなリズムに乗せられ、つい「ウー！」と合いの手をいれてしまう。

あわてて周囲を見回したところへ、一兵が顔を見せたから、ひそかに赤面した。

「あれカツくん。『星の寄生木』はどうしたんだ」

一兵は人がいない場所では、ちょいちょいカツくんと呼んでくれる。ポットからお茶をついで世にもおいしそうに呑んだ。一仕事終えた後という様子に見てとれた。

「これから行くところです。セットの手直ししてたんですか」

「うん。ラストで踊る錠前さんのバックね、あれにタッチをつけてみた」

相変わらず最後まで凝る人だ。

スタジオに役者の顔をコラージュした張り物が、搬入されていた。白黒が逆転されているので、パッと見にはモデルが誰かわからない。

「オレが描いた似顔絵を写真に撮って、引き伸ばして張ったんだ」

『ふしぎな少年』で大杉は、理化学研究所にある巨大な電子計算機を写真に撮り、実物大に伸ばして張り物にしたことがある。

「背景で見る限り、完璧に本物のコンピュータだったぞ」

と、威張っていた。

「ただし横から撮ったらぺらぺらの張り紙だ。正面を撮るだけだよ」

「そんな代物がテレビドラマのセットに？」

「『ふしぎな少年』はSFだからな。脚本の石山透（いしやまとおる）さんが湯川（ゆかわ）博士をもじって水川（みずかわ）博士というキャラクターを創作した。四次元理論を援用して時間論をぶつシーンさ」

湯川はいうまでもなく、日本ではじめてノーベル賞に輝いた原子物理学者である。

一兵はそのアイデアをもうひとつひねっていた。

「張り物にする写真を陰画にしてみた。コラージュされた似顔絵が誰だかわかるかい。カラーだからネガは補色になってるしね」

「ええと。森繁さんや左卜全さんがいたと思う」

一兵は嬉しそうだ。

「そうそう。全員ムーランの役者たちなんだよ。一発でわかるようでは前景の錠前さんがボケるし、まるでわからなくてはつまらない。それでアクセントをつけて、モデルたちの特徴を強調してきた」

似顔絵で銀座を、劇映画のセットで撮影所を稼ぎ場にした彼ならではの芸であった。

大劇場のアトラクションの看板も描いているから、軽音楽全般の知識もあるらしい。受像機をろくに見ていなかったが、番組終了にちゃんと気づいていた。

ってことだろう」

「『ウィズアウト・ユー』だ。キューバンが編成されて以来のテーマ曲だよ。これが締めの曲

　風早は不勉強を恥ずかしく思った。聞き覚えはあるのに曲の名前を知らなかったのだ。

「バンドのみんな、いっせいにあがってくるぜ。その前に出ようか」

「はい、行きましょう」

　番組センター裏口を出ると、冷たい風が路地を吹き抜けた。街路樹のプラタナスの落ち葉が、こんなところでも躍っていた。まだ一〇月だというのに初冬の凛冽(りんれつ)さであった。

　徳利(とっくり)のセーターを着ていたが、それでも風早はぼやいた。

「さぶ……」

「そりゃあ一〇月も終わりだもんな」

「正月に子種を仕込めば、そろそろ臨月ですね」

　一兵が笑った。

「カツくんにしてはおっさんの話題だね」

「当然でしょ。やがて三〇歳だもの、立派なおっさんです」

『夢中軒』の外にかかった階段の途中まであがって、振り向いた。一兵はなぜか立ち止まって指を折っていた。

「なんです？」

「いや。樽井さんは終戦間際の銀座空襲で大火傷(やけど)を負っているんだよ」

「そうなんですか」

「だから、ずっと入院していた……イヤ」

ハッとした様子で、彼は風早を見上げた。

「なんでもない。探偵癖は封じるといったのはオレだったね。……あがろう、待ってるぜ、みんな」

7

予想通りだった。

ふたりがウッドカーテンを揺らすと、大杉や摩耶が歓迎の声をあげた。アルコールを含有していないはずの村瀬が、いちばんの雄叫びをあげた。全員明日の本番を控えて高揚しきっていた。

「待ってましたよ、風早先生」

村瀬が隣の空いた椅子をたたく。いつもは四人で満席のカウンターだが、今日は大杉がオーダーしたのだろう、椅子が五脚押し合いへし合いしていた。

風早に並んで腰を下ろそうとした一兵が「へえ」といい、奥の壁に近づいてゆく。

「ダーツじゃないか」

黒地に赤と白の色鮮やかな円盤がかかっていた。ダーツゲームの標的となるボード、くらいは風早にもわかる。

「お目が高い」

碁介がハイボールをこしらえながら笑った。

「アルバイトの学生さんが寄贈してくれたそうで。『夢中軒』には似合わないというので、律子が譲ってくれました」

カウンターの片隅に準備されていたダーツの矢を一本手に取って、一兵が尋ねた。

「バイトの名前、三宅じゃなかった？」

「よくご存じですね」

碁介が答える間に、一兵が矢を無造作に投げた。真ん中とはゆかなかったが、それでもボードの下部に刺さった。風早の隣席に引き返した一兵が、説明した。

「三宅くんは大学のダーツ愛好会でリーダーだそうだ。もっぱらダーツのお披露目係らしくてね。寄贈したのもPRの一環だな。彼、『夢中軒』が気に入っていたから」

「さすが坊ちゃんのお家柄」

調子外れな声をあげたのは、大杉と村瀬に挟まれた摩耶である。短い時間にもうメートルをあげている。

（おっと）そう思った風早は、すぐ反省した。

この間書いたエロ小説の若い編集者に聞かれたからだ。

「先生。この『メートルをあげる』ってなんのことでしょう」

「酔っぱらって気勢をあげることだけど？」

「そうなんですか。はじめて聞きました」

そういわれれば古いかなと、即座に訂正を申し出た。

「じゃあ書き換えよう。『おだをあげる』ではどう」

「へ……なんのこってすか」

聞き直されて、がっくりしたことがあった。

「風早さん、なにを考えてるんですか。グラスが欠伸してますよオ」

「や、失礼」

ぼくはなぜ謝ってるんだと思いながらも、碁介と目を合わせたので黙礼した。彼が髭を揺らしてニコリとしただけで、ハイボールが美味しく感じられる。バーのマスターはこうありたいものだ。

満足してグラスの氷を鳴らしていると、一兵が囁いた。

「三宅くん、今月いっぱいでバイトをやめるから置き土産のつもりだよ」

「そうなんですか……みはるさんを諦めたのかな」

「その話で小道具の連中が賑わってたよ」

一兵がオーダーしたのは、ワインだった。彼が生まれ育った南信州は、ワインの生産が盛んな土地柄なのだ。グラスを透かし見てから気持ちよさそうに呑んだ。

「口説き落とすのを諦めたそうだ。国へ帰れば、見合いの話はよりどりみどりの身分でね、とうとう断りきれない話が出たらしい。選挙ブレーンの社長令嬢で……」

風早の視線に苦笑して見せた。

「探偵したわけじゃないぜ。じかに三宅くんから聞かされた」

「そうなんですか……」

「世間知らずなところはあるが、好青年だよ」

「ぼくもそう見ています」

彼がみはるに翼を背負わせる、一連のやりとりを思い出していたとき、一兵がボソッといった。

「みはるくんに恋人はいるのかねえ」

恋人はいないが、男はいる。まさかそうもいえないから躊躇っていると、先回りされた。

「返事しなくていいよ。推理だの観察だの、お互い願い下げ」

笑ってひと思いに呑み干した。

「もう一杯、おなじものを」

「かしこまりました」

愛想よく応じる碁介の前で、摩耶と村瀬がみはるの話に花を咲かせていた。

「案外意地っぱりなんですね」

「みはるかい。もともとああいう性格なんだろう」

「でもあれでは、ユイちゃんが気の毒だったわ」

「本人が諒承したんだからいいさ」

「ユイちゃんの方で気を遣ったのかしら……その割にみはるさんは知らん顔してたけど」

「そういうとこがみはるの個性なんだろ。芸能人はひとりひとりが独立企業体だもの。人に気を遣うようでは甘い。気を遣わせるようにならなくてはね」

「樽井夫人も突っ張りましたね。よほど大切な仕事があったんですよ」

　黙っていた大杉がこのとき割り込んだ。

「不承不承でもあのステージママが納得したんだ。みはるがゴネたおかげで、明日のカメリハはスムーズだ。そう思えばいい」

　それでも摩耶は割り切れないようだ。

「ユイちゃんソンしたんじゃない？　みはるさんてあんなこわもてができるんですね」

　村瀬はこともなげだった。

「地金を出しただけさ。……いつか俺、中島そのみちゃんの話をしただろう。本番の当日に高熱を出して、それでも休まずにきてくれた」

「聞いたわ。東宝の『お姐ちゃん』シリーズに主演している子ね。団令子（だんれいこ）たちと」

「そう。俺なんかプロの根性だって感心したんだが、みはる曰くさ。『あたしなら休みます』だと。『それで体を壊して女優を辞めてもＣＨＫは責任とってくれませんから』」

「あらー」

「ドライなところが今の女なんだって」

ふたりの会話が耳にはいって、風早は可笑しくなった。そういう村瀬をぼくは〝ドライ〟と評したのだから。

「ま、ああいう手合いだよ。これからグングン伸びるのは」

「いやねえ」

いったと思うと、グラスを口にあてた摩耶はごくごくと喉を鳴らして一気呑みだ。

「おいおい。もうそのへんでやめようよ」

笑いながらだが一兵がブレーキをかけた。大杉が静かすぎると風早は思ったが、見れば楽劇課のホープのプロデューサーはカウンターに突っ伏して眠っていた。

いや、決して静かではなかった。たちまち嵐みたいないびきをはじめたからだ。

摩耶が悲鳴をあげ、男三人はゲラゲラ笑いだした——マスターだけは、黙々とグラスを磨いていた。

本番前夜の光景である。

本番の夜に殺人は起きるで章

カメリハとその前後

1

一三時に予定されていた第一回のカメラリハーサルは、思いのほかみんな苦労した。

一場面ごとに手順を固めてゆくブロックだが、三〇分の番組というのに三時間たっぷりかかってしまった。

三人の女性の回想シーンをスクリーンプロセスに映し、その前で錠前が演技する場面では、演出と照明、カメラ間で調整するのに難渋した。主役の心理的転回点として、大杉が描いたイメージを実際の〝絵〟に結晶させるまで手間がかかったのだ。

保母と戯れる幼児たち、未亡人を悼む弔問客、ママに蝟集（いしゅう）する酔客は、役者を使わずすべて黒一色の切り出しだ。等身大のシルエットを縫って、三変化のみはるが歌い踊って回る。そんな趣向のファンタスティックなビデオが、錠前の背後で展開する。

大杉の内緒話を聞けば、「市川崑のパクリだ」そうだ。

早くからテレビに関心を抱いていた市川監督は、自分の映画『恋人』をテレビ化したとき、人間の代わりに切り出しの群衆を使っていた。

錠前が三人を相手に演技するシーンでスクプロを利用したのは、「デュヴィヴィエ監督の『モンパルナスの夜』がもとネタだ」そうだ。

ジョルジュ・シムノン原作の映画では、逃亡する男が車、車、車のヘッドライトのフラッシュバックに幻惑されて狂乱する。

十代から大杉を熟知する風早は、彼の映画趣味べったりに苦笑するほかない。

「幸福を売ったつもりでいた男が、自分こそ女に幸福をおすそ分けされていた——その事実を思い知って茫然とする画面で、おなじテクニックを使いたかった」と、彼はいう。保母に扮したみはるの幼いまでに純真な笑顔の大写し。スクプロ一杯のアップがストップモーションになる。その前で凝然と立ちすくむ錠前。その直前に彼女から「私たちの赤ちゃんはあなたの選択に従って、殺されました……」そう聞かされたばかりなのだ。

「ああ、おいらは確かに人を殺した……」

呻くような錠前の台詞をきっかけに、

「場面を賽の河原へカットインするんだ」

「えっ、賽の河原？」

「そうだ、下北半島にある。恐山まで俺ひとりでフィルム撮りしてきた……学生のころ小型映画を嗜んだ、俺の腕の見せ所だ」

テレビの最初期ではタブーだったフィルムが、スタジオドラマと併用できるようになったものの、まだ編集者がいない。恐ろしいことに素人のディレクターたちがおっかなびっくりで、スプライサーに向かいカットフィルムを切り貼りしていた。放送中に接着が剝がれて画面を真白にした者もいる。だが大杉の編集は磐石であった。

「説得力のある絵になったぜ、賽の河原は」

風早はドラマの中で錠前を心理的に追い詰めたが、台詞だけでは迫るものがないと、大杉は判断したのだろう。

スタジオのモニターに送出された映像では、荒涼とした河原で音もなく無数の風車が回っていた。灰色に静まり返った死者の風景。大杉は効果に指示してあえて風の音まで消したのだ。

(ああ、ここも小説とテレビでは違う……)

風早は腑に落ちていた。

スタジオに『地蔵和讃』の録音が流れてきた。無伴奏でもの悲しく、みはるの途切れ途切れな歌声であった。

これはこの世のことならず　死出の山路の裾野なる　賽の河原の物語……

ふたたび大杉の解説を思い出す。

「下手をすれば視聴者は吹き出すかも知れないがね。シャンソンが主役のファンタジーに水と油という叱責は覚悟の上さ。やってみなけりゃわからない。日本ではじめて民放が電波を流したとき、日本人は神経質だから、真面目なドラマにコミカルなCMが割り込んだら怒るだろうと心配した。だがはじめてみれば、日本人は平気でコマーシャルを受け入れた。やってみなけりゃわからないんだ」

悪戯(いたずら)っぽくつけくわえたものだ。

「それに、文句がきたときはもう放送は終わっている。ナマのありがたさだよ」

実は鏡の場面でも技術的なミスが頻出して、少女ふたりはなん度も芝居を反復させられた。やはりユイがいてくれて助かったのだ。

最初のカメリハを終えて、食事どきの休憩にはいった。風早は大杉たち演出のチームに誘われて『夢中軒』に向かう。

西田佐知子(にしださちこ)の『アカシアの雨がやむとき』を伴奏に、みんな揃って冷中(れいちゅう)をすすった。暖簾(のれん)を晩秋の風が揺するが、スタジオの熱気をひきずった風早には喉になじむこの冷やっこさが嬉しい。

帰りがけ伝票にサインしながら、摩耶が念を押していた。

「コーヒー、時間に遅れないでね」

「OK、OK」

律子の元気な声が応じた。コーヒーは今日の消えものだ。

「その時間なら、うちは書き入れだから伯父がゆくわ」

『星の寄生木』のマスターのことだ。コーヒーは錠前が目覚めるシーンで使われる。

「よろしく」大杉が念を押した。

「湯気がまだホカホカ立っているのを、逆光で撮りたいんだ。頼むよ」

村瀬もいった。

「おなじカップをもう一組ね。これは終わりころに出る」

ラスト近く、錠前のベッドの枕元に置かれたカラのカップがポツンと映される。ベッドの毛布には錠前に見立てた人形が横たわっており、ここまでのドラマはすべて、死の床の錠前が知覚したパノラマ視現象だった——と、視聴者に伝える重要な小道具である。

「カップの借り賃はタダね」

村瀬に念を押されて、律子がふくれた。

「CHKってそんなに貧しいの。しがないラーメン屋を踏み倒すほど」

ケラケラとみんなが笑った。本番を待つこころよい興奮がスタッフを押し包んでいた。

2

二〇時からはじまったカメリハはランスルーである。

少しくらいのエラーは無視して、ラストまで稽古を中断しない。ナマ放送にとって絶対に必要な手順だった。

スケジュールが押してランスルーできず、その結果醜態を晒したドラマの話は、風早もさんざ聞かされてきた。

その大事なカメリハが、今夜は奇跡的に順調であった。

「怖いほどうまくゆきました！」

スタジオの摩耶が、カメラに向かってガッツポーズをとっている。

「時間もドンピシャなんです。ああ、このカメリハが本番だったらよかったのに……」

ＰＤ席で大杉が笑った。

「粂野課長も喜んでいたぜ」

「ギョッ。課長がいたんですか、そこに」

「俺の後ろにね。特にラストシーンが気に入ったみたいだ」

「よかった！」

風早もまったく同感であった。

自分が書いたト書き、まだ朦朧(もうろう)としていたディティルを大杉がどんな絵にするか、半分意地悪な目で見ていたのだが、軽く圧倒されてしまった。

ふたりのダンスの奔放な振り付けを見せるシーン。ひとりずつ撮るＢカメラはよくても、遠景を狙うＡカメラには必ず余分なセットが映り込む。そう心配していたら、驚いたことに大杉はスタジオを極度に減光、対角線にあたる部分だけひと筋の道としてライトで浮きたたせたのだ。

それはまるで暗夜の海に、雲を払った満月が皓々たる光の道を刻みこんだかのように見えた。

Aカメラは広角レンズに違いない。はるばると遠く深くどこまでも伸びるひと筋の光。極度に遠近を強調するレンズ効果が発揮された。改良途上のテレビカメラはまだ解像度に問題があって、光量不足の場所は文字通り闇に落ちる。

ふたつの特徴を組合わせた大杉は、現実の床面積からは考えられないほど長い白い道を、たかだか四五坪のスタジオに構築して見せたのである。

セットは肉眼ならボンヤリ知覚できても、モニターの画面では黒一色に塗り潰されており、正面のホリゾントに大杉は、照明技師と相談して雲のエフェクトマシーンを走らせた。音もなく次々と飛ぶ雲。それだけを目にすれば、電気仕掛けの走馬灯でしかないのに、軽やかなダンスとチェレスタの奏でる静謐な曲が加わると――

風早は、これまで見たことのない光と闇の舞いを見た。

やがてTDの指先ひとつで画面はAの大ロングから、Cの撮るベッドルームへオーヴァラップする。人の形に盛り上がった毛布と、枕元のテーブルにポツンと残されたコーヒーカップ。空虚な寝室に揺れるカーテン。大杉は、効果マンに軽くキューを送った。

「……眠っている間に亡くなったそうよ」

「毎朝のコーヒーも今日ばかりは飲めなかった……」

「どんな夢を見ながら、遠くへ旅立ったのでしょう」

かすかなすすり泣きがまじっている。

予めみはるやユイを使って録音した女たちの声が流れ——ふたたび画面は遠景にもどる。

遠く踊っているふたりの姿に、流れる雲がかぶって——〝ＦＩＮ〟の文字が画面にゆっくりと浮かんだ。

「よしっ」

調整卓を前に勢いよく立ち上がった大杉の後ろ姿が、風早にはいつもよりずっと大きく見えて羨ましい。自分の書いた脚本がいつの間にか彼の演出作品になっていた。

3

本番まで時間ができたので、風早は螺旋階段を伝ってスタジオに下りた。

統制のとれた静粛な空気が張りつめている。思いのほか人影はすくない。大半は外の廊下でタバコを吸ったり、深呼吸したりしているのだ。

それでもまだ村瀬は残って、みはるに注文をつけていた。

「最初に錠前さんとアトリエで出会う場面、もっと抑えた感じがいいと思うぜ」

「そうですか？　あそこではあたし、死神として振る舞うんでしょう。ですから不気味な雰囲気を出した方が」

「いや、それ以前に視聴者は鏡に向かって踊るきみを見ている。直後にホラームードを醸しては、いかにも芝居だと思わせるぞ」

「あ、そうなのね」

「そうなんだ。錠前さんに顔を見せるときは、はじめ無色透明がいい。正体が見当もつかない存在にしてはどうだろう」

「無色透明?」

「わあ、大変。透明人間を演じろって?」

そばにいた摩耶が大げさに驚いて見せると、反射的にみはるはうなずいていた。

「やってみます」

「よし、いい返事だ。それと、そうだ。黒から白に翼を替えて再登場する場面では、きみの最高の笑顔を見せてほしい」

「最高の……ですか」

「そう! 恋人にしか見せないような笑顔」

「むつかしいことというんですね、ナツさんて」

みはるがこぼすと、村瀬は厳しい目を向けた。

「そのナツさんはよして。なれなれしすぎる」

摩耶がケラケラと笑った。

「うるさいでしょ、ナツって」

かなかった。

「はい、わかってます」

「よけいなことをいうなよ、俳優さんに」

摩耶の頭にコツンと拳をあてた村瀬は、摩耶を連れて廊下へ向かったが、みはるはついてゆかなかった。

「工夫してみます！」

アトリエの装置へ駆けていった。芸熱心なことだと、風早は見送った。

入り口近くに設置されたスクプロの周囲に技術スタッフが集まっている。物見高い風早が近寄ると、プロジェクターの不調で画像の焦点が甘いらしい。スクプロに映写されるみはると、ナマの錠前のかけあいは大事な場面だから微調整が開始された。関係するCカメラも駆けつけ、自分の芝居が関わる錠前も、熱心に見守っている。

静寂と喧騒がモザイク状のスタジオで、本番直前の興奮を堪能していた風早が、にわかに緊張した。スタジオに入ってきた瑠璃子に気づいたのだ。

どうしたことか彼女は風早に目もくれず、副調の真下の暗がりへ、ふわふわした足どりで入ってゆく。

感情の起伏がただならぬ女性ではあるが、それにしても普通ではない。不安に駆られて見守ると、すぐ物陰に隠れてしまった。

副調の床が張り出した一角は、天井高せいぜい二メートルだ。頭を押さえつけられるような薄暗い空間をデンと占領しているのが、明日の昼番組『一丁上がり！』の主役、大型の調理台であった。

ふつうの家の流しの三倍もありそうなシンクは、オールステンレス製だ。風早の生家は名古屋で名だたる料亭であったが、流しはタイルやトタン張りでしかなかった。さすがＣＨＫテレビの家庭番組だ。

最新の不銹鋼（ふしゅうこう）はシンクの内側だけでなく、広々とした調理卓にまで張り巡らされており、前面には深さの異なる引き出しがいくつか並んでいる。

三宅が小走りにやってきた。業務用だろう、大きなセロテープを摑んでいた。

（いや、セロテープは商品名だから、セロハンテープだ）

公共放送のルールが身に沁みてきたようで、風早は苦笑した。

「どうするの、それ」

「鍵が壊れてるんです」

浅い引き出しのひとつを引いてみせた。さまざまな調理器具が整然と収納されている。大小の料理ばさみやスライサー、篦（へら）くらいはわかるが、ひと目見ただけでは見当がつかない小物もある。

「これは玉葱ホルダー、こちらチェリーストレーナー」

名を聞かされてもわかりそうにない。

「包丁やナイフの引き出しはロックされてますが、こちらも使い方によっては危ない道具がはいってます。調理卓を移動させるとき危険だから鍵がついていたんだけど」

いいながら三宅は、引き出しがすぐ開閉しないようにセロテープで留めた。

「一時しのぎですが、次の番組のスタッフが怪我しては困るんで」

なかなか気のつくアルバイトだ。

「千枚通しみたいなのが手前にあったね」

聞いた三宅が失笑した。

「アイスピックですよ」

「あ、そうか」

『星の寄生木』で見慣れていたはずだが、碁介が使うのは三本の牙を植えたプロ仕様で、まるで形が違っていたのだ。

「小道具さん、三宅くんだったかね」

当の碁介の声が近づいた。出前にきたのだ。

「消えもの、このあたりでいいかな」

「ご苦労さまです。そこの調理台に置いてください」

「あいよ」

魔法瓶と、ナプキンをかけた皿を碁介が調理卓に載せる。布の下でカチャカチャと音がした。ここが出前された消えものの授受の接点らしい。この後三宅がモーニングコーヒー一式を整えて、寝室のセットに運ぶわけだ。

風早に気づいて、碁介が黙礼した。

腕時計を見ると二一時二五分であった。

「消えものはぎりぎりに運んでね」

昨夜の大杉の指示に従ったのだろう。

「あの……すみません」

いつの間にかユイがきていた。碁介があわてたように背中を見せる。

「はい？」

コーヒーの準備中だった三宅に代わって、風早が返事した。ユイもそろそろスタンバイの時間のはずだが。

アトリエではみはるが、もう鏡の位置についてあれこれゼスチュアしている姿が見て取れた。

ユイはまだきょろきょろしている。

「えっと、樽井瑠璃子を見ませんでした？」

「きみのお母さんならあそこだ」

照明が届かずスタッフの人影もないので、風早が案内してやった。

ユイも母親の様子に気づいたとみえる。

「ね、大丈夫？」

声をかけられた瑠璃子は、夢から醒めたように娘を見た。

「ああ……ユイ、どうしたのよ」

「それはこっちの台詞よ。化粧室に電話がかかってきて、それっきりもどってこないから心配していたの」

そんなことがあったのか。親子の会話に参加するわけにもゆかず、もじもじしている風早に瑠璃子が目を向けたので、とっさに自分の腕時計を指してみせた。

彼女もハッとなった。

「ユイ！　もう時間よ。ママのことなんかほっといて、スタンバイして頂戴！」

「あ、はい。じゃあお母さん、あとでね」

親より娘の方が落ち着いていた。苦笑した風早は、現場では珍しいスーツの男性とスレ違い頭を下げた。粂野課長だったが、頭をぶつけそうで神経を使っていた彼は、風早に返礼もせず調理台の蔭に沈んだ。

「いよいよだね」

声をかけてくれたのは、ひげ面の一兵だ。

「風早勝利作のプチミス」

「ええ、ハイ。よろしくお願いします」

「まかせて」

ひげが揺れた。笑ったのだ。

「ユイちゃん、まだー？」

摩耶の高ぶった声が聞こえたが、所定の位置につこうとするスタッフの蔭で、風早からは見通しがきかない。

作業服の男がAカメラのケーブルの前にしゃがみこむ。本番中はカメラが重いケーブルをひきずって移動せねばならない。障害になる機器の位置を目測しておきたいのだろう。ケーブル専用の作業員は、力仕事をこなすと同時に機転をきかせる必要がある。

間際までパターン台の前で調整していたCカメラが、ぎくしゃく移動しながら寝室に向かう。

「ユイちゃんスタンバイ！」

摩耶の声にせかされて、「今ゆきまーす！」

駆けてゆくユイ。照明の集中砲火を浴びた寝室のセットは光の海に溺れそうだが、ユイが向かうアトリエはまだ薄暮に沈んでいた。

副調にもどろうとした風早は、モニタースタンドの脚にぶつかりかけた。大勢が見ることのできる高さ二メートルほどのモニターと、数人の視聴に好都合な小型と二種類ある。

小型を独占した粂野課長が、椅子のひとつに落ち着いていた。

（あそこがあの人の観覧席か）

明かりの届かないサブ下の暗がりを伝って、風早が螺旋階段に向かう途中、「三分前です！」村瀬のピンと張りつめた声が耳に届いた。

みんな自分の持ち場で懸命なのだ。スクプロとセット群に挟まれて、レシーバーに手を当てたポーズを村瀬がきめていた。

（まあそう急ぎなさんな）

とでもいうように、ゆっくりと寝室にたどり着いた錠前がベッドに腰を下ろす。

「二分前!」

ドラマと昭和三六年の現実を区切る厚い扉が締め切られた。

「一分前!」

あとはもうFDも言葉を発しない。

頭上に掲げた片手の指を折ってゆく。
5、4、3……
スタート!

放送は開始された

1

時計の盤面の底辺で、秒針が分針を追い越そうとしていた。

なんの思い入れもなく、プチミス『幸福が売り切れた男』ははじまった。東京放送管弦楽団の演奏で主題曲が流れる。

主調整室から送出されるフィルムが、まず放映のモニター画面を飾る。

大杉たちが作成したオープニングのタイトルバックだ。

一面に咲き誇るコスモスの群に被る旋律。華やかさを競った花々が、にわかに萎(しお)れてゆく――？

はじめフルバンドの演奏であった主題曲が、いつしかチェレスタの孤独な音ひとつになったころ、コスモスはすべて地べたに押しひしがれていた。

風早はあらかじめ大杉に聞いている。

「ここ微速度撮影にしたかったけど、手っとり早く照明をあてて萎れさせた」

その大杉プロデューサー・ディレクターはサブの中心に座し、隣席のテクニカルディレクターに声をかけていた。

「はい、Aにディゾルヴ……錠前さんにキュー！」

正面に犇く（ひしめく）モニターの中で、Aと記された画面に赤い灯がともると、ベッドに腰掛けた錠前の手がのびて、サイドテーブルからカップを取り上げた。掃きだし窓にかかるカーテンの隙間から、陽光がさしこんでいる。立ちのぼるカップの湯気が逆光に揺らめく。

錠前はカーテンを半ば開けて庭を眺め、その横顔をCカメラが撮った。

老いの刻まれた横顔が、シニカルな台詞を吐く。

「また朝を迎えてしまった。死ぬには絶好の秋晴れなのに、神様は今日もおいらを呼んでくれない。医者よりずっと気が長いや……」

穏やかに淡々とつぶやく錠前だ。

カーテンの奥にはのっぺりした灰色のテラスと、背景に花壇が見える。

ふと天井を見上げる錠前。なにやら気配を感じたとみえ、階段に足をかけようとする。

大杉が村瀬FDに指示した。

「みはるにキュー！」

同時にアトリエで、姿見の額縁を挟んだみはるとユイがアクションをスタートさせ、陽気な音楽がはじまった。Bカメラの出番である。

副調ではAのモニター画面が、猛烈なスピードで横に流れる。カメラが寝室からアトリエに向かって移動しているのだ。

姿見のふたりで間を持たせているから、移動時間は十分にあった。『時の踊り』の軽快なステップの少女ふたり。はじめは顔を切った構図である。

Aが間に合う。踊るみはるの足元を撮る。もちろん背負った翼の箱は見せない。そこに姿見のあることだけ教えている。

大杉の左手があがった。合図を受けたのは効果マンだ。

階段をあがる足音が近づき、『時の踊り』が消えてゆく。

Bカメラはとっくに移動、アトリエのドアを正面から押さえていた。そんなところにカメラのポジションはないが、実はあった。ドアの対面は壁で、いくつもの絵が飾られていた。その小品のひとつが、蝶番(ちょうつがい)で開閉できるよう仕組まれていた。操作は一兵が買って出てくれている。

そこに開いた四角な穴から、Bはドアを狙いすます。

足音がやみ、シーソースイッチの操作音。薄暗かったアトリエが明るくなる。

ドアが開いて錠前が現れる。

ふしぎそうに室内を見回す。

彼のバックには灰色ののっぺりした陸屋根がのび、遠景は雪をかぶった山が連なって見える。

陸屋根はさっき見えたテラスの使い回しだ。捨て部屋を利用して、寝室が一階、アトリエが二階と思わせるテクニックでもある。

見回していた錠前がはっとした。

「誰だ！」

ここでカメラはスツールに座りこんでいたみはるを、はじめてハッキリと見せる。

風早はどきりとした。

カメリハのときの演技とまるで違っていたからだ。

あのときの怒りの形相が、今は魂のぬけた人形に変わっている。

「顔を見せろ！」

叱咤されたみはるがのろのろと振り向いた。その覚束ない動きに風早は（ははあ）と思った。

まるで糸の切れたマリオネットだ。

村瀬の注文に応じてみはるが工夫した演技が、これか。

現実とも幻想ともつかない曖昧さを纏って顔をあげたみはるに、錠前はたじたじとなった。

「あんた……誰だ？」

うっすらと笑みを漂わせて、みはるが答える。

「あなたに殺された女の子よ」

仰天する錠前のアップは、もどってきたBカメラで。

と思うとすぐ、画面はアトリエのロングとなる。

立てたイーゼルの前景で画面に奥行きを出し、背景は立てかけられた大作の絵がいくつか。

壁に無造作にかかった小品の数々。中景には石膏のトルソー。

ここからはABカメラのかけあいによる、画家と少女の対話の場面となる。

スツールに腰かけたまま、みはるは生気を欠いた平板な台詞回しだ。

対照的にいらいらと歩き回る錠前は、相手の正体を知ろうと躍起になっている。

「おいらがあんたを殺した？　馬鹿なことをいうな」

「……そうお？　殺された私がいっているのに」

「頭がおかしいのか！　殺されたあんたが、なぜそこにいるっ」

「それはねえ……それは」

副調からは見えないが、この台詞をきっかけに村瀬がキューを出したはずだ。

すうっと目に見えない糸に引かれたようにみはるが立ち上がる――。

「今はあなたの死神だから！」

画面がフルショットに切り替わり、同時にみはるの背後から黒い翼が噴出する。

瞬間、風早は息を呑んでいた。

羽根のサイズはみんな承知していたのに、このとき副調の空気がザワッと揺れるのを、彼は実感した。

それ――黒い翼は、驚愕に値する巨怪さである。視聴者は一様に後ずさりしたのではないか。

そいつはブラウン管をブチ破らんばかりに際限もなく空に伸びてゆく。

「うわあああっ……！」

それまで虚勢を張っていた錠前が、文字通り腰を抜かして床を這いずる。トルソーの台座が倒れ、派手な音を立てて像が四散した。あらかじめ傷つけてあったのだ。

「よっしゃ」

大杉が拳を握るのが見えた。

二度のカメリハでもこの場面を撮ることはできなかった。像にスペアがないからだ。予算の多くは翼の造形に注ぎ込まれていた。

「わかった、わかった……」

画面では立つこともかなわず、のたうつような錠前がいる。

「よくわかった！」

両の手で頭をかかえ、床に打ちつけるみじめな錠前。

「本物だ、死神だ、おいらを迎えにきたんだあ……」

もはや立つ気力もないまま、ぜえぜえと背中を波うたせていた。

もちろん風早は知っている、立ち稽古のとき大杉の注文があったことを。

「芝居がしにくくても、ここで立たれては困るんだ、錠前さん。後ろに張り物がないから撮れなくなります」

無理筋だがいかにもテレビらしい注文だ。承知の上で錠前は、窮屈さを視聴者に知られないようのたうったのである。

2

風早の注意は実はみはるのその後に向けられていた。

背よりも高い羽根を背負ったまま、捨て部屋にハケなくてはならないからだ。むろん退場の動線は確保されている。Bカメラが錠前の演技を撮っている間に、音をたてないよう逃げればよかった。

ABどちらのカメラの視野に入ることなく、みはるがいなくなったとわかって、風早は胸をなで下ろした。

「ナツ、錠前さんにキュー」

大杉の指示に従って、ようやく立ち上がった錠前を中心にアトリエの全景――Aからのショットは背景に張り物の壁がある。

とっくにみはるはいなくなっていた。

きょろきょろする錠前。

ドラマの中でも不在となったみはるのその後をフォローした者は、スタジオに皆無だ。カメラもマイクも追わないため、サブのスタッフも風早も彼女の行動を知ることはできなかった。サポートする者はいないが、その必要はなかった。彼女がつぎにカメラの前に立つまで、時間はたっぷりあったのだから。

ドラマの運びはこうつづく。

少女が確かに人間以上の存在と知った錠前だが、殺人者という断罪はぜったいに承服できなかった。

冤罪を立証したい錠前は、過去に関わった三人の女の回想に没入する。

みはるの三役はすでにビデオ撮りしてあるから、その間のみはるは自由だった。羽根を外して身軽になってから、ふたたびアトリエにもどって、今度は白い羽根をつけて天使として、錠前の前に現れればいい。

ただしこの間は錠前の芝居のためマイクが生きていて、音は立てられない。それを知っているみはるだから、いっそう慎重に行動するはずだ。従って彼女が気配を絶っても、心配するスタッフはスタジオにもサブにもいなかった。

回想シーンのためアトリエからスクプロ前まで、錠前は移動する必要がある。

その間のつなぎは、錠前が過去に描いたさまざまな絵だ。実際に描いたのはむろん一兵で、絵は二カ所に用意されたフリップスタンドに掛け、BCの両カメラが交互に撮る。その間にスクプロ前へ移動した錠前を、おなじく移動したAカメラが捉えるという手順だ。Bカメラが撮るフリップをめくる役は一兵で、Cのフリップ台には摩耶が張りついた。『幸福を売る男』の弾むメロディをバックに、二台のカメラが撮る絵を、TDがゆるやかなオーヴァラップで重ねてゆく。中には似顔絵描き一兵を思い出させる、みはるのみごとな肖像画があったりして、風早をにやりとさせた。

「錠前さん、間にあったね。キュー」

カメラもマイクもスクリーンプロセスを設置した一角に吸いよせられた。

（みはるさんはどうしているかな）

副調にいる風早だが、間接的に彼女の居場所を知る方法はある。正面の窓からキャットウォークが見え、羽根を引き上げる三宅の姿が窺われたからだ。

眼下に注意しながら彼は長い棒を摑んでいた。先端に奇妙な形の金具がついている。プチミスとは無縁な時代劇の小道具で袖搦みという。

一兵に見せられたとき、風早は目をパチクリした。

「なんですか、それ」

「見たことない？　捕り物道具のひとつだよ。江戸の自身番では小屋の前に飾っていた」

「そんなもの、どこで使うんです」

「三宅くんに持たせるんだ。黒い翼を回収するのに」

やっとわかった。

「キャットウォークからのばして、ひっかけるんですか。羽根が破れるけど？」

「構わないよ。引き上げたときはもうご用ずみだもの」

「あ、そうか」

捕り物道具を手に下界をかき回す三宅の姿は、空中で金魚すくいをやっているみたいだが、おかげでみはるの位置を想像できる。音を立てまいと用心しているのだろう、彼女の移動はひどく緩慢と思われた。

サブからキャットウォークまでかなりの距離があって、風早は見づらい。

黒い羽根の先端が隠見して、袖摑みでひっかけようとする三宅は懸命であった。ハラハラしたがどうやら羽根を確保できたらしい。

遠目にも彼は力をこめている――。

残念ながら風早には、それ以上こまかな部分は見えなかった。三宅がキャットウォーク上を移動したため、天井から吊られた大型の照明器具が邪魔したし、寸詰まりの小田原提灯みたいな換気筒までブラ下がっていたからだ。

それでも風早の目には、三宅の狼狽ぶりが映った。

(まずいな、なにかひっかかったのか)

腰を浮かせたとき、視界にチラと時計がはいった……四〇分になろうとしていた、さいわい三宅の狼狽はそこまでだった。ひと思いにずるずると羽根があがって、あわや尻餅をつきそうになったが踏みとどまった。釣り上げた獲物のような黒い羽根をひきずって、所定の格納場所へ運んでいった。

(やれやれ)

ひと山越した気分に、風早はなっていた。

だがナマ放送という代物は、一瞬後になにが起こるかわからない魔物なのだ。CHKテレビ史上最悪のトラブル発生はこの直後だったと、後に風早は思い知る。

3

スタジオはすでに暗くなっていた。寝室とアトリエのセットを照らすライトが残らず消え、スクプロ前の錠前に光が集中している。

女三人の思い出をふりかえった錠前は、自分の大きな錯覚に気がついていた。

惜しげもなく幸福をバラまいていたつもりの彼が、あべこべに彼女たちの幸福のおすそわけにあずかっていた過去。

男の思い上がりを痛切に感じた錠前に、さらに追い打ちがかけられる。

彼にとって少女のイメージでしかなかった保母が、実は錠前の子を宿しており、自分に黙って子を生もうとしていたと知る。

彼女は小さな命を守るため、彼に妊娠の事実を隠したのだ。

「あの人にいえば、子をおろす金をポンと出して、それで私を幸せにしたつもりでいるでしょうから」

その言葉を未亡人もクラブのママも聞かされていた。

だから彼女はひとりで生んでひとりで育てるつもりらしいと、女たちはおなじモノローグだ。

女と交わることを精力の糧にして画業をきわめた男には、まるで理解できない。

家庭なんてお荷物だ。子どものいる幸福なんてまやかしだ。

そう嘯いていた錠前が、にわかに自信をなくしていた。

おそるおそる、保母のいる保育園に足を向ける。

園児たちの歌声に迎えられた錠前は、だが、みはるが緊急入院したと知ってあわてふためく。

臨月にはまだ日があったが、容体は急激に悪化していた。

母体と子どものどちらを生かすか。医師に二者択一を迫られた錠前は、当然のつもりでみはるを選び胎児を見捨てた。

命をとりとめた彼女は、男をなじる。

「あなたはなんの迷いもなくあの子を殺した。それがあなたの選択だった！」

そしてみはるは消息を絶つ。

自分に不都合な記憶を封印して、「おいらは幸福を売る男」と自称していた錠前のアイデンティティは、微塵に崩壊した。

——これが本物の自分の記憶であったのだ！

死の床の彼はパノラマ視を終えて、かつての己を直視する。

やがて——白い翼を背にしたみはるが、錠前に「パパ」と声をかけてくる……。

それが風早の書いた脚本だ。

劇はみはると錠前のデュエットで、幕を下ろすはずであった。

だが、そのみはるは、今どこに？

風早はおそろしい予感にとらわれていた。

とっくにもどってきていいのに、Bカメラが捉えたアトリエの全景に、彼女の姿はなかった。

4

ほの暗いアトリエには、ぽつんとユイが立っていた。死神のそれに比べたらずっと小ぶりな、白い羽根の生えた箱を持ち、みはるがもどったらすぐ背負わせる役目であった。本来は小道具係の仕事だが、稽古で段取りをのみこんでいるユイが、自分から務めると申し出ていたのだ。

みはるはまだこない。

錠前の独演が半ばを過ぎている。

ムーラン仕込みの役者なのだ。音吐朗々たる台詞回しがアトリエにまで届いていた。

いつか錠前の回想は、保母みはるの保育園に移っている。

あと少し……産院の回想を終えれば、画面はやがてアトリエに回帰する。

だがみはるの姿はない。

今にも目の前のドアを開けて彼女が飛び込んでくるものと信じながら、ユイは徐々に箱をもつ手を震わせていた。箱の左右からのびた翼がユラユラと揺れはじめた。

なぜみはるはこないのか。

思いがけない事故か、急病か。

トラブルの発生に最初に気がつくべきは、ＦＤの村瀬かＳＤの摩耶であった。だがふたりとも熱演する錠前を見守っており、状況の把握が遅れた。

稽古の虫だった彼女が出をトチるなぞ、誰も想像しなかったに違いない。ユイは焦ったが、マイクが生きていては声を出せない。箱を渡す役目があるから動くこともできない。目を細めれば見える程度に地明かりは瀰漫しているが、テレビカメラが認識するレベル以下の光量だから、人の有無さえ認めにくく、当然サブの誰も気づくことはない。

孤立無援だったユイに、一兵が近づいたのは僥倖であった。白い羽根の装着を介添えするつもりだったそうだ。

いるべき者がいないことに、一兵は驚愕した。

ダンスフロアへ移動しようとする村瀬のところへ飛んでゆき、アトリエを指で示した。

ここでようやくＦＤが、非常事態を知ったことになる。

「みはるがいません！」

動転した村瀬がインターフォンに告げた。

これはＦＤのミスだ。そんな報告の暇があるなら、彼女を探すべきであった。

「なんだと」

予想外の注進に、大杉が戸惑ったのも無理はないが、ここでまた貴重な零コンマなん秒かが失われた。

「前のシーンがもう終わる！　みはるを探せ！」

わかりきった指示を返した。これも時間の無駄使いだったが、大杉のドラ声で風早を含むサブの全員が異変を知ることができた。

インターフォンでBカメラがなにか叫んだらしい。TDが大杉を振り向いた。

「セットが暗くて、ユイをみはるに誤認していたようだ……みはるちゃん、どうしたんだろう」

良くいえば沈着、悪くいえば反応が鈍いことで定評の技術監督であった。

「錠前さんの芝居、もう終わるぞ！」

クルーの誰かが叫び、風早は戦慄した。

残る時間は二分とあったろうか。いったいなにが起きたというんだ？

薄暮のようなBカメラのモニターに、依然としてみはるの影はなかった。

5

以下は、このとき風早が見聞した事実と、後で一兵たちスタッフから伝えられた現場の状況を、時系列に沿って整理したパニックの一部始終である。

スポットを浴びて独演する錠前。

——あと二分足らず。

A、Cのカメラはスクプロ前で錠前を撮っていた。Cカメラはトライポッド（三脚）を履いており、軽快だが直線的な動きが難しい。一脚を宙に浮かせて残る二脚を蹴飛ばし、三個の車輪をおなじ方角に向かせるのに、コツが必要であった。

ほかの二台はペデスタルだから、ハンドルで操舵できる三輪をスカートに蔵していて、カメラの高低もできた。その代わりべらぼうに重い。

だが、そもそもカメラでなにを撮れば、この場を瞞着できるというのだ。

演出しはじめて五年、大杉はそれなりにキャリアを積んできた。三台のカメラの内一台が故障したときも、出演者が放送開始の瀬戸際まで遅参したときも、どうにか誤魔化してきた。だがこんな、放映中に主演者が顔を見せなくなるという前代未聞のトラブルに、どう対処すればいいのか。

これが村瀬となると想像以上に脆かった。それまで頼もしくスタジオを指揮していたFDが、未体験の事態を前にしてたちまち馬脚を現した。

「ど……どうしましょう」

震え声が大杉の耳に届いた。

「俺、もうちびりそう……」

萎縮した部下を、大杉は猛然と罵倒した。

「馬鹿野郎！」

生まれてはじめて頭ごなしにされた村瀬は、さぞあっけにとられただろう。

「ユイを代役に立てろ！」

振り向いた大杉が音声のチーフに確認する。

「音、切れてるね？」

錠前の血を吐くような台詞が終われば、背中を丸めた彼の姿にスポットが当たり、主題曲がかぶる。それ以後スタジオのマイクに出番はなくなる。この後のみはると錠前の台詞なら、エコーをつけるためすべて録音ずみであったからだ。

調整卓からピョコンと生えたマイクをオンにして、大杉は怒鳴った。声はCスタの隅々まで届いたはずだ。

「ユイ、きみの出番だ、みはるの代わりを演じてくれ！」

彼女ならおなじ衣装を身につけている。白い翼も用意している。リハーサルに立ち会っている。きっとみはるのステップも記憶したはずだ。そうであってくれ、頼む！

（なんとかなる。イヤ、なんとかする）

大杉の声を聞いた一兵が、横っ飛びでユイのもとに駆けつけた。みはるの安否を知ろうと捨て部屋に向かう途中でUターンしたのだ。タイミングからいってもはや間に合わない、代役が最善と認識していた。

ユイに白い翼の箱を背負わせる、間髪をいれずフレームアウトする一兵。

まばたきする間さえなく覚悟を決めたはずだ。唇を嚙みしめていたユイが、一兵のいる方向を向いてかすかに笑みを見せ、少女の決意を感知した者を粛然とさせた。

リハーサルになかった時間は、錠前が巧みに稼いでくれた。時間を持たせる必要を察したのだろう、やはりリハーサルになかった動きを見せた。涙に濡れた顔をCカメラに向けたのだ。

背中を向けたまま大杉の声を聞いたに違いない。

阿吽の呼吸といおうか、サブでは大杉が声をあげた。

「Cさん、錠前さんにトラックアップ！」

カメラの前進を指示して、しまったと思ったそうだ。三脚が直進しにくいのを忘れていた。

だがCはズームを装備している。曲に合わせてスカッとズームインして、錠前を大写ししてくれた。

その間にTDは、照明のチーフとBカメラに声をかけていた。

「逆光、強めにお願いね。……Bさん、天使の顔を見せたくないんだ、よろしく」

都合よく天使は、シルエットで紹介する予定になっていた。だからすぐには代役とわからない。視聴者は当然みはると思っているはずである。

だがアトリエを撮っている当のBカメラは、悲鳴をあげた。

「このまま俺フィックス？　動けないの？　こんなの、すぐにバレるよ！」

ユイとみはるは体型が酷似していても、顔がまるで違う。みはるは童顔の可憐型だがユイは清純な美少女タイプだ。

リハーサルでは天使はゆるやかにアトリエの前面に出てきて、その間に駆けつけたAカメラが、アップを撮ることになっていた。

それはできない。

じゃあどうする！

心中を嵐が駆けめぐったのも一瞬だったようだ。大杉の口から声が洩れた。

「黒澤・木下、それでゆく」

TDが目を丸くして、大杉の横顔を見た。（あんた、おかしくなったの？）

しかし大杉は、自信を持ってマイクに叫んでいた。

「一兵さん！　みはるの肖像画だ、Cさんに撮らせて！」

スタジオが大きく動いた様子だ。

寝室に向かって一兵が走った。そこのフリップスタンドに、みはるの絵が残っているから——一兵はいち早く大杉の意図に気がついていた。

つづいてぎくしゃくとCカメラが走り出し、指示の意味を悟った摩耶も走った。インターフォンのコードが行動に邪魔で、村瀬は遅れた。

欲しい絵を見つけた一兵が、胸に抱いて引き返しCを迎えた。スタンドまで移動する時間がなかったのだ。停止したカメラのレンズがそれを狙う。一兵の描いたみはるの絵がそこにあった——だが、明かりがない！

カメラマンがわめいた。

「ライト、ライト！」

一兵はめざとく寝室の一隅に小型の照明器具が転がされているのを見た。ラスト近く、無人の寝室に残されたカップを美しく撮るため、照明が用意しておいたのだ。

一兵に顎で示された摩耶が、四角な明かりを持ち上げた。

「弁当箱、確保です！」

それがそのライトの通称であった。

遠慮のないソプラノだから、副調のスピーカーからもガンガン流れてくる。音響のチーフが気をきかせて、スタジオの音を残らず副調に出力してくれていた。

弁当箱——その明かりには風早も思い入れがあったが、今はそれどころではない。

照明の主任が調光卓にしがみつき、弁当箱が息を吹き返した。

明かりがみはるの顔を浮き上がらせる。

言葉にすると長くても、みんなの自発的な動きだけにあっという間にことは運んだ。

「Cさん、いただき」

ＴＤの指が動いて、画面は逆光の中にたたずむユイの天使からみはるの肖像画へ、情感こめて深く——ディゾルヴしてゆく。

大杉の左手がひらめいた。効果マンに合図したのだ。

声がみはるの顔にかぶさった。

「……パパ」

甘えるような吐息のようなみはるの声が、現実の時間を超えて長い余韻を響かせた。

「A！」

ピシリと指示する大杉。即座に画面はみはるから、錠前のアップにスイッチした。

自分が見殺しにした幼い命——今では死神と天使のふたつの姿を持つ少女に、パパと呼ばれた老いた画伯の皺深い顔が、そこにあった。

6

ここまではどうにかアクシデントを乗り越えたが、難関はこの後にある。

次はアトリエからダンスフロア全部を駆使して、錠前とみはるが踊り抜くフィナーレであった。

ふたりが立つ部分に光は集中している。カメラを引いても後景のセットは映らない。踊るスペースはふんだんに用意されていた。

ただし、踊るのはみはるではなく、ユイであった。

Bカメラが怒号している。

「いいのか、もう顔を切ってなんか撮れないぜ！」

それを痛感するのは大杉であった。

絶体絶命をコンマ一秒でも先送りしたくて、彼は注文した。

「サイズ詰めてよ。足元中心……ナツ、ユイにキューだ」

ゆるやかに天使が歩み出てくる。

視聴者が二階と思い込んだアトリエから、天使は平然と歩み出てくる。同一の平面をなんのためらいもなく、広々としたダンスフロアに到るのだ。

ここまではいい。視聴者は先入観を破壊されて、そちらに気をとられているはずだ。

だが限界はすぐにくる。

なぜ天使の顔を見せないんだ？　ブラウン管の向こうにいる不特定多数の不満が手にとるようだった。

さあ、どうするんだよ俺？

身悶えしたくなったそのとき、唐突に風早の声が聞こえた。いつの間にか彼は大杉の背後まで飛びだしていた。

「ネガ転しては？」

もう少しで大杉は叫びだすところだ。

うおっ、その手があった！

「TDさん、ネガ転だ、Aカメラ！」

いったん目を剝いたTDが、すぐニヤリとした──「あいよ」

大杉がつづけた。

「ナツ、ふたりのやることはカメリハとおなじだ。声に出して念を押せ」

後はもうラストまで、音楽もモノローグも録音ずみであった。

どうにか村瀬はいつものペースにもどっていた。

「錠前さん、リハーサルとおなじで願います。ユイもいいぞその調子」

思いつきを伝えようと大杉の後ろまで飛びだした風早だが、今ごろ技術陣の視線が気になってきた。そろそろともとの椅子まで後ずさりしてゆく。

画面はすでに白から黒へ——陽から陰へと鮮やかに転換していた。フィルムでは時間も手間もかかるが、電子的には明快単純、スイッチひとつの作業量でしかない。だがその効果は大きかった。

踊る陰画のふたりを、それまでの経緯から視聴者は錠前とみはると思っている。実際にはみはるではなくユイだけれど、陰陽反転した絵柄では別人とすぐに認識できないだろう。静止したアップでは露顕（ろけん）するかも知れないが、任されたAカメラマンは練達の技術者であった。踊りまくる錠前が前景にくれば巧みに前進して彼のバストショットをとらえるし、ユイが近づけばしなやかなカメラワークで後退、少女のフルサイズを見せる。

そんなときバックの張り物が予想を超える効果を発揮した。反転する前はもやもやした白黒逆の人物画だったのに、陰陽逆転するとそこに現れたのは一兵が彩管を揮（ふる）った森繁久彌であり、有島一郎であり、楠トシエであった。

マイナス×マイナス＝プラス。

当然の理屈が異様な効果を生んでいた。

自分の歌に合わせて、錠前のなんと心地よく踊りつづけていることか。ユイも、負けず劣らずのびのびと踊りぬく。驚いたことに軽やかに床を滑走しつづけるAカメラまで、ふたりに交じってダンスしているかのようだ。

映画の移動撮影のように、レールに規制された一次元の動きではない。テレビスタジオの床面はすべてが移動可能な二次元のレールであった。折々にカメラは亀の首みたいにティルトアップ／ダウンし、カメラワークに三次元の変化をつけた。

減光されカメラに映らぬ背景は、左右一八〇度の広さまで保証されている。ふだんの窮屈さをかなぐり捨て、テレビカメラは自由な躍動をつづけることができた。二人目の踊り子として、フィルムでもステージでも見られない、テレビならではの映像のパフォーマンスを展開しつづけた。

やがてラストシーンである。

ひと筋の光の道がのびていた。

もちろん左右には寝室とアトリエのセットがあるけれど、視聴者に見えないものは無と同義語であった。

光の道の彼方にはホリゾントがある。大杉は照明のチーフに合図する。「エフェクトマシーン、スタート」

言下にホリゾントを走り始めた雲の影。

無人の寝室で女たちの別れの台詞を聞かせ、再びシーンが光の道にもどったころは、すっかり余裕を見せた大杉が、ＴＤに声をかけた。

「カメラ、ポジにもどして」

踊っているのかはずんでいるのか、錠前とユイは後ろ姿を見せて、夢幻の雲を目指して遠ざかる。もう代役が露顕することはない。

わずか四五坪の対角線と信じられない遠近感は、超広角レンズの魔術であった。

（無事に終わる……）

風早は自分の身体が椅子にへばりついて、二度と立てないような錯覚に囚われていた。

だがすぐに、

（それどころじゃないっ）

全身が痙攣（けいれん）して、海老みたいに跳ね上がりそうだ。

い、い、い、い、い、い、い、い、い、い、

（みはるはどうした。どこへ行ったんだ！）

凶兆が風早の心臓を鷲摑みしようとした。

反射的にモニター群の上にかかった黒枠の時計を見る。時刻は二一時五八分であった。主題曲を奏でるチェレスタの音が、名残惜しげにつづいている。


そして……。

物語は改めて冒頭にかえるで章

タワシ警部補がきた

1

……条野課長にとって不幸なことに、警察の一行は約束通り五分で現れた。

あいにく警視庁は至近の桜田門（さくらだもん）にあり、所轄の日比谷署はそれよりさらに近かったのだからやむを得ない。

事件が殺人であることは明白であった。

いったん警察が動き出せば、ＣＨＫの一課長に制止する力なぞない。

裏口から押し寄せた警官隊は守衛室の関門を突破、スタジオ前の廊下へ踏み込んできた。一番乗りは警視庁から駆けつけた六人のチームだ。

場所がＣＨＫのそれもテレビスタジオと聞いて、桜田門の精鋭たちはいつもと違った興奮に包まれている。

「現場はＣスタジオとお聞きした。こちらですな？　責任者はどなたですか」

指揮をとるのは先頭で声を張る屏風（びょうぶ）みたいに角張った男だ。頬から顎にかけてごま塩の髯に覆われ、桜田門より倶利伽羅紋紋（くりからもんもん）が似合いそうな制服の警官であった。

気圧されている粂野に代わって、大杉が名乗り出た。

「番組のプロデューサー・ディレクターの大杉です。ご案内します」

粂野が、恐る恐る耳打ちした。

「私は局長に連絡して善後策を練るから、頼むよ」

「了解です」

答えも待たず、そそくさと粂野は背中を向けた。

敵前逃亡だぞと戦中派らしい感想で、大杉は見送る。

「奥のDスタでは、トーク番組を放送中です。恐縮ですが、できるだけ雑音を控えていただりますか」

とたんに髯男に噛みつかれた。

「初動捜査は秒を争います。あまり期待せんでください」

うわ……少々凹んだ大杉の傍に、風早がきた。

「スタジオの中はスタッフが一杯だ。……どうする、あの連中を」

足を運ぼうとしていた髯面が、風早を振り向いた。

「関係者は現場にそのままいると?」

「は、はい」

小心な風早だから面と向かって制服にいわれると、向こうは咎め立てしたつもりがないだろうに、脊髄反射で謝ってしまった。

「すみません……美術や技術のクルーを、全員そのままにしておいたのですが」

局外の風早にそんな権限はないが、村瀬に相談して一兵の意見を聞いた上で、みんなを足止めさせたのだ。

「予定がある」「残業代は出るのか」などと、ふだんなら技術チーフのＴＤが詰め寄る場面だけれど、事件が事件だけにみんな黙って村瀬ＦＤの指示に従った。

「残したのは結構。だが現場からは引き払って、どこか一カ所に集めておいてください。警察の指示があるまでそこで待機していただく」

「指示はいつごろあるんでしょう」

さすがに大杉も疲れているのだろう。尋ねる声に覇気がない。答える髯面は木で鼻をくくった調子で、

「そんなことはわかりませんな」

「はあ……」

「いずれ順次お話を伺います。それまでお待ちいただきたい」

「事情聴取ですか、ひとりずつ」

げんなりした風早の口調が気にさわったとみえ、髯男が声を高めた。

「ことは殺人事件ですぞ」

その通りだ。「すみません」

謝り慣れた自分にうんざりする間に、スタジオに駆け込んだ大杉が村瀬に警官の注文を伝えた。

「どこか一カ所ですか……やはり出演者控室でしょうね」

村瀬も勝手違って元気がない。ともあれ摩耶と手分けして、全員に二階へあがるよう指示することにした。

錠前とユイ、瑠璃子たちには、一足先に化粧室へあがってもらったが、スタッフは誰もが疲労とショックでスタジオに固まっている。遺体のあるテラスから距離を置き、ハンケチで顔を覆った者もチラホラといる。ただひとりの女性スタッフの摩耶は、今にもベソをかきそうになりながら、健気に走り回っていた。

どうやら髯面は、風早をCHK職員と解釈したらしい。気軽に用をいいつけてくる。

「関係者みなさんの職種をリストアップしていただきたい。われわれはテレビの内情に無知ですから、名前よりもまずなにをしとる人なのか、知っておきたい」

「はあ」

しょぼくれた声を風早は返したが、幸いその雑用は摩耶が引きうけてくれた。大杉と村瀬にせかされ関係者一同がぞろぞろと移動を開始したので、ようやくスタジオ内の見通しがよくなった。照明は無秩序に現場を明暗まだらに照らしている。

いずれにせよ警官たちには、見慣れぬ機材が犇(ひしめ)き妙な匂いが鼻を衝くテレビスタジオという代物は、異次元の世界だったわけだ。

風早とすれ違ったＴＤが、小声で注意した。

「なるたけ機器に触れないよう話しておいてください」

「努力します」

技術者から見れば、風早の立ち位置は警察側との通訳だろう。どっちに転んでもソンしそうな役回りだ。

寝室のカーテンは全開のままだったから、案内の必要もない。部下の先頭に立った髯男は現場にすぐ気づいた。「あそこですな」

近づけば膠の匂いを圧して血臭芬々だが、そんなことで腰のひける警官がいるはずもなく、すぐさまストロボが光りはじめた。

案内は終えたから退散してもいいのかと風早は考えたが、作家として取材に絶好の機会ではないか。そう判断すると、思い切って警官の間から遺体を観察することにした。

ちょうど髯面が、みはるを裏返すところだ。俯き加減の横顔だった彼女が、天井を仰ぐ姿勢になって、またひとしきりストロボが光った。

風早にとって幸いであったのは、みはるの死の相貌である。顔に血は飛んでおらず、覚悟したほど凄惨な印象がなかったのは、腰骨に近いあたりの傷口が、警官たちの蔭になって見えなかったためでもある。

熟視できたのは上半身だけだ。生気を失い人形めいたみはるがそこにいて、思わず風早は合掌した。

（取材に絶好だなんて思って……ごめんよ）

「なあ……このホトケ、笑っているように見えるな」

髯面が部下に同意を求めている。風早もまったく同感であった。

たとえ即死に近かろうと、一瞬であれ凄まじい苦痛に襲われたはずなのに、なぜかみはるの表情は穏やかなのだ。見る角度によっては笑顔といえるだろう。

ふと風早は拈華微笑（ねんげみしょう）という仏教用語を思い出した。言葉では説明できない真理がこの世にはあるそうだが、彼女は死の間際に理外の理を会得したとでもいうのか……まさか。

そのとき一兵の声がかかった。風早にではない、髯面に向かってだ。

「仁科（にしな）さん！　あなたがきてくれたのか！」

「なにぃ」

ごま塩の髯をざわめかせて、仁科と呼ばれた警官が一兵を振り向いた。彼の方では心当たりがないらしい。みはるの遺体を部下に任せて、つかつかと一兵に歩み寄った。

「俺の名前をなぜ知ってる」

ズイと顔を寄せられて、一兵は頭をがりがりと引っかいた。

「いやだなあ……オレを忘れたんですか、タワシさん」

「はじめて見たぞ、そんなひげ面」

髯面にひげ面といわれた一兵は、自分の変貌に気づいたらしい。

「ごめん。このひげがないころのオレを思い出してよ……といっても、まだ子どもだったね、オレ」

「なんだと」

目を剝いた髯面は、ようやく思い当たったとみえる。

「貴様！　あの小僧か」

「よかった……思い出してくれた」

やりとりをポカンと見ていた風早に、一兵が笑いかけた。

「仁科刑事さんには、戦前いくつかの事件でお世話になってる。名古屋の博覧会にもきてくださったし、銀座ではこうちゃん――金田一耕助さんとオレがいっしょに手伝ったんだ、タワシさんの捜査を」

それが髯の刑事のあだ名らしい。見事にぴったりだったから、吹き出しかけてやめた。

「すると平和博で犬飼さんと組んだおまわりさんですね」

犬飼というのは、風早や大杉が関わった殺人事件で愛知県警の担当刑事だった。そのとき一兵と彼の会話から、風早は郷里の博覧会の事件を聞き知っていた。

「おお、話は犬飼から聞いとる。そうか、あんたがあのときの……」

笑顔になると意外なほど人懐こく見える。この男のこわもては半ば営業用なのだろう。そのとき、捨て部屋の警官から声がかかった。

「警部補！」

「おう、今行く」

予想外の旧知に会ってつい油を売りすぎたと、反省したらしい。笑いを消して念を押した。

「無駄話はここまでだ。事件については改めて尋ねるから、それまで余計な口をきくな。邪魔すると公務執行妨害罪でしょっぴく」

ひと睨みしたので、途中から話に加わろうとした大杉まで驚いた。

駆けてゆく四角な後ろ姿を見送って、

「なんだよ、あのおっさん」

「警部補って呼ばれたね」

風早の言葉に、一兵は感慨深げだった。

「あのチームの係長だろ。はじめて会ったときはヒラの刑事さんだった……ノンキャリアだから、出世はあそこまでだろうね……おっさんというよかもうおじいさんだ。髯の半分は白髪なんだから」

「おかげで一兵さんと区別がつく」

大杉が笑ったとき、螺旋階段の上から摩耶のソプラノが降ってきた。

「スギせんぱーい。粂野課長がお呼びです!」

一兵をスタジオに残して、大杉と風早が副調にあがってみると、楽劇課長が唇をへの字にして待っていた。

2

つづいて二階の廊下から村瀬が顔を出す。控室にいたのだろう。彼と入れ違いに飛びだした摩耶を除き、今夜のプチミスの演出スタッフが揃った。職員ではない風早は居心地が悪い上に、一一〇番した責任を追及されそうで落ち着かなかったが、

「先生のご意見もお聞きしたいので」

と粂野にいわれればやむを得ない。また壁際の椅子に腰を下ろした。

TDの席についた粂野は、やおら口を切った。

「結論からいうよ。Cスタのフロアは警察に明け渡す……」

自分の椅子に座ろうとした大杉が、あわてた。

「待ってください、課長。明日は『ふしぎな少年』本読みのあとドライ、四時からカメリハなんですが」

帯ドラマの『ふしぎな少年』は、月曜から金曜までつづくので、明日の日曜日にはもう月曜放送分のリハーサルをしなくてはならない。プチミスで手一杯だった大杉班だが、来週は本来

の持ち番組にもどるのだ。

だが条野はわかっているというように、手をふった。

「心配しなくても、警察は明日の昼までで引き揚げる。局長が警察と相談して決まった。さいわい明日は公開番組でホールを使っている。そのぶんスタジオの融通がさく」

「でも『二丁上がり！』は明日の昼ですよ。警察とモロにバッティングだ。どこへ行くんです？」

村瀬は不安げだ。

「Aスタは連ドラのセットを飾るし、Dスタは報道が押さえてるし」

「『二丁』はBスタに移動させる。明日だけの臨時措置だ」

「Bスタには専用のサブがありませんよ。技術さんがお手上げでしょう」

Bはスタの補助として隣接している。芸術祭参加のような超大型番組のときは、ABふたつのスタジオをまたいでセットを飾るから、副調はAスタジオにのみ設置されていたのだ。

条野がうなずいた。

「私もそれを心配したんだがね。局長が智恵を出してくれた。中継車を動員させる」

「あ、なるほど」

「その手があったか」

大杉と村瀬が同時にうなずいた。後で風早が解説を聞いたところでは、今回限りBスタで制作する『二丁上がり！』を、野球や舞台なみに中継の形で放送してしまうというのだ。中継車は一個の副調としての機能を持っている。料理番組のナマ中継なんて、聞いたこともないが可能には違いない。

「私がスタ管と交渉している間に、局長はさっさと技術局と話を纏めてくれたよ。好川さんは遊び人だが、話が早くて助かる」

「土曜の夜だってのに、よく捕まりましたね」

大杉が僥倖に感謝すると、粂野は苦笑した。

「雀荘にいりびたってた。局長に代わって私が、奥さんにさんざぼやかれたがね」

「好川のおっさん、パイをかき回しながら技術局と交渉したんですか」

憧憬の口ぶりで村瀬がいうと、課長はまた首をふった。

「五人マージャンでちょうど局長の体があいてた。他の四人がイーチャン囲んでる間に、話を纏めてくれた」

「ウーン。優秀な上司ですねえ」

感心する大杉を、じろりと粂野が見た。

「厭味じゃないだろうな」

「とんでもない」

ＣＨＫが警視庁に喧嘩を売るのかとハラハラした風早も、いくらか気がラクになった。とはいえ警察の尋問はまだ始まってもいない。放送で疲れたスタッフが、ベテランのタワシ警部補のいじりに、どんな反応をするだろうか。

台本を手に、摩耶が急ぎ足でもどってきた。

「お待たせしました！　控室に集めたスタッフをみんな書き出しました。リストに漏れはないでしょうか？」

なんだって台本を持ってきたかと思ったが、末尾の空白をノート代わりに、関係者の役どころが残らず走り書きされていた。

鉛筆書きではなくボールペンだ。ボールからインクが漏れる初期の欠点が改良され、今では風早も指先を黒くすることなく重宝している。

「チェック、お願いします」

催促されたみんなが額を集めた。

職種や部課の前に人名も書かれているが、風早は演出スタッフと一兵を除いて、ほとんど馴染みがない。もっぱら職種の項目を注意することにした。

3

〔一〇月二八日　二一時三〇分から二二時まで　Cスタジオ〕

楽劇課　プチミステリ・『幸福が売り切れた男』関係者名簿

●プロデューサー・ディレクター（大杉）
フロアディレクター（村瀬）
スタジオディレクター（野々宮）
美術デザイナー・制作進行兼務（那珂）
楽劇課長（条野）

×

●TD・SW（テクニカルディレクター、スイッチャー兼務）
Aカメラマン
Bカメラマン
Cカメラマン
ケーブル作業員
●照明チーフ
照明助手1
照明助手2（スクプロ技手）
●音響チーフ
マイクブーム技手
音響助手
●効果マン

大道具1　×
大道具2
小道具1
小道具2（三宅）
×
錠前五十氏
中里みはる
降旗ユイ
樽井瑠璃子
×
●風早勝利

計二六名

4

ひと目見ただけで、風早はげっそりした。

二六人、この中に殺人犯がいるのか。そいつにたどり着くまで警察は、ひとりずつ当たって犯行の可能性と動機を探らねばならない。いったいどれだけの時間がかかることだろう……。

「●がついているのはなにかね」

粂野が尋ねると、村瀬が先回りして答えた。

「スタジオでなくサブにいた人たちだろ、野々宮さん」

粂野の前では摩耶と呼ばない。

「はい。当然殺人犯ではあり得ませんから別扱いです」

サラリと怖いことをいったが、その通りだ。放送中に副調からスタジオへ下りた者はいない。さっきは二六人と思ったが、その意味で数はグッと絞れる。

「つまり私も容疑者のひとりということか」

粂野は不満そうだが、これもその通りだ。大杉が声をあげた。

「ライオンレコードの小窪保（たもつ）……本番にいなかったのかい」

「あ、小窪さんでしたら会社の用件で、放送開始に遅れました。プチミスはずっと控室で見ていたそうです。番組は時間通り終わったので、みはるさんが殺されたなんて夢にも思わなかったといってます」

大杉が口を曲げた。

「つまり視聴者はちゃんと騙せたわけか。事件を知ったときには小窪ちゃん、腰を抜かしただろうな」

「もちろんです。今は化粧室の電話を使って、予定していたスケジュール先に謝って回っています」

「マネージャーが中里みはるの変死を、宣伝して回ってるのかね」

粂野の詰問を、摩耶はかわした。

「いいえ、警察にオフレコを厳命されたので、自分でもわけのわからない弁解で、大汗かいていました」

「ま、それが彼の仕事だ」

突き放してから、粂野は必要以上に声を低めた。

「まだ細かな点は煮詰めていないが、局長や警察とも相談の上で、彼女の変死場所は移動して発表する」

場所を移動する？　どういう意味だろう。

風早より先に大杉が声をあげた。

「やはりそうなりますか」

村瀬もわけ知り顔だ。

「みはるは化粧室で襲われた——とするとか？」

「そのあたりだ」

粂野課長が重々しく顎をひく。

「放送の最中に出演者が殺されたと発表してみなさい。新聞雑誌が沸き返る。民放テレビが大挙して押しかける。スタジオが機能不全になるのは目に見えている。まごまごすればＣＨＫはテレビの電波を出せなくなる」

まさかと風早は思ったが、粂野の顔つきは尋常ではなかった。ＣＨＫを背負って立つ悲壮感さえ漲っていた。肩書を持つ人の責任感なのだろう。意地悪く解釈すれば、管理職である彼の正念場であった。処理の結果しだいで出世も左遷もあり得るのだ。

若い摩耶は素直に粂野のペースに巻き込まれて、真剣にうなずいていたが、

「でも、もうマスコミは嗅ぎつけたんじゃないでしょうか……警視庁に記者が常駐していますでしょう」

粂野がかぶりをふった。

「その心配はなさそうだ。指揮をした警官が、目立たないようバラバラに出たといっていた。現場がＣＨＫというので気を遣ってくれたらしい。鑑識はわざと遅れて参加したし遺体もこっそり移送ずみだ。慣れたものだよ」

ゆるめた表情を、すぐまた険しくした。

「残る問題は、どこまで全員に箝口令が行き渡るかだな」

課長の目は前室から廊下まで貫通して、控室を睨みつけていた。こんなとき素っ頓狂な発言をするのが、野々宮摩耶という女性だ。

「その中で一番口が堅いのが犯人ですね」

「なんのことだい」

村瀬に聞かれて、あっけらかんとした返事をもどす。

「犯人ならスタジオで殺人があったなんて、自分からいいたくないもん。絶対に箝口令を守りますよ。アハハッ」

軽い調子だ。飛散する血飛沫(ちしぶき)を目の当たりにして、絶叫したことなぞきれいに忘れている。事件をドラマの一部分と錯覚しているんじゃないのか。

螺旋階段をあがってきた一兵が、顔を出した。

「警部補が、関係者みなさんのお話を伺いたいといっています」

「あの髯の警官かね……あんた、顔馴染みみたいだな」

条野に聞かれた一兵は、ひげをしきりと撫でながら、

「銀座や名古屋の事件でちょっと……その」

自分のことなのでいいにくそうだ。代わって風早が説明してやると、条野は身を乗り出した。

「それならぜひ、意見を聞かせてくれないか。那珂くん」

口調が改まったので、みんなオヤという表情になった。

「大したことではないかも知れないがね。……私は放送開始直前に、サブの下に陣取っていた。ご存じですな」

課長の視線が風早に向いたので、うなずいた。

「見ています。はじめは樽井瑠璃子さんと並んでいらした」

「そう……サービスのつもりか、照明の若い者が背の低いモニターを引っ張ってきて、私の前

に据えてくれた」

それも風早は知っている。

「その画面で見たんだよ。放送直前に誰かが急ぎ足で、Cスタにはいってきたのを」

全員が強く反応した。みんながみんな初耳であったのだ。村瀬が尋ねた。

「精確な時間はわかりますか」

「だいたいはね。刑事にこの話をしたものかな、那珂くん」

一兵は難しい顔だ。

「多少あやふやでも、重大な証言の可能性があります。話した方がいいでしょう。モニターと仰いましたが、どのカメラが撮った画面でしたか」

それについては粂野は自信ありげだった。

「Cだ。扉に近いパターン台めがけて、ズームでアップしたりバックしたり。カメラの調子をチェックしていたんだな。そのレンズ前を何者かが上手から下手へ通過したんだ。Cの上手――右にはすぐ、スタジオの扉がある」

風早は証言の内容を反芻した。人影が右から通過したのなら、いかにもそいつはその時間、スタジオにはいったことになる。

「直後に扉は鎖されていた。そうなると私が目撃した人影は、Cスタへ最後にはいった者になる。あいにく一瞬のことで、顔はもちろん服装も性別も不明だ。……それでも警察に話した方がいいだろうかね、那珂くん。どう思うね？」

控室の推理談義

1

その後に、うんざりするほど長い時間が経過した。

今はみんな、グダーッと椅子に半身を投げ出していた。時計を見る元気もないが、外では夜長の秋を締めくくる闇がまだとぐろを巻いていることだろう。

控室でへたばっているのは、大杉、風早、村瀬、摩耶の四人である。

とにもかくにも全員の事情聴取はひとまず終わった。二六人の誰もが、即時連絡可能で逃亡の恐れはないと認定されたおかげで、警察が全員の帰宅を許したのは幸いであった。

結論をいえば、その場で容疑濃厚となった者はいない。

だがむろん、そんなはずはなかった。みんなの証言を突き合わせれば、必ず誰かの言行に矛盾を発見できる——犯人が蒸発でもしない限り。

その確信を得て引き揚げてゆく仁科たちの顔には、〝捜査はまだ始まったばかりだぞ〟と、はやりの文具マジックインキで大書してあるみたいだ。

むろん風早たちの顔には、例外なく〝半死半生〟〝瀕死〟〝死ぬ〟〝死んだ〟と書かれていた。

脳細胞がなん億なん兆あるか知らないが、残らずとろけて水飴状になったと風早は確信する。

放映と殺人と犯罪捜査の三題噺に、かよわい神経はズタズタだ。帰宅の許可が出たとたんみんなは消えたが、後始末をすませた大杉たちメインスタッフは、帰宅の気力も出ないままブッ倒れていた。

気分が落ち着くにつれ改めてぞわぞわと、脳内を浸食してくる現実。中里みはるが殺された、朱に染まっていた、それは断じて悪夢ではなく、事実であった。

つい数時間前、彼女は確かに生きていたのに。この控室の椅子に座って、テレビを見て、お茶をすすっていたというのに。

痛切な思いを全員が共有しているはずだ。

だからみんな、おいそれと立ち去る気になれなかった……。

ポツンと摩耶がいった。

「さっきユイちゃんが、お母さんに連れられて帰っていったの。それまでの間座っていたわ、隣の化粧前。みはるさんの席の鏡をね、いつまでもハンケチで磨いてました……鏡にみはるさんの顔が残ってやしないか、そう思ったのかなあ」

答える者はなかった。

ただガチャンという音だけ聞こえた。

大杉がテーブルを拳で殴ったとみえ、安物のアルミの灰皿が床に落ちている。

「少しでいい、みんなの話を聞かせてくれ」

彼はいいだした。

「このまま帰っても、どうせろくに眠れやしない。警察はひとりひとりに尋ねたが、せめて俺たちの間だけでも、知る限りの事情を纏めたいんだが、どうだ?」

「いいですね」村瀬が応じた。

「スタジオにいた俺でさえ、ことの推移は掴めてない。サブのスギさんや風早先生なら、三台のカメラを目にしていたんだ。俺や摩耶以上に、なにか発見されていたんじゃないですか」

「はい。私もそう思います」

摩耶が挙手で賛成した。

「よし……それなら」

膝を進める大杉を制して、風早が口を開いた。

「その前に……ぼくはみはるさんのために祈りたい」

「祈るんですか」

怪訝(けげん)な表情の村瀬に、風早が告げた。

「ああ。事件の話をすれば、どうしても個人の内情を話すことになる。事件解決のためとはいえ、仲間だった彼女を傷つける結果になりそうだ。ごめんと詫びる代わりに祈ってあげたい」

大杉が同調した。

「仲間だった……確かにそうだ。あの子はいい役者でいい歌い手だった。黙禱でよければ俺も祈るぜ」

「はい、私も祈ります。……ほら、夏也もいっしょに。お念仏でもアーメンでも」

冗談かと思ったが摩耶は大まじめだ。村瀬もしぶしぶ彼女に従った。

一分間の黙禱を終えるとすぐ、風早は口を切った。

「個人の内情とぼくはいったね。聞かせたい話じゃないが、こんな事件が起きたのでは黙っているわけにゆかない。警察に話したことだが、みんなにも伝えておく。他言無用ということで」

前口上を述べてから、みはると男たちの話を打ち明けた。

大杉と村瀬は（そんなこともあるだろう）くらいに受け止めたが、摩耶にはかなりのショックだったらしい。

「みはるさんがふしだらってことですか。信じられない……ユイちゃんが聞いたら、どんな顔をするかしら。あの子、お姉さんみたいになついていたんですよ。母親にもいえない悩みを、みはるさんはきちんと相談に乗ってあげたらしいの」

村瀬が嘆息した。

「いるんだよな。みはるみたいに、表と裏の顔を使い分けるのがうまい奴。俺のいちばん嫌いなタイプだ」

「そこまでいっては可哀相じゃなくて？　ひとには事情があるんだもの……それに彼女はもと

もと……」

「戦災孤児だって？　よしてくれよ、彼女はもう成人してるんだ。みはるに限らず、いつまでも戦争をひきずるのはおかしいぜ。日本はもう戦後じゃない、神武景気、岩戸景気、所得倍増の時代なんだ！」

「演説するなよナツ」

大杉が苦笑した。

「睡眠不足でお前さんの声が頭蓋骨にエコーする。それよか情報共有の場だぞ、今は。そもそも凶器はなんなんだ。刺されて死んだ、それだけしか俺たちは聞いてない」

「アイスピックです……真っ赤に濡れてました！」

現場を思い出したのだ、摩耶の声が震えて、村瀬が説明役を交替した。

「那珂さんが、テラスに転がっているのに気づいたそうです」

「みはるくんはその場にうつ伏せだったんだな」

大杉がいった。Ａカメラの機転でレンズが望遠に切り換わったから、角度は悪いがサブから捨て部屋の様子をほぼ知ることができた。

「被害者はテラスで翼を外していた。寝室から見ればテラスで、アトリエから見れば陸屋根だ。要するに捨て部屋だが、犯人はそこにいた被害者を背後から刺殺した。ということは、犯人は通路側にいた。通路——というか、視聴者が寝室からの階段を上り切った場所、と認識していた空間だ。犯人は寝室の張り物の裏を伝って近づいたわけだ」

「現場を副調から見下ろすことはできないんですね」

念を押す村瀬に、風早が応じた。

「見えないけど、キャットウォークの三宅くんは見えましたよ」

「三宅って、小道具の？」

反問したのは村瀬で、さすがに頭の回転が早かった。

「そうか、死神の翼を回収していたんだ……そのとき気づいたことでも？」

「翼を引き上げようとして、なにかにつかえた様子だった。スギも見てたな？」

「見た。想像しかできんが、犯人が凶器を振るった瞬間だろうか」

「イヤッ」

摩耶が顔を覆った。風早も沈痛の色を隠せない。

「そうかもしれない。だとすると犯行時刻はどうなる」

専任のタイムキーパーはいないが、大杉はひっきりなしに時計とモニター画面を見比べている。答えは明快であった。

「二一時四二分。保証する。俺は仁科さんにもそう明言した」

殺害の時刻が分単位でわかる事件も珍しいと、風早は思った。

だが問題はその先だ。

気づいてない摩耶は、むしろ明るく聞こえるような声になった。

「でしたら、その時刻にみんながスタジオのどこにいたか、申告してもらえばいいじゃないですか」

　村瀬が彼女を睨めつけた。

「そんなことは警察がすぐ気づいたはずだ」

「ああそっか。全員の証言を纏めれば、少なくとも犯人は嘘ついてるんだし、二〇人以上の日が互いの行動を監視していたんだし」

　大杉は慎重な口調だった。

「たぶん警察もそう考えている。だから余裕で引き揚げたらしいが……」

「あら、そうじゃないんですか？　どうして」

「俺は照明のチーフに確認したのさ。セットの明かりをいつ消したかって。警察は、捨て部屋の一帯が暗かったことを知らないだろう。照明の連中も聞かれなかったことは説明していない。……現場の明かりを落としたのは、二一時四〇分を回ったところだ」

　摩耶が首をかしげた。

「じゃあ犯人は暗い中で、みはるさんを確認して刺したんだ？」

「そうなる。しかもそいつは、その後誰も気づかない内に逃げている……そんなことができただろうか？」

　うーむ。風早はその状況をイメージしようと試みた。

　地明かりがあるから、真の闇とまではいえない。だが犯人の頭上には、三宅が回収する途中の真っ黒な翼があった。いやが上にも視界はわるく、おまけにマイクは生きていた。犯人は音もなく姿を消したというのか？

2

唐突に大杉が問いかけた。

「そのとき摩耶は、どこにいた」

「えっと……」

「明かりが落ちた直後だから、思い出せるんじゃないか？　ナツはもう錠前さんに張りついていたはずだ。あの付近、寝室とアトリエの張り物に挟まれた通路には、カメラもライトもマイクもない。つまり技術さんたちはいなかった」

「……」

顔をこわばらせて、摩耶は無言だ。必死に思い出そうとしているらしい。

「いたとすれば、比較的行動に制約のなかった一兵さんとあんただけだ」

「ウー」

唸り声をもらした彼女は、食いつきそうな顔だ。唇の間から前歯が見えた。ウサギがにんじんにかぶりついたみたいだ。

「思い出しました……姿見からスクプロへ移動する途中です」

「そのとき誰か、ほかの人を見たか」

「樽井さんがチラと見えました」

「瑠璃子夫人が？」

大杉につづいて村瀬も声をあげた。

「なにをしていたんだ、あのおばさん」

「さあ……どこへ行こうとしてたのかな……」

「問題の通路の至近距離だな」

宙を見据えて大杉がつぶやいた。

そのとき、ハッと風早は気がついた。

「凶器だ！」

すぐ大杉が聞く。「アイスピックがどうした」

「凶器はどこから湧いて出たと、警察は考えたんだろう」

「サブ下の調理台にあったヤツらしいですよ」

答える村瀬を、大杉がじろりと見た。

「そんなこと、刑事が教えてくれたのか」

「まさか……でも俺の事情聴取では警察も油断してたんでしょう。仁科という警部補に刑事が耳打ちしてました。俺、耳はいいんです」

事件の現場にいたとはいえ、駆け回っていたＦＤが犯人とは思えない。容疑から遠いと警察も甘く見たということか。

「では犯人を絞り込む材料がふえたわけだ。凶器は調理台に収納されていた。誰がそれを知っていたのか」

いいながら風早は自分を指している。

「まずぼくだ。当然三宅さんも承知していた」

大杉が首をふった。

「ふたりに通路での犯行は不可能だ。カツは副調に、三宅はキャットウォークにいた。ほかに誰がいる？　ふだん調理台を移動させている小道具なら知ってるだろう。二一時四〇分、明かりが落ちたころ、もうひとりの小道具はどこにいた？　ナツ、あんたはどうだった」

「俺ならもうスクプロの前に飛んでいってます。小道具さんは……と。錠前さんに張りついてましたね」

「間違いないか」

「はい。スクプロの相手が変わるたびに、錠前さんの持ち道具が変わったでしょう。数珠だのグラスだの。渡すキッカケが難しいんです」

「なるほどね。……摩耶に目撃された樽井夫人は、凶器のありかを承知していたかな」

風早が口を開いた。

「可能性はある。三宅さんとぼくが引き出しの中身を話題にしたとき、彼女はすぐ近くにいた。その後の彼女の動きはわからないが」

摩耶が応じた。

「それを私は見たことになります。あのおばさんが通路の入り口にいるところを」

「だったら途中でアイスピックを手に入れることはできたな。引き出しはテープで留めてあるだけだから……」

村瀬がいい、風早は更に自分が観察した彼女の様子を報告した。

「心ここにあらずという風情で、まるで酔ったような足どりだった。化粧室で電話をうけた、その後らしいんだが……」

みんな一様にキナ臭い表情となっている。

「いったいどんな電話だったんだ？　彼女、その話を警察にしたのかな」

大杉がいい、村瀬もいった。

「電話のことなんざ誰も知りませんよ、もちろん警察も。風早先生がユイの言葉を聞いてなきゃ、誰も知らずに終わったんだ」

「……気になるな」

大杉の言葉にみんなうなずいたが、どこか緩慢（かんまん）な動作になった。

「気になりますね……」

「気に……ふわーあああ」

色気もなにもあったもんじゃない。摩耶が特大の欠伸（あくび）をしたので、風早たちは笑いだした。

結論とまでいえなくとも、特定の方向に話の舵が向いたからか、誰いうともなく推理談義は終わっていた。

「帰るか」

大杉がぼそっと口にすると、村瀬も摩耶ものろのろと同意した。

「そうしましょう……明日は『ふしぎな少年』だ」

「違うわよナツ」

緊張がほぐれたせいか恋人扱いをはじめていた。椅子から立とうとしてよろめいた村瀬を、優しく両手で支えてやるくらいに。

「なにが違う？『少年』の本読みだろう、三時から」

「だからソレ、明日じゃないの、今日なの！」

一階の廊下まで下りると裏口から吹き込む風の冷たさで、風早は目が覚めた。

大杉たち三人の背中に声をかける。

「ちょっと寄り道する。いいから先に帰ってくれ」

大杉がキョトンとした顔で、風早を振り向く。

「忘れ物か？」

「気にするな。ぼくはもう仕事納めだが、あんたたちはまたスタートだ。さっさと帰って死んだつもりで寝ろ」

「お！　今日でいちばんいい言葉を聞いた。……じゃあな、行くぞ」

「行け」

しっしっと追い立てるゼスチュアをしてやると、大杉は寝ぼけたような笑顔を残して、村瀬たちの後につづいた。

3

Cスタの重いドアを開けると、ひんやりした空気が時ならぬ薄暮めいた明かりを帯びて、風早を迎えた。

無人とばかり思っていたが、違った。一兵がいた。

彼はアトリエのセットの中にいた。コートを膝にかけスツールに腰を下ろした一兵は、どこを見ているのだろう……半眼の表情が薄闇の空間に漂っていた。

そのスツールにドラマでは、みはるが座っていた。

そう気がついた風早は、不意に胸を締めつけられるような気持ちになった。もしかすると彼は、スタジオでみはるをひとり弔（とむら）っていたのだろうか。

「一兵さん」

声をかけると、相手はゆっくりした動きで、ダッフルコートの風早を視界に捉えた。

「ああ、カツくん。まだ帰っていなかったのか」

「ええ、忘れ物をしたみたいで。自分の台本なんですが」

見回したが、それらしい白いものはみつからない。

「サブに置き忘れたのかな……いいです、後にします」

とりあえずという感じで、Aカメラのペデスタルの裾にお尻を乗せた。三角形の脚部に車輪が格納されている。ちょっと顔をしかめた。金属の触感が氷のように冷たい。

「ちょうどよかった。一兵さんにお聞きしたいんだけど」

「なに?」

人なつこい目で風早を見る。

「本番でみはるがいないと騒いだときですよ。一兵さん、機転をきかせて彼女の絵をカメラに撮らせた。その直前に大杉がブツブツいってたんです……クロサワやキノシタがって。なんのことかわかりますか?」

一兵が軽く笑った。

「なんだ。さすがは映画に強い彼だな。オレとおなじことを考えていたんだ」

「あの……どういうことですか」

「『七人の侍』の黒澤明、『二十四の瞳』の木下恵介（けいすけ）。知ってるだろ。その二大巨匠のコンビ作が一本だけある。これならどうだい」

「えっと……『肖像』でしたね。……あっ」

「わかったみたいだね。あの映画、黒澤の脚本では肖像画がラストシーンだ。でも木下監督は、わざと肖像画を見せず、モデルとなった井川邦子（いがわくにこ）の実像をラストシーンにして見せた。スギくんはその知識の逆用を思いついたんだよ」

「そうか……映画では肖像画の代わりに人間だったが、テレビでは人間の代わりに絵……よくできた肖像画なら人間と等価に使える。そう思いついたのか」

「よくできた肖像画なんて面はゆいがね。……みはるくんはなんとなく描きたいモデルだったよ」

そこで一兵はまた沈黙した。無意識にだろうか、そのときみはるが腰を据えたスツールを撫でていた。

彼の思いを共有するように、風早も無言で無人のスタジオを視線で掃いている。すべてが放送終了時のまま時を止めていた。

凶器を収納していた調理台も、パターン台も動いていない。その背景にある三角柱……白地に081と縦書きされてる。あれはなんだっけ。そうか、児童番組『数えてチャチャチャ』のセットもここにカタしてあるのか……スタジオそのものが死に絶えたように静謐(せいひつ)であった。

ふと、風早は思い出した。

「……あれ」

「なにか？」

「ええ。劇中で塑像が倒れましたね。錠前さんが驚く芝居で……あのとき、像が割れて床に散ったと思うんだけど」

ちょうど一兵の両足の前だったが、今はない。あたりの床は掃いたようにされいになっていた。

「割れた像が転がっていては、後の芝居に差し支えるからね。明かりが落ちる前に小道具さんが片づけた」

「へえ……放送中にですか」

音を立てずにそんな素早く？　しかし一兵は軽く笑った。

「フロアとおなじ色の敷物を敷いておいた。破片が全部その上に落ちるくらい広くね。カメラがスクプロへ走り出すとすぐ敷物を引き抜いて、スツールだけもとにもどした……ほら」

顎をしゃくった先に綱元（つなもと）がある。バトンや幕を上下させるため、壁際になん本ものロープの端が纏めてある場所だ。その前に丸めた敷物や像の破片が片づけられていた。

「この時間までずっと二階にいたの、カツくん」

「ええ。控室でスギたちと意見を交換していました」

ほう、というように一兵が口をすぼめた。

「私設の捜査会議、イヤ推理会議というわけかい。興味深いね。……で、なにか結論めいたものは出たの？」

「筋道は立ってきたんですが、ぼくはまだ納得してません」

「ほう。……よければ、どんな筋道だったか話してくれないかな」

「もちろんです。聞いてください」

考えを整理するのに絶好の機会である。一兵の洞察力については学園の事件解決で思い知らされていた。風早は喜んで推理会議の内容を話した。

「なるほどね……それなら瑠璃子さんに犯行の可能性がある」

同意したが口調は冴えない。風早が気を遣った。

「ユイのお母さんは、古い友達なんでしょう。疑いをかけてごめんなさい」

一兵が小さく笑った。

「いいんだよ……大人になっても変わらないね、きみの気働きは。疲れるだろう」

その通りだから、首をすくめた。

「それで、条野課長の件はどうなりましたか」

「うん、オレの方もわかったことを話さなきゃいけないな……放送直前に侵入者があった話だろ。それについて美術や技術のスタッフに聞いてみたんだ。するとおかしなことに、誰もそんな人間の存在に気がついていない」

風早はふしぎそうだ。

「誰も、ですか」

「ああ、誰も。スタジオの扉を閉めたのは大道具のチーフだが、首をひねっていた。ベテランでね、侵入者を見逃すような男じゃない。だからいたとすれば、そいつは『プチミス』本来のスタッフのひとりだ。そう考えて手を替え品を替えて尋ねたが、誰もそれらしい者を見ていない」

「奥に大道具の搬入口がありますね」

「あるけど問題外なんだ。装置を運び込んだ後はずっと締め切られている」

おかしなことになってきた。

「条野さんは、Cカメラから送られた画面だといいましたが……」

「うん。むろんCさんに確かめたよ。その時間ならパターン台の前に固定したカメラをチェックして、離れたことはない、侵入者も見なかったという」

「ずっとファインダーを覗いていたんですか?」

「厳密にいうと一度だけ目を離したらしい。パン棒にクリップ止めしておいた台本が床に落ちたから拾い上げた。短い間だがファインダーをお留守にした」

「カメラ前の通過なんて一瞬ですよ。たまたま侵入者がそのとき……」

「そうはゆかないぜ、カツくん。Cはトライポッド、三脚を履いてるんだ。台本を拾い上げる間も、カメラマンの視線は脚の間を通してレンズ前に届く。外から誰かはいれば、いやでもカメラマンの視界に飛び込むだろう」

「うーん、そうか……そうですね」

出入りについては疑問を残したままだが、犯人が関係者の中にいるなら、摩耶が作った名簿に確実に記載されているはずだ。

「野々宮さんに明日、確認してみます。クルーに漏れがないか心配していましたから」

「摩耶ちゃんか。そうだね、行動範囲の広い彼女なら気がついたかも。……実はね」

ここで一兵は自分のひげを撫で回した。

「粂野さんに念を押したんだよ。本当に見たんですかって。いやあ神経質だね、あの管理職は。目玉の奥で火花が散ったぜ、私の証言を疑うのかって」

風早は笑った。

「確かにいい加減なことはいわないタイプですね。人にうるさい分、自分にもうるさい」

「それがよくわかったよ。股火鉢するみたいにモニターを抱え込んでいたんだから、何者かがスタジオへはいったのは事実だろう。念のため化粧室にいた美粧さんにも確認した」

さすが行き届いている。

プチミス以外の番組があったから、化粧室に詰めていたのは美粧が二名で、ほかに衣装係の女性もいたそうだ。

計三名が、控室のテレビを見て顔や衣装の映り具合をチェックしており、ライオンレコードの小窪保も、放送開始直後からその場にいた。

「『錠前さんの額、ドーランが足りない』『みはるちゃんはもっと明るい色がよかった』耳元でペチャクチャやられて気が散ったと、小窪さん参っていた……」

一兵がどっこいしょとスツールから立ち上がった。掛け声が必要なのは、彼だって疲れていた証拠だ。

「しゃべって少しは気が晴れた。帰りますか……おっと、忘れ物はどうしたんだい」

いわれて思い出した。

「いけない。台本を持って下りたつもりだけど。エート、ぼくは調理台の付近をうろうろしていて……」

「そこに白いものが見えてるよ」

目ざとく一兵がみつけた。誰かが蹴こんだのか、調理台の下から台本の端が飛びだしていた。

「やあ、助かりました」

手提げ袋にほうりこんでホッとした。さまざまな意味で記憶にのこる番組だったから。

コートに腕を通した一兵と肩を並べて、廊下に出るドアをくぐった。完全防音で気密性が高い。

「放送中このドアは、間違いなく締め切られていたんですね」

「おいおい」一兵が吹き出した。

「条野さんなみに神経質だな。ドアの重さが半端じゃないから、慣れない者は開閉するだけでもひと苦労するよ」

「そりゃそうだ」

廊下に出て、もう一度ふりかえった。立ち入り禁止のサインは出ていない。場所が場所だからめったな者の目に留まるまいし、テープを張り巡らせば、ここで事件が起きましたと宣伝するようなものだと、警察が配慮したのだろう。

風早は、自分に言い聞かせた。

「オンエア中のスタジオは鉄壁の密室なんだ……」

ひとり言のつもりでいたが、一兵はちゃんと聞いていた。

「そう、密室。あんたの飯の種でもある。……ははあ、ひょっとしてカツくん、スタジオが舞台の密室を書きたかったの？　一二年前のときみたいに」

寝た子を起こされた気分だったが、正直に答えた。

「ダメでした。ひとつだけ思いつきはしたんですが……」

「ほう！」

「読者が怒りそうなアイデアなんで、諦めました」

「ウーン。あんたは慎み深い人だな。オレならもっと無責任に、想像をひろげてしまうがね」

じれったそうなので、風早は弁解口調になった。

「村瀬さんにいわれたことも、ひっかかってます。放送中の殺人なら密室ではなく、クローズドサークルだって」

「外部の出入りができないだけで、スタジオの中には大勢が犇いているからね」

「ええ。おなじ空間にいた人間が、全員事件に無関係と立証されるまで、密室殺人といえないんだから……でも、そうだな」

なにを思いついたか、風早は守衛室の直前で立ち止まった。

「ねえ、一兵さん。ひとつ頼んでおきたいことがあるんですが」

「なんだい」

「仁科さんに頼めば、鑑識が調べてくれるんでしょうか？」

一兵が目を丸くした。

「調べるって、なにを？」

「ええ。さっきお聞きして、もしかしたらぼくのアイデアを裏打ちできるかなと……」

4

「お疲れさま！」

「はい……お疲れさん」

一兵の声は朗らかでも、守衛の返す挨拶はこわばっていた。

無理もない。CHKはじまって以来の椿事なのだ。本館から守衛の応援を受けて、常にない大勢が緊張した顔を並べている。

一兵が風早に囁いた。

「ぴりぴりしているな。二、三日もすればきれいに忘れるだろうけど。……でもせめて、われわれだけはみはるくんを忘れずにいてやりたいね」

ああやはり一兵さんは、スタジオでひとり彼女を弔っていたんだ……それがわかって、風早もまったくおなじ気分であった。

路地に出ると黎明の風に手荒く迎えられた。

くしゃみの三連発に辟易（へきえき）して、あわてて洟をかむ。『夢中軒』の提灯（ちょうちん）はとりこまれ、『星の寄生木』の上がり口で、閉店の札がカタカタと揺れていた。

　客待ちのタクシーが並ぶのは、路地を左へ抜けた先だ。

「一兵さん、車券は」

「ここに持ってる」

　羽織ったコートのポケットから、券が二枚落ちた。一枚はＣＨＫの車券だが、もう一枚は形も大きさも違う。

　風にさらわれそうな紙切れを、一兵はもとのポケットに押し込んだ。

「こっちは『夕刊サン』の車券なんだ」

「樽井さんがくれたんですか。サービスがいいや」

　ちょっと一兵の答えが遅れた。

「頼まれた用件があってね……」

　なんだか渋い顔をしていると思うと、唐突に尋ねてきた。

「カツくんの彼女は、伊丹龍三郎の大ファンだってね」

「へっ？」

　これには驚いた。まさかこんな時間にそんな話が出るとは思わなかった。

「梅子なら確かにファンですけど」

　なぜ知ってるのかと思ったが、熱海の話をしたとき触れた覚えがある。

「樽井社長が内密の用件で、伊丹さんに連絡をとりたいそうだ」

「はあ……そうなんですか」

生返事になってしまった。一兵も無闇とひげを撫でている。よほど内密な事情があるのだろう。

「伊丹って五寸釘の龍でしょう。引退したって有名人なんだ。それでも連絡先がわからないんですか」

短い路地だから、とうにタクシーの溜まり場に着いてしまった。

「訳はまた話すけど、梅子さんが大ファンならプライベートな連絡先をご存じではと思ってね……いや、承知ないならこの話は忘れてください」

隠し立てが不得手な一兵と、追及が下手な風早だから、会話がぎくしゃくして前に進まない。

先頭の車に歩み寄りながら、とってつけたように一兵がいう。

「今日のうちにまた会えるかな。カツくんの仕事は終わったが」

「はあ、夕方にはまた顔を出します。仁科さんに約束させられました」

「ああ、それならオレがタワシさんに話したんだ。風早先生は名探偵だぞ、とね」

「ひゃあ。だから警部補さんいったんだ……意見を聞きたいって」

恨めしそうな風早に、一兵が笑って手をあげた。

「それまで体をやすめておいて」

「あ、ちょっと、一兵さん!」

質問する間もなく、彼を乗せた車は暁闇の薄明かりを背に駆け去ってしまった。

殺人者はどこへ消えたので章？

カフェの推理談義

1

ラジオのニュースが今年最初の冬型気圧配置になったと報じている。道理で今日は昼下がりになっても薄ら寒い。風早のアパートは南面しており抜けるような青空を仰ぐことができたのに、くしゃみが出た。

一階が大家の住居で、二階は片側廊下にそって六畳間が五部屋という零細アパートだが、ありがたいことに階下の玄関脇に共通の赤電話がひかれていた。

風早はCHKに出かけるぎりぎりの時間まで待って、名古屋の『ニュー勝風』へ電話をかけた。姉の店は夜だけの営業だが仕込みがあるから、思った通り梅子はもう出勤していた。

「わあカッちゃん！　嬉しい、そんなに私の声が聞きたいんだ」

「いやその、きみに用件があって」

無駄口をたたく時間も惜しい。硬貨を忙しく電話機に投げ込みながら、一兵に頼まれた用件を伝えるとがっかりされた。

「そんなことか……カッちゃんも那珂さんも知らなかったんだ」

「なんのこと」

「だからあ、龍さん引退した後は、完璧に芸能界から消えてしまったの。稼いだギャラ使って世界を漫遊してたって」

「こないだ、梅ちゃんは名古屋で会ったんだろ」

「うん、会った。だからもう泣けてしまって。あの人、車が好きだったから、赤木圭一郎みたいに事故死した噂まで飛んだわ。でもステージではふつうにしゃべって歩いてた。よかった！」

「ウン、よかったよかった。それで彼は今どこに住んでるんだい……え？」

気配にふりかえると、隣室の住人の女性がいた。水商売らしく派手なデザインのドレスで着飾り、掌に硬貨を積んでいる。風早と目を合わせたら、婉然と笑いかけてきたので大いに恐縮した。

「ごめん、後がつかえてる」

「ヤだ。もう少し声聞かせてよオ」

板挟みだ。

けっきょくわかったのは、龍が東京にいるらしい、それだけであった。

仕方なくCHKに向かうことにする。目の前の青梅街道では地下鉄荻窪線の工事がたけなわでも、今日に間に合うわけはないから、歩いて八分の高円寺駅を目指した。将来の複々線化を見越して高架になるはずだが、これも先の話だ。東京はどこもかしこも工事中である。高度経済成長はまず土建屋さんからスタートしていた。

長々待たされた踏み切りを渡って上り線ホームにたどり着く。名にし負う中央線の混雑だが、時間が時間だからラッシュではない。こともなく東京駅乗り換えで新橋に降り立った。ここまでくればＣＨＫは目と鼻の先だ。

大杉が常連客というガラス問屋や文房具屋を横目に見て歩き、放送会館と三井物産館の間を抜けて、放送番組センターにはいった。

早くも懐かしい気分になって、Ｃスタジオを覗き込んだ。

警察は予定通り明け渡したとみえ、ガチ袋を腰に吊るした大道具たちが、奥の搬入口から張り物を運び込んでいた。埃と汗の匂いがもわっと立ち上がり、季節を忘れる熱気が漂っている。見覚えのあるセットは、『ふしぎな少年』のタバコ屋の街角だった。

廊下へもどって二階にあがろうとして、気がついた。

階段の蔭にベンチと灰皿があるのは喫煙のための設備だが、灰皿のスタンドをクラブに見立てて大杉が振っている。

「ここはグリーンじゃないぞ」

声をかけると大杉はニヤリとして腰を下ろし、隣のスペースをポンとたたいた。座れというのだろう。

「待っていたんだ」

「いや、ぼくは控室で仁科さんに会うんだが」

「控室はだめだ。中山ちゃんがナツたちと打ち合わせしている……課長の指示で、今週の『ふしぎ』は急遽彼が担当してくれた……俺は警察とのパイプ役だとさ」

風早は友人に同情した。

「そりゃ大変だな。あんたもピンチヒッターの中山さんも」

「宮仕えは辛いもんさ。なに、彼だってそれしきで顎は出さないよ。むしろ俺はこれをチャンスにナツをPDの椅子に座らせたくてね。中山ちゃんが後ろ楯なら、技術の連中も文句をつけないだろう。そう考えて粂野さんにウンといわせた」

さすがスギだと、風早は感心した。どさくさに紛れて後輩を昇格させようというのだ。

「ナツなら番組に詳しいから役者も安心だろう。今週のホンを書いた松本守正さんも駆けつけたし、カット割は俺がチェックずみだ」

ライターはラジオからのベテランで、核になるSFのアイデアは大杉がひねり出していた。化石として出土した恐竜の卵の争奪戦らしい。

「それならあんたも、事件に全力を注げるな」

しかし大杉は浮かない顔だった。

「期限つきでね」

「期限？　どういうことだ」

「なにがなんでも、五日以内に事件を解決せよとのお達しなのさ」

「そんなこと、一方的に決められても困るだろう。捜査ははじまったばかりだぞ！」

「……まあな。上の気持ちもわかるんだが」

大杉にしては意気があがらない。

——ＣＨＫで殺人事件が起きた！

——被害者は新進の歌手で女優だ！

——彼女の死体が化粧室で発見された！

これだけでもビッグニュースである。まして本当の現場が放映中のテレビスタジオだったと暴露されたら？

ＣＨＫの上層部では警察の協力のもとで、事件の詳細を黒い霧に包みたいだろうが、鼻のきくマスコミがひき下がるとは思えない。

かつて芸術祭参加のミュージカルで、放送当日に主役級の俳優がつぎつぎと降りて、作品自体も支離滅裂の惨状を呈したが、どの新聞も知らん顔をしてくれた。テレビがそこまで市民権を得ていなかったのだと解釈できるが、メディアの頂上に登ろうという今のテレビではマスコミが見逃すわけがない。

ましてやコトは殺人事件——それも現在の状況では、センセーショナルな話題になるはずの〝密室殺人〟だ。マスコミが色めきたつに決まっていた。

「正式な発表は午後四時、警視庁で行われる」

思わず風早は腰を浮かせた。

「あと三〇分だぞ」

「ああ。今は嵐の前の静けさだ。四時を一〇分も過ぎてみろ。間違いなくここに記者団が牙を鳴らして押し寄せる」

風早にもうっすらとCHKの魂胆が読めてきた。

「はあん……そのときはもう昨日の主要スタッフは、Cスタで帯番組のリハーサルにはいってる。記者団の相手を務めるのは海千山千のCHK広報室か」

「そう。のらりくらりとボカした内容しか漏らさないだろう。しかもマスコミが一番の標的にする俺は……」

大杉が彼らしい笑顔を見せた。

「作者の風早先生、事件担当の仁科警部補といっしょに、ひそかにCHKを脱出しているという寸法さ」

制服の守衛が顔を見せた。

「スギさん。仁科さんはもう行かれたよ。昨日今日と顔を出してたおまわりさんだね、あの髯の人は」

立ち上がった大杉が、唇に指をあてるしぐさをした。

「この後、ブンヤが押しかけます。俺たちは行方不明です……よろしく」

2

大杉が風早を連れて行ったのは、新築間もない飯野海運のビルだ。

放送番組センターから歩いて数分の街角に、広壮な間口で建てられている。これまで小規模なビルや商店の並んでいた界隈であったが、最近になって大規模な建築物が割り込むようになってきた。

ホンの数区画北に進めば戦前の古ぼけた官庁街がはじまるが、CHKの裏から虎ノ門にかけて建てられたビル群は、申し合わせたようにカラフルな外装で高度経済成長を象徴する戦後の装いを凝らしている。

飯野ビル一階を貫く商店街の一隅に、喫茶店『マグノリア』がある。キッサテンというよりカフェと呼ぶ方がしっくりする洋風の店舗が、いわば大杉の隠れ家であった。

放送会館やセンターは顔見知りの往来が激しいから、落ち着いて台本を読んだりカット割をする場所がない。それで彼はこの店を根城にしているらしい。

「仕事するときもあるし居眠りするときもある。客は付近のビジネスマンで、CHKの関係者はいない。安心してサボっていられる」

というのが大杉の説明だった。

奥まった四人席を仁科が占領していた。

風早たちが座ると、彼は挨拶もそこそこにおかしなことをいいだした。

「来週はじめに満六〇歳になる——それが俺のタイムリミットだ」

大杉はポカンとしたが、風早は理解した。

「退職するんですか、仁科さん」

「そうだ。その時点で俺は捜査から外れる……それが、上との約束だった。今更変えられん」

大杉がアッという顔になった。

地方公務員である警察官に定年制はないが、それに代わる勧奨退職制度が存在していた。こうして警察とＣＨＫが非公式に情報交換できるのは、一兵の仲立ちで仁科警部補がいるからだったのに！

大杉はため息をついた。

「これでいよいよ締め切り厳守だ」

「なんのことだね」

聞き返す仁科に、風早が五日間という期限を切られた話をした。

「ＣＨＫの考えでは、それ以上解決が遅れては事件の真相を隠しきれない、というんですが」

聞かされてタワシはむくれた。

「そんな都合よく犯人を割り出せるかね。犯罪捜査は放送劇ではありませんぞ」

「わかってます。ですが仁科さんとしても、警察官である間に事件を解決したいのではないですか」

　大杉の指摘に、相手は声を高くした。

「当たり前のことをいわんでいただきたい。捜査の途中で身をひく羽目になって、誰より悔しい思いをするのは本官なんだ」

　場の空気が熱くなりかけたところへ、ソフトな口調の一兵が現れたのはタイミングがよかった。

「遅れてごめん……守衛さんに耳打ちしてもらった」

　歌番組のセットをＣＨＫホールに飾っていたのだ。

　双方の事情を聞いた一兵は、それでも落ち着いている。

「そういうことなら、いっそう時間が惜しいね、タワシさん」

「同感だ」

　ぶすっとした顔だが、特に不機嫌というのではなさそうだ。これが仁科の素顔らしいと知って、風早はホッとした。

　とにかく事件の詳細を、警察官の口から聞くことになった。

「……被害者は腰部を左背後から刺されている。細身だけに貫通力が大きい。その一撃で先端が肝臓に届いていた。凶器が抜かれた結果の大出血だ。死因はそのショックだな。アトリエのドアや通路まで血が飛んでいる」

「犯人は返り血を浴びなかったんでしょうか」

大杉の質問に仁科はかぶりをふった。

「刺した直後の出血ではなかった。凶器が栓の役割を果たしたんだ。たまたま頭上では小道具の係が翼を回収していた。大杉さん風早さん。あんたたちは彼の行動を目撃しとったそうだか、おなじ時間帯だったらしい」

風早が息を呑んだ。

三宅が回収にまごついたように見えた。やはりあのとき下界では犯行が行われていたのだ。

大杉が正面の仁科に向かって膝を進めた。

「その前後の動き、もう少し詳しくわかりませんか」

「詳しくといわれても、想像するだけだが……翼を体に取り付ける箱……といってわかるかね」

一兵がうなずいた。

「みんなわかりますよ。みはるくんの腰のベルトにつけてあった」

「そのベルトすれすれなんだ、凶器に刺されたのは」

風早が疑問を口にした。

「ベルトは彼女が自力で着脱できたのかな」

答えたのは仁科ではなく、一兵だった。

「ボタンを押せば箱ごとベルトが体から離れる仕掛けだよ」

「そうなると……」

そのときの光景を、風早は再構築しようとしていた。

「キャットウォークから翼を吊り上げようとする……その力がみはるさんに伝わった……ボタンを押した……翼ぐるみで箱が離れる……ベルトも離れる……」

彼がなにを言おうとするのか。大杉にダイレクトに伝わった。

「そのベルトすれすれに、凶器の柄が生えていた。三宅の動きが止まって見えたのは、ベルトが凶器にひっかかった、そのせいじゃないか！」

風早が重々しく首肯した。

「彼は渾身の力をこめて、袖搦みを引いた。ベルトが持ち上がった。凶器が抜け落ちた。そして大出血を引き起こした……」

いい終えた風早も、おなじ目撃者の大杉も顔を白茶けさせている。

「三宅が知ったら号泣するだろうな」

おもむろに仁科が口を切った。

「われわれの推測もそんなところだ」

「そうでしたか……」

大杉の語気は鉛のように重かった。風早は対角線上の仁科に話しかけた。

「捨て部屋とキャットウォークの状況はわかりましたが、その間隙を縫った犯人の動きを警察はどう見ているんでしょう」

率直に聞かれた警部補の顔色はすぐれない。

「捜査本部でみんなが唾を飛ばし合った。被害者が捨て部屋にはいる、小道具係が羽根を引き上げようとする、上も下も自分の作業に熱中していた。明かりは落ちても完全な闇にはならない。被害者の位置を特定することはできた。彼女が背中を向けた瞬間、犯人は一気に刺した」

風早はゴクリと唾を呑み込んだ。

3

ベテランの捜査官は淡々とつづけた。

「凶行の時刻はどうか。死神の翼がひろがったのが、二一時三八分。これは副調のテクニカルディレクターの証言だ。カメラの視野からみはるが切れたのが、その一分後だそうだ」

大杉がうなずいた。クルーの中ではもっとも冷静なTDだったから、信頼に足る。

「被害者がアトリエに現れないので、降旗ユイが困惑しはじめたのが二一時五〇分……それでいいか？」

仁科がぎょろりと一兵を見つめる。さすがに小僧扱いはしない。

「結構です。オレはユイちゃんのおろおろする様子に気がつきました。そのとき腕時計を見た。暗くても針が読める夜光時計です」

問題はその一一分間に、スタジオ内の誰が被害者に近づけたか、ということになる。

「近づくだけではダメですね……」一兵が付け加える。

「刺して、すぐその場を離れなくては」

「ああ。さもないと返り血を浴びる」

犯人に頭上の動きまでわかるまいが、返り血を用心して凶器を刺してすぐ、身を翻(ひるがえ)したはずであった。

「刺してから大出血までの時間は、不明だ。あんたたちの印象ではどうかね」

逆に仁科が尋ね、大杉が答えた。

「上下の動きが交錯する、ごく短い時間内に起きたのでしょう」

「その短い時間で、誰の目にも触れずに逃げた。フン、奴は忍術使いか？」

笑う者はいなかった。

大杉がまた口を開いた。

「捨て部屋にいたみはるに接近できるコースは限られていますよ」

一兵が同調する。

「オレもそう思う。便宜上捨て部屋といってるけど、テラス兼陸屋根だね。背後は山の遠見ともう一方が切り出しの花壇で近寄りにくいな……それとも犯人は、寝室の掃きだし窓から接近した？　だがカメラが撮ってた寝室を通り抜けるのは抵抗がありそうだ。そうなるとひとつだけ残るのが、寝室とアトリエのセットに挟まれた通路みたいなスペースですね」

一兵は仁科に確かめた。

「警察はどう見ています？　犯人がどの方角から被害者を襲ったのか……」

仁科が首肯した。

「あんたが今話した場所だよ。通路と呼ぶのが妥当だろう」

「つまり、行灯（あんどん）になった張り物の蔭ですね」

面食らったようだ。「なんだ、そのアンドンてのは」

「あ、失礼。この張り物は寝室から見れば壁で、アトリエ側からは階段の下り口ですね。表裏両面使える袋張りだから、行灯といいます」

「なるほどな。……そう、その行灯の前が通路だ」

風早は思い出した。控室で交わされた推理談義でも通路と称されていた。

一兵が丸めて持参したスタジオの見取り図をテーブルにひろげた。邪魔な四人分のカップはウェイトレスに下げてもらった。青地に白い線が縦横に走る青焼という図面である。感光剤利用の複写技術で、ゼロックスが開発したコピーはまだ一般的ではない。

図面を覗き込んだ仁科は、場を締めるような口ぶりになった。

「犯人が潜んでいたのは、正にこの通路だ。誰がその時間にそこへ行くことができたか、という問題だな」

「ええと……」

眉を寄せていた大杉が、遠慮がちに手をあげた。

「それなんですが……先ほど俺、野々宮摩耶に確かめました。彼女は本番中、原則として通路の入り口にいたらしいです」

摩耶が務めたスタジオディレクターはＦＤを補佐して、スタジオ中を駆け回ることになる。中央に陣取るのが効率的であった。昨日の場合ならまさに通路だ。

風早は驚いた。

「控室でそんなことといわなかったぜ、野々宮さん」

「それがなあ。あいつはそこを通路と認識せず、寝室の裏のつもりでいた。だいたいろくに俺たちの話を聞いてなかった……どうも半分眠っていたらしい」

退屈な会議では目を開けて眠る特技のサラリーマンがいるというから、そのたぐいか。

呆れ顔の仁科が追求した。

「すると問題の一一分間も、そこで張り番していたと？」

「明かりが消えたときは、アトリエから通路の入り口に移動中でした……うす暗かったけど、誰も出入りした人はいなかったといってます」

では犯人は殺害の現場に行けっこない。みんなしょっぱい顔になった。

「ただし次はスクプロの場面だから、更にそこから移動していますね」

「その時間は？」

思わず風早はせきこんだ。

「背後で羽根を引き上げる気配があり、そのすぐ後だといってる」

微妙なタイミングであった。一一分間の前半は現場が彼女で蓋されていたが、後半はその蓋が外れたことになる。

　しばらくみんな黙考した――やおら風早が考えを纏めた。

「彼女が通路を蓋する以前、犯人はすでに通路の奥へ入り込んでいた。そう仮定してはどうでしょう」

　後の三人は黙って耳を傾けている。

「……直後に逃げ道をふさぐ形で彼女が現れた、困惑した犯人は潜んだまま機会を待っていた。やがて彼女がスクプロに走り、逃げ道ができたので凶行を演じ、犯人は現場を脱出したんです」

「潜むって、そううまく行くかな」

　大杉は納得できないようで、一兵も半信半疑らしい。

「だが実際に、みはるくんは刺殺されている。可能性ゼロとはいえないが」

「それに、だ」

　仁科が論争にくわわった。

「俺はテレビのことなぞ、なにも知らん……だが今度の捜査に参加してわかったのは、番組が大勢の共同制作ということだ。これまでは役者とそれを撮るカメラマンと、それだけでできてると思っていた」

「はあ」

　員数にはいれなかったプロデューサーの大杉が肩をすくめる。

「カメラが三台もあったのには驚いた。活動写真だって一台でしょうが」

大杉は重曹を舐めたような顔になったが、仁科が声を励ました。

「スタジオに詰めていたあの顔ぶれには、全員それなりの役目があった。事情聴取でそれが納得できた」

「当然でしょう」大杉はふくれっ面になっている。

「にも拘わらず、だよ。この犯人は時間をずいぶん贅沢（ぜいたく）に使っとるな」

ぎょっとしたように大杉が警部補をみつめた。

「そうでしょうが。放送中出入り禁止なら、犯人はおのずとテレビ関係者になる……その中で、こんな悠長な時間を使える者がおったんですか」

テレビ関係者三人は静かになった。……と思ったら大杉が、いつもの威勢のいい声をあげた。

「関係者の中で本番中に自由な時間がある者。それは誰だ？　たとえばメイクの仕事を終えた美粧（びしょう）。劇中で衣替えがなければ衣装係」

自問自答をはじめると、一兵が即応した。

「あいにく昨日はどちらのスタッフもスタジオに下りていない。……芸能プロのマネージャーは？」

「ライオンレコードの小窪ちゃんがいるが社用で遅刻して、控室にいた」

「消えものがあったね、業者の出入りはどうだった」

「『夢中軒』に発注した。出前は『星の寄生木』のマスターだ」

「放送中は彼はスタジオの中？」

「いや、はじまる前に出ている。小窪ちゃんの後ろでプチミスをしばらく見たらしい。慣れたものだよ、あの人なら」

大杉と一兵のかけあいになった
「出演者の付き人は……と。錠前さんに付き人いないの？」

映画俳優には強いが舞台となると、一兵も風早よりマシ程度の知識である。

「いない。あ、そうだ、ユイがいる。付き人は瑠璃子夫人……」

声を高めかけて、絶句した。本命にたどり着いた気分であったものか。控室の結論めいたものを思い出したに違いない。

4

仁科が手帖をめくっていた。

「放送直前には調理台蔭の椅子に掛けていた。本人はそう主張しとるぞ」

「カツが見ていたんだな」

大杉に聞かれて答えた。

「確かに見たが、それからはわからない。粂野さんに聞いた？」

仁科がもう一度手帖を見た。

「モニターに夢中で、彼女のことは記憶しとらん」

使えない課長だ。大杉は苦笑いした。

「するとその後、夫人を見たのは摩耶だけってことになる」

控室での論議を、彼は仁科に説明してやった。

警部補はまた手帖と首っ引きだ。

「アトリエの場面をひとくさり見た後の彼女は、セット搬入口手前の椅子で休んだそうだ。……この椅子というのは？」

一兵が説明した。「出番を終えた俳優や、付き人たちの溜まり場です」

「ふむ。だが樽井瑠璃子が果たして証言通り、そこにいたかどうかは……」

あわただしくページをめくった仁科が、やがて手帖を閉じた。

「誰ひとり触れておらん。……彼女が通路の奥に隠れたとしても、特に矛盾は生じないな。その時点ですでに凶器を手にしていた可能性も、否定できん」

アイスピックに関する演出クルーの見解は、風早が伝えていた。

「指紋はどうでしたか」

念をいれるつもりで聞いた風早は、大杉に笑われた。

「そんなものが出てくれれば、話してくれたはずだよね、仁科さん」

「まあな。ハンケチでくるんだだけで、指紋をつけずに殺せただろう。近頃の犯人は推理小説をよく読んどる」

というのが仁科の回答だった。

「……さて。話し合いにそろそろ幕をひく頃合いだな」

どうやら仁科も、今日の夜明けのディスカッションと、おなじ結論に達したようだ。

だがここで、ひとり異議を申し立てたのは一兵であった。

「やはりおかしい……」

「あん?」

仁科が一兵を見た。

「なぜそんな限定された時間と空間の中で、犯人は凶器を揮(ふる)ったんだろう」

風早と大杉も一兵を見た。

「場所も人も限られている。どうあがいても網が絞られて手錠をかけられる。仮に犯人が瑠璃子さんとすれば、そんなに急いだ理由がみつかりませんよ」

相手はかつてタッグを組んだ〝探偵小僧〟なのだ。仁科も決して頭ごなしにしなかった。少し考えてからいった。

「そいつは動機しだいだろう」

自分にいい聞かせるように諄々(じゅんじゅん)と言葉にした。

「直前に電話がはいったというな。風早さんの観察によれば、樽井夫人はまるで夢遊病者のようだった。その電話が、被害者に対する憎悪を植えつけたんだ……だから前後もわきまえず凶行に及んだ。あり得るケースだと思うがな」

しばらく誰もなにもいわなかった。

風早は腕組みして天井を仰いでいる。全館冷暖房のありがたさで、エアコンのファンコイルが温風を吹き出していた。

一兵がゆっくり話しはじめた。

「理屈ではなるほど瑠璃子さんが怪しい。稽古場のいざこざがある。いつになくみはるくんが我を通した。瑠璃子さんにはＣＨＫにいえないわけがあって、ユイちゃんを他に連れて行くつもりでいた。それがみはるくんのためにできなくなった」

みんなも知ってる通りだし、その事情を摑んだから仁科は瑠璃子に注目していたのだ。

しかし一兵はいう。

「オレが瑠璃子さんにはじめて会ったのは、戦前の銀座です。似顔絵描きのガキに、気さくに話相手になってくれた。そのときの印象が忘れられません……絵描きのカンでしかないよ、断っておくけど。だからカツくんあたりが、ロジックで攻めてくるならひとたまりもない。黙って白旗を掲げるけどね。それまではあえて弁護したいんだ。瑠璃子さんに人は殺せないって」

風早、大杉、仁科は、誰からともなく顔を見合わせ、吐息をついた。

三人ともが熟知していた——落ち着いた論理で探偵を務めた一兵を。その彼が感情だけで瑠璃子を庇うとは考えていなかったのだ。

唇をしめして仁科がいった。

「そこまでいえるのか？」

一兵はいうべき言葉を吟味していた。

「……あの人はいくらか軽はずみだが、肝心なところでは決して筋を違えない。もっとも現実の道は間違えてばかりいるよ。無類の方向音痴だから」

風早と大杉が小さく笑った。

「そんな彼女が、殺人を犯したとは思えないんだ」

「だがな、きみ」

小僧ではなく大人と一兵を認めながら、仁科がいう。

「関係者の中で唯一樽井瑠璃子は、被害者に悪意を抱いていた。その事実は変わらんだろう」

「はい、そうなんです。悪意——本来のあの人に似つかわしくない思いがあった。それは認めます。彼女を突き動かした負の感情のあることを」

「わが子可愛さ。それだけではいかんかね？」

ふたりの対話を耳にして、風早なりに感じるものがあった。一見すると獰猛といいたい警部補に、年齢なりの奥行きがあることを。家庭に帰れば良き父親なのだ——と、これは一兵しか知らない彼のもうひとつの顔であったが。

「むろんそれはあるでしょう。でもそれだけじゃない……われわれの知らない、必死さを感じるんですよ。ユイちゃんに尽くさねばならないという、一種の贖罪の思いが瑠璃子さんにあったんです」

「贖罪だって」

思いがけない言葉が出た。

いぶかしさを顔に出した三人に、一兵は困惑の表情を見せた。

「なんだってそんなことを考えたか、その説明はもう少し待ってください」

どういう意味だろう？　風早は一兵の内心を憶測しかねた。

「個人的に了解をもらっていないので。ごめんなさい、みんな」

そこまでいわれては三人とも、曖昧な表情でひき下がる他ないではないか。疑問符を顔一面に貼り付けながらだったが。

まるでその溝を埋めるみたいに、大杉がまったく違う角度からアプローチを開始したから、風早はまた驚いた。

「さっきは仁科さん、瑠璃子夫人以外に動機を持つ者はないと断定したけど」

「あ？」

タワシの髯が揺らいだ。

「まだ誰かいるというのかね」

大杉は風早に話しかけていた。

「なあ、カツ。あんたがいったようなみはると三宅の関係だったら、彼にも動機が発生しないか？」

驚き顔で一兵が割り込んだ。

「三宅くんか？　彼ならその思いは吹っ切った、そう聞いているが」

みはるを諦め、親が勧める見合い話をうけいれて、ＣＨＫのバイトもやめるはずであった。

「いや、それが彼のカムフラージュだったとしたら、どうなる」

「待てよ、スギ」

風早がブレーキをかけた。

「三宅くんに、そもそも犯行の余地はないぜ。われわれはキャットウォークの彼を目撃していたんだ」

「推理作家ともあろうあんたが、杜撰なことをいうじゃないか。なるほど俺たちは、空中にいる三宅を見た。だが本当に彼の一挙手一投足まで確認していただろうか」

「……！」

逆襲を受けた風早はなんの言葉も返せなかった。

5

次に口を開いたのは仁科で、三人が目を丸くした。

「するとあんた、アイスピックをダーツの矢に見立てたのかね」

大杉が三人を代表して確かめた。

「警部補さん、三宅がダーツの名手ってこと、ご承知でしたか」

「『星の寄生木』へ聞き込みに出かけたからな。マスターと話しているうちに、壁にかかったダーツの的の贈り主を知った。大杉さん、あんたそれで三宅に疑いをかけたんじゃないのかね」

図星だったらしい。

「はあ……確かに彼なら、命中させられたんじゃないか。そう思いました。二メートルから三メートル離れて投げるダーツと、キャットウォークから捨て部屋へ投げるアイスピックでは比べにくい……でも図面を見てください。的は三宅の真下にあるんです。投げ下ろせば間違いなく届きます」

催促されるまでもなく、全員がCスタの見取り図に額を集める。

「キャットウォークはここですね」

一兵が指で示した。捨て部屋の真上を横断している。

「飛距離の問題じゃないだろう」

風早が抗議した。

「たとえ真下とわかっていても、あの暗がりでどうやって彼女を確認できたんだ?」

「三宅は羽根を引き上げていたんだぞ。その羽根の根元にみはるがいるんだ。目をつむっても彼女の所在は見当がつくはずだ」

「むう」

仁科が唸った。

「確実に殺害するのは無理としても怪我させるくらいで溜飲が下がる。そんなつもりなら可能だろうな」

「みはるさんの遺体を目撃した三宅くんの取り乱しようは、演技だったというのか？」

風早にいわれたが、大杉はひるまない。

「仁科さんがいった通りだ。殺すまでの気持ちはなかったんじゃないか……だが意外にも致命傷を与えてしまった。慟哭（どうこく）だってするだろう」

「可愛さあまって憎さ百倍。そんな気分で投げたのに、予想外の大当たりだったということだな」

大杉説に加担する気らしいが、これには一兵がはっきりと反対した。

「スギくんには悪いが、彼の犯行はあり得ないよ」

「え！　なぜそういえるんですか」

「みはるくんの傷口の位置だよ」

一兵が左手を自分の腰に回してみせた。

「われわれが目撃したみはるくんはうつ伏せに倒れていた。頭上から降った凶器が、刺さって当然の位置だった。だがそれはおかしい……ああ、カツくんも気づいたようだね」

話をふられて、風早はうなずいた。

「そうなんだ、スギ。みはるさんは刺されたから、うつ伏せになった……その前は立っていたはずだ。羽根を引き上げてもらうためにね。それなら傷は肩か首筋につくはずだよ」

論旨明快である。大杉は抗弁できなかった。

「参った」

背凭れに体を預けて動かなくなった。仁科も風早も疲れたような視線で図面をまさぐるばかりだ。脱力の理由は明らかで、大杉はぼやいた。

「容疑者がいなくなっちまったぞ」

その通りである。仮に動機を無視したとしても、スタジオの関係者であの時刻にみはるを刺すことが、誰にできたというのだ。

風早は緩慢な思考経路をたどっている。

――まさかと思うが、ユイ？

いや彼女はそれ以前からアトリエで、白い羽根を抱えてみはるを待っていた。Bカメラを通してちゃんと見ている。

――考えるのもナンセンスだが、一兵はどうか。違う……彼はしばしばBカメラの視野に入っている。捨て部屋と彼の間にはアトリエがあった。みはるの傍に行けるとは考えられない。

――条野課長はどうか。彼が抱え込んでいたモニターと捨て部屋の間は、AB二台のカメラが常に遊弋していたエリアだ。そこをどうやって人目につかず移動できたか。

放映はすべて順調に運んでいた。裏返せば村瀬や摩耶を含めたクルーの誰にも、殺人を犯す暇のあろうはずはない。

――つまり、Cスタにいた者は全員、犯行が不可能であった。

しかし、そんなはずはないのである。現に被害者がいる以上、何者かがアイスピックをみはるの肉体に刺し込んだのだから！

仁科がなん度目かの唸り声をあげた。

「可能性ということなら、やはり……樽井夫人しかないか」

「……」

ぎろりと見つめられた一兵だが、無言のままであった。感情は別として理性的に頭を働かせれば、瑠璃子だけなのだ、みはるを襲う時間があったのは。

ウムと顎をふった警部補が口を切ろうとしたとき、大杉が手をあげた。

「待った。照明のチーフに意見を聞きたいんだ。電話をかけてきます」

仁科の返答も聞かずに立ち上がっている。一兵が声をかけた。

「昨日の照明さん、局に出てるのか」

「出てる……彼も『ふしぎな少年』の常連だ。ドライリハーサルでCスタにいるはずだ」

赤電話が置かれたレジへ大股に歩いていった。のこされた三人は訳がわからない。

不意に一兵がなにか思い当たったようだ。

「カツくん！　昨夜あんたは副調にいたんだね」

「いました」

「照明さんも？」

「ええ、もちろん。本番中は調光卓か窓に向かってましたよ」

「その窓からスタジオを見下ろすと、どのあたりが見えるだろう？」

調光卓はＰＤ席から見ていちばん右の壁際に置かれていた。……ということは。

「あっ」

風早も気がついた。

「照明さんの席から搬入専用の扉が見える。付き人の席も、あそこから見えるんだ！」

固唾を呑んで待つ三人のテーブルへ、足早に大杉が引き返してきた。

「ずっと見ていたそうだ。セットの明かりを落とす直前、瑠璃子夫人は、まさに椅子に腰を下ろした。それっきり動かないから、病気じゃないかと見守っていたらしい。けっきょく彼女は、番組終了までおなじ椅子についたままだ」

またしても仁科が唸った。唸るというより呻き声に近い。

「容疑者の全員が圏外になった……」

四人が四人とも顔をこわばらせている。

――風早は思い出した、村瀬と密室談義を交わしたときの結論だ。

放送中のスタジオで殺人が起きる……それだけならクローズドサークルだろうが、もし内部の人物全員が犯行不可能だった場合は、密室殺人となるだろう……。

放送中のテレビスタジオに抜け穴はなく、針と糸は通用せず、機械的な仕掛けもない。舞台は鉄壁の密室で犯人がトリックを弄する余地は絶無といえた。

6

一座は無言だった。

まるで全員が、揃って日本語を忘れたみたいだ。

しばらくしてから口を切ったのは一兵である。

「仁科さん。今晩八時にもう一度、話し合いしたいんだが。カツくんやスギくんをまじえて」

三人はよくわからんという表情になった。

二〇時まであと三時間あまり。彼の口ぶりでは、それまでに解決の目処が立つみたいだが、そんなはずはない。

ないけれど、いいだしたのがなにしろ一兵なのである。

大杉が目をしばたたきながら尋ねた。

「会う場所は？」

「『星の寄生木』」と即答した。

なおも問いただしたげな仁科に、一兵は叩頭した。

「すみません。オレそれまでに話をつけて、『星の寄生木』へ向かいますから」

先制されてしまった。

「そうか。あんたがそういうなら」

仁科が重々しくうなずくと、白髪まじりの髯が揺れた。警察官としては予想外に話がわかる。それだけ一兵を信頼しているということなのだ。

「いいだろう。その間俺は捜査本部で新しい情報を集める。八時には駆けつける。頼んだぞ、……ええと、那珂くん」

一兵がクスッと笑うと、彼のひげも揺れた。

「いいにくそうだな、タワシさん。小僧と呼んでいいですよ」

「馬鹿いえ。小僧どころか事件解決のヒントをくれるなら、先生扱いしてやる」

再会の時間と場所が決まって、ようやく『マグノリア』の私設捜査会議は幕を閉じた。

揃ってビルを出たが、一兵と仁科はそれぞれの行先へ足を向けた。

大杉はＣＨＫの放送会館の職員食堂へ行くそうだ。風早は「夕刊サン」の田丸編集局長と銀座で会う約束があって、局までいっしょに歩くつもりで肩をならべた。

風あたりがきつい。この界隈もビル風が吹くようになっていた。日差しはあっても季節は晩秋だ。力ない陽光はやがてビルの向こうに沈む。

交わす話題も寒々しかった。

「那珂さん、犯人がわかってるんだろうか」

大杉に水を向けられて、風早は肩をすくめた。

「さあね。悔しいがぼくにはまだ」

正直にいうと、大杉は笑顔になった。

「そうか、安心した」

「なぜそこで安心する」

「一二年前を思い出せよ。那珂さんとあんただけだぞ、先まで見通して推理を展開できたのは。そのあんたがわからんのだから、俺がわからなくて当然だ。……本当に、なんにもわからんのだな」

「まあ、な」

「おい」

大杉が長身を折って風早を覗き込んだ。

「奥歯にものが挟まってるぞ。歯医者へ行け」

「そうか」

「そうだ」

断定した。さすが愛知一中以来の腐れ縁だ。風早が頭の中でもやもやと考えているのに勘づいていた。

「だが言う気になれんのか」

「勿体をつけてるんじゃない。自信がないからだ」

「けっ。情けないことを偉そうにいうな。だがその気になったときは、いいな？　俺に一番に話せ」

それで大杉は追求をやめた。さっぱりした性格は昔も今も変わらず、彼はさっさと話題を転じた。

「このあたりに、新しいCHKのスタジオができる。とはいっても、まだまだチャンネルも視聴者も増える。はっきりいって焼け石に水だ」

「お盛んで結構だが、このあたりにはもうスタジオに使う土地なんてないぞ」

「ああ。だからCHKは丸ごと引っ越す計画なんだ。当初は六本木の防衛庁一帯をマークしていたが狙いを変えた。渋谷に選手村ができるが、オリンピックが終われば用済みになる。その敷地を再利用するつもりさ」

素直に風早は感心した。

「遠大なスケールだな」

「局の上層部では、それほどテレビの未来に望みをかけてるんだ……おっと、こっちだ」

番組センタービルにさしかかったところで、大杉は左の路地にはいった。『夢中軒』や『星の寄生木』のある小道だ。

「吹きっ晒しを歩くのはたまらん。センターを抜けてゆくぞ」

もっともな回り道である。急ごしらえのスタジオビルとはいえ、中はぬくぬくと暖かい。風早も人心地がついた。

「スギさん、風早さん」

声をかけられて見上げると、控室から階段を村瀬と摩耶が下りてくる。ドライを終え、役者にダメ出ししてきたところらしい。

「よお。順調にいってるか」

下りきったところで、村瀬が最敬礼した。

「推薦してくれて、感謝です」

大杉が笑い飛ばした。

「俺がどうこういわなくても、ナツならとっくに資格があるさ。ま、今回はいいチャンスだった。うるさい粂野課長がOKしてくれたからな。摩耶よ」

「はい」

ニコニコしている。恋人が出世の階段をあがったのだから当然だろう。

「ちゃんと彼のキューを取りつげよ」

「あ、FDは私の代わりに、中山さんが引き受けてくれました。PDもFDも新米では危ないからでしょ」

「そうか。彼に一杯奢らなきゃいかんな。……あんたたちこれからメシだろう」

「はーい。まだ早いけど今食堂へ行かないと、食いはぐれますから」

センターを横切って会館に向かう途中、摩耶が思い出したように話しはじめた。

「ゆうべプチミスについた衣装さんですけど……スタジオに下りるみはるさんとユイちゃんが、気になる会話をしていたって」

大杉も風早も、ぴたりと足を止めた。前方のCHKホールに装置を搬入していた大道具が、演出の三人に気づいて陽気な声をあげた。

「おはよーございまーす」

手をあげて「おーッす」と答えてから、大杉は声を抑えた。

「聞かせてくれ……どんな話だった？」

摩耶も囁き声になっている。

「ユイちゃんが『もとはといえば父親だわ』。怒ったような口ぶりの後に、『父親なんて口にしたくもない』とみはるさんが答えたんですって。でもボタンつけしてる衣装さんに気づいて、それっきり」

だから聞いたのは、わずかそのふた言だったという。

ふたりは難しい顔になった。

ユイの父親、「夕刊サン」の樽井社長は銀座の空襲で大火傷を負い、今はまた糖尿で入院中だ。健康には恵まれないが、一見したところ人あたりのいい人物であった。

みはるの父と風早たちはまったく面識がない。三河湾に面した温泉街で、老舗の佐々井観光旅館を経営している。戦災孤児であった娘をふたり引き取った篤志家だ。そのひとりがみはるで、ライオンレコードの社長に紹介してやり、芸能界にデビューさせてくれた恩人でもある。

どちらも問題のない父親のはずだが、それでも彼女たちが共鳴するような事情が隠されているのだろうか……。

「じゃあな、カツ」

声をかけられて、我に返った。知らない間に放送会館のエレベーターの前まできていた。職員食堂はここの六階にある。

「そうだ、思い出した……」

大杉がバッグからひっぱり出したのは、プチミスの台本だ。

「昨夜、Cスタのサブに忘れただろう。拾っといた」

「あ、すまん」

なにげなく受け取ったとき、エレベーターが到着した。

「今日のA定食、なんだった？　カニコロッケか。それでいいや」

村瀬たちとしゃべりながらケージに入った大杉が、風早に手をあげる。

「また後でな」

「ああ、八時に」

ひとりになった風早は、会館正面のロビーから都電の通りへ出た。

ヒュンと音を立てて、風が吹き過ぎる。風早は約束していた『ウッド』という喫茶店を目指して歩きはじめた。徒歩で一五分というところか。時間的にちょうどいい。タクシーなんか贅沢だ。車に乗るつもりははじめからなかった。

戦中戦後を通して足は鍛えてある。中学のころから一時間テクるくらい当たり前で、寒気さえ慣れればどうってことない。

近道だからと選んだ帝国ホテルは、名高いライトの名建築で雅趣のある大谷石(おおやいし)を積んだ構えだが、前庭の池の蓮は萎れて水面が寒々と波立っていた。

銀座方面へはアーケードを抜けねばならない。半地下のここも大谷石造りで、並んだ飾り窓の商品は庶民に縁のない輸入品ばかりだ。世の中にはいろんなモノがある……。はじめて通り抜けたときは、通行料をとられるんじゃないかと心配した風早なのだ。

ホテルを出た鼻先に、東京宝塚劇場が聳えている。壁と窓のあしらいが名古屋宝塚劇場に似て郷愁をおぼえる。有楽座、日比谷映画劇場と、東宝の娯楽街を通りすぎると、ガード下ではやきとり屋が開店の支度をはじめていた。

日劇の巨体はもう目の前だ。『秋のおどり』の看板が鮮やかな色彩をふりまいていた。都電と自動車がひっきりなしで、東京暮らしに慣れたつもりの風早でも、信号を渡るのにまだ緊張を覚える。

右に進めば数寄屋橋の交差点である。上京したころは、義足の傷痍軍人がアコーディオンを弾いたり、義手をついて土下座していたものだが、もうそんな姿は見られない。高度経済成長のおこぼれにあずかったのなら、喜ぶべき変化だけれど。

電通通りを渡り、不二家のペコちゃんに迎えられて銀座教会をめざす。

「夕刊サン」の田丸と落ち合う店は、松屋通りにあった。西銀座駅入り口に隣接する交通至便なビルの一階で、マスコミ関係者がよく使う『ウッド』だ。

特徴のない内装とレイアウトだが、ロマンスシートタイプが多い。アベックご愛用の店かと思ったが、どの席もテーブルの幅がたっぷりしていたから納得した。

(原稿用紙をひろげやすいんだ)

出先で仕事するにはもってこいの店である。

「おーい先生、こっちこっち」

腰がひけそうなほど大声で、田丸が手招きしていた。

彼が座っているのはふたりがけだ。頭の薄いおっさんと並びたいアベックシートではないが、編集局長は頓着なかった。

営業用の笑顔で取り繕って、彼の隣にお尻を沈めると、田丸は風早の原稿をテーブルの上にひろげて、怪しげな関西訛りを張り上げた。

「先生、ええよ、おもろいで!」

7

この編集局長の調子がいいのはいつもだから、用心していると、果たして、

「そこでですねえ、風早先生」

そらきた。

田丸は関西弁と標準語を往来するおかしな男だった。樽井建哉氏が彼と知り合ったのは、帝国新報の支店を関西に作ろうとしたとき、売り込みにきたのがきっかけだそうだ。戦前からの

つきあいである。

身構えていたら、案外であった。

「社長と相談して、うちの日曜版を拡大するんですわ。ほな、柱としてミステリを載せようということになりましてん」

「はあ」耳寄りな話だった。

「ついては、いつぞや連載をパアにして借りをこさえた先生はどうかと……」

瑠璃子のお膳立てしてくれた注文が具体化した。しかも枚数がふくらんでいる。毎週一〇枚、一カ月完結で四〇枚の短編だそうで、好評ならずっとつづけるという。喜んで受けることにした。雑文家の肩書からミステリ作家に昇格できるわけだ。

眼目の話がすんで、田丸はおいしそうにタバコを吸った。風早もひと息ついて話は雑談になった。

「樽井さんの病状はいかがですか」

「ご心配かけてすみませんな。おかげで少し上向きになったようです。会社が順調なのも薬代わりになっとるんでしょう」

余裕の笑顔を見せた田丸が、ふっと真剣な顔をつくった。

「そういえば先生は名古屋の方でしたな。もしかして、伊丹龍三郎をご存じでは」

びっくりした。またここで彼の名が出るとは思いも寄らなかった。

「いや、まったく存じあげませんが」

「そうですか」

大して残念そうな口ぶりではなかったが、もの問いたげな風早を見て、説明した。

「消息不明の時代劇スターですが、その男が珍しく名古屋のファン大会に顔を見せたというので……」

「『夕刊サン』と関係があったんですか」

「まだ『帝国新報』のころだから、戦争が終わってすぐの話ですよ。樽井さんは大火傷を負って会社も危なかった。あのとき伊丹さんが資金を融通してくれたから、うちは潰れずにすんだ……さすがにスター俳優だ。大金の余裕があったんですな」

話に聞く五寸釘の龍とはイメージが違いすぎるが、売り出したころの彼を帝国新報が陰に陽に応援しており、スターとなってからも恩義を感じていたそうだ。

「義理人情に命をかける昔気質(かたぎ)だったらしくて」

「なるほど。義理人情ですか」

近頃はとんと耳にしたことがない。死語のひとつになりそうだ。

「おかげで『夕刊サン』は上り調子です。遡って負債をお返ししたいんだが、さてご本人と連絡がつかなくてね」

「そういうことなら、帝都映画の社長だった高柳さんに尋ねれば？　親友で、名古屋の大会でも同席していますよ」

「ああ、むろん高柳さんには連絡しましたがね……」

田丸は苦笑して、灰皿にタバコを載せた。

「のらりくらりと話題をそらして、教えてくれなかった。どうも本人に口止めされているらしい。実は今日も帝都映画に電話したんですがね」

やや声を落とした。

「電話口に出た社員の口ぶりだと、高柳さんが倒れたらしい」

「え！　倒れたというと」

「はっきりはいわなかったが、脳出血でしょう。社長退任がショックだったんですな。というわけで、当分伊丹龍三郎を持ち出すわけにゆかんのですよ」

クイとコップの水を呑んだ。「あるいは樽井社長にくれてやったつもりかな。うちにも芸能欄の記者はいますが、引退が一〇年前ではもうわからない。あちらは義理を果たしたつもりでも、こちらは義理を欠いた気分でね。厄介なものですな、義理人情なんてのは。戦後の教育を受けた世代ならドライに割り切るだろうが……おーい、姉ちゃん、水のお代わり！」

こういう客相手では、水をつぎ足して追い出す手はきかないなと、風早はウェイトレスに同情した。

ぼつぼつ腰をあげないと『星の寄生木』に向かう時間が窮屈になる。途中新橋のあたりで軽く食事するつもりでいた。

コーヒー一杯で粘るらしい田丸に挨拶して立ち上がった。

「では日曜版をよろしく。新年早々のスタートですからな、自信作をあんじょう頼んまっせ」

田丸はまた関西弁になっている。

「そや、これこれ。今日の『夕刊サン』最新版ですわ。差し上げます」

赤いインクが目立つ新聞を押しつけてきた。丁重に礼を述べて松屋通りに出たが、人前でひろげるのに相応しい紙面ではなく、そそくさと手提げに押し込もうとして——風早の手が止まった。

(二冊ある)

数寄屋橋交差点を交番に向けて渡りながら、覗き込んだ。どう見てもおなじ台本だ。『幸福が売り切れた男』の二冊である。

一冊はさっき大杉から受け取ったものだが、もう一冊は……やっと思い出した。Cスタジオで調理台の下から顔を出していた台本だ。てっきり自分のものと思い込み、確認もせずに突っ込んだのだ。

「捜査の都合で、当分スタジオにもどれません。私物は纏めてお持ちください！」

警察の指示に応じた全員が、台本を含めて持って出ている。

それができない者がひとりだけいた。被害者になった中里みはるであった。

(これは彼女の台本だ！)

ピッという呼び子に驚いて見ると、笛を口にした警官がこちらを睨めつけている。

横断歩道の真ん中だった！

都電がのしかかるような形で、風早が渡り切るのを待っていた。

狼狽（ろうばい）した彼は、つんのめる寸前で渡り切った。

事件の真相はこうで章

解決の場に集まる人たち

1

新橋駅のガード下にある牛めしの『なんどき屋』で、半ライスに牛皿を注文した風早は、飯をかっこむ間もみはるに思いを馳せていた。

都電の通り沿いにふたたびＣＨＫに向かう。その途中にある文具店やガラス問屋で大杉はテレビに使えそうな小道具を見つくろったという。ご苦労なことだと思いながら、ガラス問屋に目をやると、一隅に大小の鏡が陳列されていた。大型の姿見から卓上の鏡台まで——ふと目にしただけだったのに、奇妙に鏡が記憶にのこった。理由はその直後にわかった。

田村町（たむらちょう）交差点の右角に、巨大な鉄骨の構造物が姿を見せている。完成すれば日石ビルと名がつくそうだ。あのビルを大型の鏡に映せば、左角に建つような錯覚を起こさせるぞ。

（トリックに使えるかな）

そう思ったときだ、風早の脳内に火花が飛んだのは。

（疑問のひとつが解決する！）

俄然、風早の歩みが早くなった。

日が落ちてから風が収まったので、ＣＨＫの中を通るのはやめた。三井物産館に沿って歩く間も、自分の推測と推理を反復した。まだいくつかピースが欠けており、点線で仮説を組み立てる頼りなさはあるが、いつになく弱気を覚えない風早だった。

足りない情報はきっと一兵さんが補ってくれる。そんな気がした。

ぼくは甘えてるのか？　一二年前、高校生だったあのときのように。

いや、そうじゃない。難問を解く知的な興味以上に、もっと強い力で風早を駆り立てた感情のあることに、彼自身が驚いていた。

みはるを弔うため事件の全容を知りたいと、心から願う風早であったのだ。

右の路地にはいると、『夢中軒』の提灯がよく目立つ。

その手前の『星の寄生木』への上がり口には、鎖が張られて〝おやすみさせていただきます〟と、達筆で書かれた札が下がっていた。

構わず鎖をまたいだ。

階段を上りきると、ドアの覗き窓に光が灯っていた。ウッドカーテンはいつものように、優しいが乾いた音で彼を出迎えた。

「いらっしゃいまし」

マスターの声もいつもとおなじだ。

耳に馴染んだ応対にややたじろぎ、その気持ちを抑えて店に入った。

とまり木には一兵の顔があった。

「呑んでしばらく待ってて。じきに仁科さんと、大杉くんがくるはずだから」

「それで全員なの？」

一兵の隣に腰掛けてハイボールを注文すると、思いがけず奥のテーブル席から声がかかった。

「マスター、妾（あたし）にも頂戴ナ」

不意を打たれて、風早は固まった。

小さなテーブルを前にして樽井瑠璃子がいた。闇が淀む一角であまりに静かな存在だったから、それまで気づかなかったのだ。

無言でハイボールをふたつマスターが作ると、そのひとつをトレーに載せた一兵が、しずしずとサービスしてやった。

「ありがと、いっちゃん」

「どういたしまして」

短い会話を耳にして、改めて実感した。一兵と瑠璃子の交流は、四半世紀前にはじまっている。

（一兵さんが連れてきたのか）

なぜとわざわざ尋ねることもなかった。一兵がこの場で謎解きをはじめるなら、彼女は絶対に必要な関係者なのだろう。

リズミカルな階段の足音につづいて、カラカラとウッドカーテンが鳴る。

「うす」

大杉がのっそりと長身を現した。ひとりだったので念を押した。

「村瀬さんたちは」

「明日のドライリハーサルにはいってる」

帯ドラマに平日の休みはなかった。ご苦労なことである。

「今週のＰＤはナツだからな。気楽なもんさ、俺は」

嘯(うそぶ)く大杉にマスターが注文を確かめた。

「水割りでよろしいですか」

「濃い目で願います」

「かしこまりました」

手慣れたアイスピックの音がはじまる。形は違ってもみはるの命を奪ったのがやはりアイスピックだ。それもあって彼の手元を見つめてしまった。

隣でビクッと大杉の体が揺れるのがわかった。瑠璃子に気がついたとみえる。だがそれ以上なんの反応も起こさなかった。虚勢を張るみたいに、他の話題を持ち出していた。

「錠前さんが今日、入院したよ」

どきりとして大杉を見た。あの騒ぎは、病身に強烈な衝撃だったことだろう。事情聴取で足止めされた風早は、彼に「お疲れさま」を言う機会がなかった。

「よほど悪いのか」

幸い、大杉の顔は明るかった。

「条野さんのところへ局長が知らせにきた。診断の結果病状は進んでいない。一週間も安静にしていれば、自宅に帰れるそうだ。錠前さんのファンだった病院の医師やナースは、『幸福が売り切れた男』を絶賛したそうだ」

そこで風早にウインクして見せた。

「局長からもお褒めの言葉があったと、条野さんから伝言だ。お褒めといっても『よくぞ誤魔化した』という意味だがね」

「よかったな……」

心底、風早は良かったと思う。あの主演者と局長だったから、助かったともいえる。

大杉が笑いかけてきた。

「あんたのおかげが半分はあるな」

「ぼくが？　なにかしたか」

「あの土壇場でネガ転を提案してくれただろう。ＴＤも感謝していたぜ。技術の俺がしてやられたってな」

なんともくすぐったい思いで、風早は聞いていた。

そのとき重たげな足音があがってきた。仁科に違いない。

2

「おそくなった。でもないな、ちょうど定時か……失礼するよ」

警部補は四角な体を丸めて、大杉の隣、入り口寄りの椅子に落ち着いた。見様によっては、誰が犯人であっても逃がさん、といっているようだ。

灯台みたいな目玉で一座を睥睨(へいげい)した。彼がオヤという表情をつくるのと、立ち上がった瑠璃子が小腰をかがめるのが同時だった。

「お世話をおかけしました」

放送直前の憔悴(しょうすい)した彼女を思えば、別人のように落ち着いて見えた。瘧(おこり)が落ちた――とはこんな状態をいうのだろう。ヒステリックな振る舞いさえなければ、年齢は重ねていても目鼻だちのくっきりした美人なのだ。

今さらだが、ユイちゃんは見事に母親似だなあと風早は思う。闘病生活で頬がこけた父親の樽井は、美少女のユイとは似ても似つかない。

「仕事中だから」

マスターに注文を断ってから、仁科は大杉の背中越しに風早に話しかけた。

「敷物の鑑識がすんだよ、作家先生。大したものだな。血痕が三滴見つかった」

「ありがとうございます。間違いなくみはるさんのものでしょうか」

「間違いないね。時間的にも他人の血とは考えられん。通路をへだててアトリエまで飛んだとみえる」

仁科はそんな感想ですませたが、耳をそばだてていたもうひとりの人物がいた――。

「決まったようだね」

囁(ささや)いたのは背後の一兵である。

風早がため息をついた。

「そのようです……」

大杉が聞きとがめた。

「なんの話だ。またあんたたちだけで内緒話をしてやがる」

「失敬、スギさん。もう内緒話の必要はなくなった」

一兵がグラスをぐっと干した。

「はじめようか……これで全員が顔を揃えたわけだし」

「さっさとはじめろ。そのつもりで呼んだんだろうが」

酒は呑まなくても、水だけはもらっている。髯についた滴をうるさそうに手の甲で拭った。

「カン違いしているよ、仁科さん」と一兵がいった。

「みんなを集めたのはオレじゃないんだ」

「なにい」

仁科がぎろりと目を剝いた。

「あんたでなければ、誰が呼んだというんだ？」

「犯人が」

「は……？」

度肝を抜かれたに違いない。

「きさま、なにをいいだすんだ！」

「だから、みはるくんを刺した犯人だよ。その人からオレは連絡をもらった。刺したのは私だが、その私自身が納得できない。なぜ彼女がああして死んだのか、わからないまま自首する気になれないという」

「……？」

仁科はどう反応していいのか、むしろ啞然（あぜん）とした表情だ。

「おい」

大杉が肘で風早をつついた。

「どういうこった」

聞かれても簡単に説明できることではなく、迷っている内に、仁科が軋（きし）り出すように言葉にした。

「被害者をいつどうやって刺し殺したか、それを説明できるから犯人だろうが。それなのに被害者の死にざまがわからんと？　聞いてるこっちがわからんぞ。犯人は夢遊病の患者とでもいうのか？」

誘われたように大杉も、口から唾を飛ばした。

「順序だててくださいよ、一兵さん！　まず誰がみはるくんを殺したのか、そいつを聞かせてくれなくては……この席にいるんでしょう、犯人は？」

仁科も大杉も、その目は申し合わせたように奥の席の瑠璃子を見つめている。当の彼女はグラスを砕けそうに力をこめて摑んだまま、顔をあげなかった。

一兵は奥まった席から、口を開いた。

「大杉さんのいう通りだね。犯人は香川碁介さんだ」

「ゴスケ……誰のことだ」

仁科がキョトキョトしていると、かたん。軽い音が聞こえた。それまで磨いていたオールドファッショングラスを静かに置いて、マスター——香川碁介が、直立の姿勢をとっていた。

3

仁科と大杉は声もなく、ベストにボウタイの彼を見つめたが、風早は驚かなかった。

「やはり、そうなんだ」

大杉が嚙みついた。

「カツ！　わかっていたのか、なにがやはりだ！」

「怒るなよ。残っていた疑問が解けたのは、ついさっきなんだもの。きみがよく出かけたガラス問屋。その店先でぼくは鏡を見た。それでわかった」

「ほう……」

声をあげたのは、一兵である。

「さすが推理作家だね。残っていた疑問というのは、粂野課長の証言かい」

風早の返答を待たず、仁科が割り込んだ。

「不審者がスタジオへはいった話か？　確かに納得できる解答は出ておらん。……それが解決できたと仰(おっしゃ)る」

「ハイ。結果としてあの証言は間違っていた。でも粂野さんを責めるには当たりません。課長は目撃したままを口にしたのだから」

仁科も大杉も、驚いたことにマスターまでふしぎそうな表情で、風早を見ている。

「あのときのCさんは、カメラ自体は動かさず機能をチェックしていました。そのひとつが鏡像転換だったのだ、そう思い当たったんです」

大杉が「あっ」と口を開けた。

「粂野さんがモニターを見たとき、それだったのか！」

理解しかねている仁科に、大杉が解説した。

「電子的に画面を左右逆に表示する機能です、鏡のように。一瞬で現実の右と左が置き替わる、裏返しになって見えます」

「お?……すると、右からきた者が実際は左からきたと?」

仁科は呑み込みが早かったが、すぐに反問してきた。

「そりゃあおかしいぞ。左右が反転すれば背景も当然逆に見える。ひと目見て違和感があるだろう」

その答えも風早は用意していた。

「その背景が、児童番組の『数えてチャチャチャ』でした。三角柱の一面に縦書きされた数字は〝081〟……逆転してもやはり081なんです」

大杉が手を打った。

「裏返ってもおなじ数字に見えるんだ!」

風早はつけくわえた。

「Cカメラの右手にスタジオの出入り口があった。だから粂野さんは、右からきたとみえた者を侵入者と解釈しました」

一兵がつづける。

「だがそれは放映直前にスタジオを出た人物だった……ありがとう、風早さん。オレも明快な答えを出せなかった。おかげでひとつ謎が解けた」

じろりと仁科が睨んだ。

「なんだ貴様。名探偵の癖に謎をすべて解いていなかったのか」

「いやだなあ、タワシさん。そんなことを言いふらすから、オレを名探偵と思い込んだマスターに相談されたんだ」

「待て！　待て待て」

髯に滴がついたのは水ではなく唾だ。指で拭いながら仁科はまた唾を飛ばした。

「肝心の問題はなにも解決しておらん。……要するに粂野さんが見たのは、スタジオを出た無関係な人間というわけか」

風早が首をふった。

「無関係じゃありません。それに、その人ならわかっています、香川碁介さんです。消えものをスタジオに搬入した、その帰り道だった。ぼくもその姿を見ていますよ」

聞きながら大杉は焦れている。

「わかってる、あのときスタジオを出た最後の人はマスターだった。そして直後にドアは締め切られた。それなら依然として、犯人はスタジオ内の関係者だろう！　なのに犯行可能だった者がいない、殺人は密室で行われたことになる！」

言い募る親友をよそに、風早は落ち着いていた。

「不可能だよ。村瀬さんとぼくとで、スタジオ内の密室殺人を検証した結果だ。……そう話したじゃないか」

「だが現実に、密室殺人は行われてる！」

仁科や一兵をおいてけぼりで、中学以来の友人同士が舌戦を交えていた。

「落ち着けよ、スギ。密室殺人に見えてそうではないんだ。むりやり思いついたアイデアがひとつだけあった。でも小説にはできなかったと話しただろう」

「いいからいってみろ、犯人はどんなトリックを弄したというんだ」

「トリック？　そんなものはない……だから読者に叱られると思ってやめたんだ」

「なんだと」

「はじめから犯人はトリックなんて使っていない。ないものを探そうとしても無駄骨だよスギ」

「……？」

絶句した大杉に代わって、仁科が吼えた。

「ではどこのどいつが、トリックで我々を瞞着したんだね！」

「ですから、そんなものはありません」

「……？」

「強いていえば、被害者です。みはるさんがぼくらに仕掛けたトリックと、いえないこともない」

「オレもおなじだった、その結論」

一兵は隣席の風早の肩を抱かんばかりだ。そして、不動の姿勢をとりつづけるマスターに告げた。

「これが碁介さんの求めていた解答ですよ。あなたにとっても不可解だったでしょう。刺されたとき被害者はアトリエにいた。だが被害者の遺体は捨て部屋で発見されている。なぜそんなことになったのか、もう明白ですよね。彼女は刺されたまま、文字通り必死で演技をつづけていたんだ。三宅くんが羽根を引き上げ凶器が抜け落ちた瞬間、大出血を起こした……被害者はそのショックで絶命しました」

憤然（ふんぜん）と大杉が立ち上がっている。

「証明できるんですか。一兵さん！　あれが彼女の……瀕死のみはるの演技だったなんて！」

答える代わりに、一兵は風早を見た。促されて風早がいった。

「敷物から血痕が検出された……警視庁の鑑識が調べた。みはるさんの血に間違いないそうだ」

今度は仁科が吼えた。「それは大出血のときに飛んだ血じゃないのかね」

「あり得ません。敷物がカタされたのは照明が落ちる直前で、凶器が抜かれ大出血を起こしたのは、照明が落ちた後です。敷物の血痕は、みはるさんがスツールに座っていたとき、滴ったものですから」

大杉も仁科も茫然と、言葉を失っていた。やがて言葉を発したのはカウンターの向こうで佇立しているマスターであった。

彼は丁寧に一揖（いちゆう）した。

「ありがとうございました……ようやく腑に落ちました。そうでしたか、あれはみはるさんの最後の演技でしたか」

ぐずぐずと大杉が腰を下ろすのといれ違いに、ガンとカウンターを殴りつけたのは仁科である。

「犯人は納得できたか知らんが、俺は納得できとらん。そもそもこの男に、なんの動機がある？　殺害の手際にしても鮮やかすぎる。放送直前のわずかな時間を利用して致命的な一撃を与え、煌々とライトを浴びながらスタッフの間を通り抜けたと？　素人の離れ業にしては度が過ぎるぞ。バーテンの正体は殺し屋とでもいうのかね！」

カウンターの端から端へ、一兵は身を乗り出して話しかけた。

「当たらずといえども遠からずだよ、タワシさん」

「なんだと」

「スクリーンの中ではあっても、五寸釘の龍といえば、名うての殺し屋だったから」

4

五寸釘の龍。

その名なら、仁科の世代では常識にひとしい映画スターである。

警部補が口を震わせると、半白の髯が上下に揺れた。

目をこすらんばかりに大杉がいった。

「伊丹龍三郎なら、俺たちは富国生命ビルで顔を見ている。そうだったな、カツ」

「ああ……見ている」

まじまじと自分を見つめる大杉の視線を受けて、マスターが鼻の下に手をやった。

「あ」

という声が大杉と仁科の口から漏れた。

手入れの行き届いた髭が外れ、マスターは改めてサングラスをかけてみせた。

「『精養軒』でご覧にいれたのはこの顔でございました」

確かにそこにあのときの伊丹龍三郎がいた。大杉も二の句が継げなかった。

「人の顔というものは、わずかに道具立てを変えれば別人となります。ですが那珂さんのように、顔かたちを骨格から観察なさる方には無力でございました」

そういわれた風早は、あのときの情景を思い出している。

「顎から喉にかけての線に記憶がある……」

そういったのは一兵であった。

歯科医をひきあいにしてその場ではみんな納得したというのに、一兵はいったいなにが気にかかっていたのだろう。

正直なところ風早は、彼の観察と洞察力にはとても敵わないと思っている。生まれついての性格もあるだろうが、南信の山間から一気に銀座へ飛びだした少年一兵が、世間の荒波に晒されて否応なく身につけた武器でもあるはずだ。料亭の息子としてのほほんと育った自分には、及びもつかぬ柔軟な想像力の持主だと、かねてから敬服していた。

「『精養軒』に入店した高柳氏は、階段を使って下りてきた。だが店を出るときには階段をあがらなかった。些細だけどその行動にオレは違和感を抱いたんです」

いったいなにをいいだすのかと、仁科や大杉、風早まで啞然として一兵を見つめたが、彼はかまわず話しつづけた。

「高柳さんは以前からエレベーター嫌いで有名でした。俳優として培った体力を保持するためです。それなのにあの日は、帰りにエレベーターを利用している。見たわけじゃありませんよ。だがレジをすませて店の外に出たんだ。生命保険会社のエリアに伊丹さんを案内するとは思えないから、帰るつもりでしょう。エレベーターで地階から一階へ上ったと考えるのが妥当です。でもその行動は高柳さんらしくない。つまり階段を使わなかったのは、同行の伊丹さんに配慮したのだと、推測しました」

風早が気がついた。マスターの立ち姿が変化していた。彼の目ははっきりと一兵に向けられている。傾聴の面持ちであった。

一兵はつづけた。

「高柳さんは伊丹さんに、どう配慮したのでしょう。伊丹さんは足に異常があるのか。だが彼は立ち上がってレジを通り抜けるまで、ごく自然な動きでした。平らな床の移動には不自由しないが、階段はそうはゆかないのか。アクション俳優として鳴らした伊丹さんに、そんな故障があったはずはない。オレは伊丹龍三郎の引退があまりに突発的だったことを思い出しました。

噂はさまざまだった……悪質な疾病のためとか、世界一周の旅に出たとか。ご本人に伺いますが、引退の理由はなんでしたか」

照れ笑いで、マスターは答えた。

「自動車事故でしたよ。飛びだした猫を轢くまいとして、車を石垣にぶつけました。車の破損より、ダッシュボードとドアに挟まれた私の右足の方が被害は大きかった。鍛えたつもりでも、人間の体など脆いものです」

「そうでしたか」

猫を轢くより自分の怪我を選んだ伊丹龍三郎に敬意を示したのか、一礼した一兵はもとの話にもどった。

「『精養軒』を出るのに、伊丹さんは自分の足の状況を見せまいとした。親友の高柳氏が協力してくれた。では誰に見せまいとしたのでしょう。おふたりの席は屏風に挟まれていた。立ち上がらない限り店内を見渡すことはできません。そして伊丹さんが立ったのは、店を出るときを除くと、唯一、高柳さんを迎えたときでした。おなじタイミングで大杉さんも立ち上がっていた……覚えてる、スギさん」

大杉が苦笑した。「全然」

「だが伊丹さんは、長身の大杉さんを認識したことでしょう。だから店を出るのに階段を使わなかったのか。でもそれは、なぜ？　理由がわかったのは、最初に『星の寄生木』を訪ねたときです。似顔絵描きだったオレは、モデルを表面だけでなく、骨格まで摑んで描こうとします。

一度しか描いていない伊丹龍三郎もおなじです。マスターをはじめて見たとき、似ているなと直感しました。しかもマスターは、平滑な床の移動は自然だが階段の昇降に不自由する。伊丹さんと碁介さんは似ているというより、おなじ人物だと知りました」

マスターが軽く吐息をついた。

「さようでしたか……」

大杉が口を開いた。

「マスターは自分が五寸釘の龍だったことを隠したかった……それはなぜなんだい」

「そうだね。思いついたのは、高柳氏がいっとき映画のシンボルであったこと。ところがこの『星の寄生木』は、テレビマンのいわば巣だ。ここで自分がシェーカーをふっている姿に、忸怩たる思いがあったのではないか」

大杉は妙な顔をした。

「なんだってそんな気持ちになるのか、俺にはわからん」

「ウーン……スギさんの世代では、もうピンとこないかな。敵に愛想をふりまく自分を後ろめたく思う気分だけど」

大杉が失笑した。

「映画の敵がテレビだなんて、そんな時代は過ぎましたって、一兵さん」

オブラートにつつんだ彼の本音を、風早は察している。

「勝負はもうついてます」

あからさまな結論を、かつての映画スターの前で放言するほど、不作法ではないということだ。

かえってマスター――伊丹龍三郎の方が率直であった。

「いや、大杉さん。残念ながら映画が娯楽の帝王だった時代は終わりました……私ではない、高柳が申しておりました」

「伊達虎之助がですか」

大杉は意外そうだ。『馬鹿みたいな話』の一言で当時のテレビドラマを粉砕した彼なのに？

「はい。……社長の椅子を追われた夜、ふたりで酒を酌み交わしました。高柳はその昔テレビの若い人を前に大言壮語したことを悔やんでおりました。自分を知っているテレビマンに会ったら、赤面して逃げ出す。そういっていましたよ、あいつは」

かつての大スターをあいつ呼ばわりしたマスターは、シャイな笑みを浮かべたが、風早はまだ納得していない。

「おふたりの気持ちはわかりましたが、マスターが自分の正体を隠しつづけたわけは、まだはっきりしませんね」

「……さようですか」

困惑気味に目をそらす碁介に、風早は思い切ってぶつけることにした。

「ここがオープンしたのは、三年前でしたね。それで」

体をねじって背後の瑠璃子を見た。

「ユイちゃんがＣＨＫに初出演したのが、一二歳だった。やはり三年前になります」

瑠璃子は表情を変えなかったが、マスターがびくんとしたのを、風早は視界の隅にとらえている。

「時期の一致に意味があるのかね、風早さん」

黙っていた仁科が、ここで発言した。事件に関わりそうな話題だと敏感に反応する。

「あると思います……違ったかな、一兵さん」

「偶然の一致ではあるけどね。ユイちゃんがＣＨＫに出たのは、瑠璃子さんの知らないところで決まったらしい。オレは樽井さんに聞いた。彼女は堀内バレエの教室にはいっていた」

その名前なら風早は、熱海で聞いている。大杉もうなずいた。

「堀内ユニークバレエ団はＣＨＫテレビの初期から、レギュラーで出演しているから、その伝（つて）だな」

「それとこの男が正体を隠したのと、どう関係してくるんだ？」

鼻を鳴らした仁科に向かって、大杉がつづける。

「『星の寄生木』の客筋はＣＨＫのみんなですから。子どもには縁遠い店でも、下戸のナツだって通っている。ユイちゃんが連れられて顔を出す機会もあり得るから……待てよ。マスターが五寸釘の龍と知られては、なぜ具合が悪かったんだろ」

終わりは自分の疑問になっている。

だがマスターは沈黙のままで、瑠璃子も口を開かない。遠慮しながらだが、一兵が代わって答えた。

「確かに具合が悪かった。ユイちゃんの父親は伊丹龍三郎だったから」

誰ひとり動かなかったのに、このとき風早は『星の寄生木』に漂う薄闇が、音もなく揺れた錯覚に陥っている。

5

「断っておくけど、ここでの話し合いについては、先ほど病院を見舞って樽井さんに諒承を得ています」

一兵は感情を伏せて、注釈をつけた。

仁科と大杉は落ち着かない。

「おい、カツ」

大杉が肘で風早をつついた。

「おまえ、知ってたのか」

「うすうすだけどな」

「この野郎」

睨みつけた。

「俺に一番に話せといったぞ」

風早は苦笑した。

「話したいことは別口にとってある」

「まだ隠してるのか！　友達甲斐のない奴だ」

「まあまあ、スギさん」

風早の蔭から一兵がひげ面を覗かせる。

「わかっていたのか、カツくんは」

「おかしいと思っていました。それがさっき田丸さんに会って、具体的に推測できるようになったんです」

「『夕刊サン』の編集局長だね。オレはまだ会っていないが、商売人だそうだ。瑠璃子さんはむろんご存じでしょう」

なんの蟠(わだかま)りもなく声をかけるし、彼女も相手が一兵だと素直に口を開くようだ。

「よく知ってるワ。ちゃらちゃらして見えるけど筋が一本通ってて、それで樽井が『夕刊サン』に呼んだの」

風早が更に会話に参加する。

「彼から聞きました。帝国新報社は伊丹さんに救われたと」

「古い話です」

口を挟んだマスターに、風早がいう。

「向こうではあなたを探しています。借財をお返ししたいが、みつからないって……社長夫人はこうしてご承知だったのに」

「あの金は差し上げたはずでした」

「そう。伊丹龍三郎としてはそのつもりでいた。つまり……」

風早ははっきりいうことにした。どうせ一兵はわかっているのだ。

「あの金は、あなたのお詫びの印だった……違いますか」

マスターの答えはなく、身じろぎしたのが仁科であった。風早はつづけた。

「あなたと瑠璃子さんの過ちを償うためでした」

グラスをカウンターに置いた大杉を横目に、

「戦争直後で、刑法にはまだ姦通罪が生きていた。結婚した男がほかの女を抱くのは構わないが、女がほかの男と寝れば刑務所だ……そうでしたね、仁科さん」

その罪名のもとに、なん人もの女に手錠をかけただろう警部補が答えた。

「昭和二二年の刑法改正まではな」

わずか一四年前まで、徹底した男尊女卑の法律が施行されていた。それが日本人の常識であったのだ。

「その罪を逃れるためにあなたは……」

一兵が割ってはいった。

「オレが樽井さんに聞いたことも話そう。このままでは天秤が一方に傾いたままになる」

カウンターの端の仁科まで届くよう、声を高めた。

「……実際には樽井さんにも落ち度があった」

彼はマスターと瑠璃子に代わる代わる視線を送った。

「……瑠璃子さんは戦争末期、オレが紹介した南信の観音平（かんのんだいら）に疎開していた」

一兵の故郷である。

「昭和二〇年の八月ってことになる。村に伊丹龍三郎の一座が長逗留していた。もう映画撮影は困難だった。フィルムの割り当ては軍部の専権だ。戦前最後の『アメリカ宜候（ようそろ）』は『ハワイ・マレー沖海戦』の山本嘉次郎（やまもとかじろう）監督だから撮影できたが、五寸釘の龍に出番はない。旅興行がつづいていた。復員してから残らず聞いたよ。銀座の大空襲で、樽井さんが生死不明になっていた頃の話だ」

「やめて、いっちゃん！」

壁際から瑠璃子が抗議した。

「あのときは本当に樽井が死んだと思ったのヨ。泣いて泣いて涙が涸れた妾を、龍三郎さんが……」

「抱いて慰めたつもりの私は、狡い男でした。だがそのときは本気で、瑠璃子さんと添い遂げるつもりでした」

仁科と大杉は声もない。

「妾が身ごもったとわかったのは、樽井の存命を知った三日後だったワ。日本はとっくに負けていました」

　だが堕胎罪は厳然として生き、女性を縛りつけていた。東京のような大都会なら金で始末する医者を探せただろうが、観音平は信州の片隅であった。戦後の混乱で上京もままならず、ようやく東京に出た瑠璃子はユイを産み落とした。

　火傷（やけど）の癒えた樽井は、妻と並んで土下座する龍三郎を許している。「帝国新報」の窮状を救おうと龍三郎が有り金はたいた誠意も、コキュの感情をやわらげたはずである。

　そのとき交わした約定に従って、樽井はユイを自分の子として受け入れ、龍三郎は今後一切ユイ母子に関わりを持たないと誓った。

　昔気質（かたぎ）の龍三郎は自分が扮する役さながらに、滑稽なほど義理固く約定を守り抜いた。瑠璃子はユイの母として、樽井もユイの父として、まっとうな家庭生活をつづけていたのだが、やがて亀裂がはいったのだ。

　顔をゆがめて瑠璃子がいう。

「銀座が空爆を受けたあの晩、樽井は女を連れ込んでいましたの。馴染みの芸者が日劇で風船爆弾をつくっていました。樽井は『帝国新報』――今の『夕刊サン』の社屋で寝泊まりしていて……妾は疎開していたから、これ幸いと芸者を連れ込みましてネ。その晩が大空襲で女は逃げたのに樽井は火に巻かれて」

　経緯がわかって夫婦仲が険悪になったのは、ユイが中学生になったころだ。扱いの難しい年頃でハラハラしたが、彼女は素知らぬ顔で通した。だが実際にはユイは聞いていたのだ。

「プチミスの直前でしたワ。帝都映画からとんでもない電話をもらって、ショックで……そのままユイのそばにもどる気も失せ、妾は洗面所の個室で頭を抱えておりましてネ」

「その、電話というのは……」

風早たちが知りたかった内容というのは——

「高柳さんが脳出血で倒れたという知らせでしたの」

ああ、やはりそうだったのか。

初耳の仁科は混乱気味だ。

「それは伊達虎之助のことかね」

「さようです」答えたのはマスターである。

「瑠璃子が彼に頼んでおりました。ユイを帝都映画に大役でデビューさせてほしいと」

「はい、そしたら高柳さんが、帝都の企画会議にユイを連れてくれれば、俺が太鼓判をおしてやると……でもご承知の事情で帝都に行けませんでした。それでも次の機会を待てと伊丹が伝言をもらって」

「再びお二人は親密な連絡をとりあう仲になっていた……」

大杉の漏らした言葉が、彼女を硬化させた。

「さようですわ。樽井が芸者を連れ込んだ、そう聞いたときは、頭が真っ白になりましたもの！　畳に額をこすりつけて流した妾たちの涙はなんだったのでしょう」

マスターを除く四人の男は憮然とするばかりだ。

高柳を失って個室の中で途方に暮れる瑠璃子の耳に、ユイの声が飛び込んだのである。

「私はアメリカへ逃げるの。みはるさんのおかげで、帝都へ行かずにすんでよかった！」

……ここではじめて、瑠璃子は理解した。みはるのあの横車は娘の頼みであったのだ！

それを主演女優の高慢と誤解したのは、彼女だけではない。放送前夜、『星の寄生木』で村瀬たちの会話を耳にした龍三郎もであった。

「消えものを届け、スタジオから出ようとした私の目に留まったのは、アトリエのみはるさんでした。ポーズを繰り返す無防備な背中を見て、調理台からアイスピックを摑み出しておりました。悲鳴をあげられても構うものか、こいつの主演番組をメチャメチャにしてやる。……なのにあの子は刺されても悲鳴ひとつあげず、放送がはじまった……控室のテレビを途中まで見た私は悪い夢を見た思いで店に帰り、やがて瑠璃子からの電話で自分のおそろしい間違いがわかりました。……みはるという娘は、瑠璃子より私よりユイの気持を知ってくれていたのです」

誰ひとり言葉を発する者はいなかった。

すると不意に、仁科が立ち上がった。

——と思うと、体軀から想像もつかない俊敏な動きで、ドアを一気に開いた。

「誰だ！」

カラカラッとウッドカーテンが跳ね上がる。ピュンと吹き込む木枯らしを背負って、そこに降旗ユイが立っていた。

驚愕の叫びをあげた母親に目もくれず足を運んだ少女は、茫然と見守る一兵と風早の間から、カウンター越しにマスターを睨んだ。羽織っていた厚手のコートが、風早の顔を撫でると、それは氷のように冷えていた。いったいいつから彼女は、やりとりを聞いていたのだろう。

見上げるとユイはワナワナと震えていた。象牙から彫り上げたような美少女は、形のいい唇を鋭く割った。一語ずつ区切るように、

「ひ・と・ご・ろ・し」

マスター――伊丹龍三郎は、娘の面罵(めんば)を沈黙で受け止めた。

「ユイちゃん！」

ふた組の父と娘

1

　風早は、ユイの声に怒気よりも、身をよじるような哀しみを覚えた。友を殺したこの男は、紛れもなく自分の父親であったのだから。その事実に向き合わされた一五歳の少女の心は、ズタズタに裂けているはずであった。

　白い頬に光るものがふた筋見えた。

　なにか声をかけてやりたいのに、風早には言葉がみつからない。歯噛みしたい彼の背後で、一兵の立ち上がる気配があった。

「ここへ座って」

　優しい声だった。カウンターの席はふだん定員四名だから、一兵が自分の席を譲ったのだ。肩を押さえられるようにして腰掛けたが、マスターと顔を合わすのを拒否して、俯いていた。

　彼女を庇うように立つ一兵が、静かに口を開いた。

「一連の事件の中で、まだわからない部分があります。残念なことに仁科さんもオレも、その場に立ち会っていなかった……」

自分の名を出されて、警部補がぎょろりと目を上げた。

「なんのことだ、那珂くん」

「そういわれても、オレでは詳しく話せない。風早さん、手伝ってくれるかい」

思い当たる節がある。風早は「もちろん」と応じた。

「熱海で、ユイちゃんが危ない目にあったときのことですか」

「さすがだ」

照れた風早は隣のユイに気を遣いながら、この夏にしろがね川で起きた事件を話したが、仁科は当惑したように髯をこすっている。

「そりゃあとんだ災難だったが、スタジオの事件とどう関係しているんだ」

尋ねられた風早は一兵を見やったが、彼は知らん顔で奥の瑠璃子に歩み寄っている。仕方がないのでつづけた。

「関係はあります。事件の動機が芽生えたという意味で」

「なんだと」

仁科が声を高め、大杉が椅子を鳴らした。

「カツ、どういうことだ。動機というが、あの場面に犯人は影も形もなかったぞ」

「忘れっぽいな、スギ。自分でいっただろう……川からユイちゃんを引き揚げた体の捌き(さば)が、五寸釘の龍そっくりだって」

「ああ……確かにいったが、それを否定したのはあんただ」

むろん風早も覚えている。弥生と梅子が名古屋から乗ったのは急行〝やましろ〟であった。あのタイミングで現れた月光仮面が伊丹龍三郎なら、彼は〝やましろ〟に追随できる優等列車に乗ったに違いない。特急か、せめて同等に駿足の急行列車がぎりぎり一時間遅れで存在しなくては、五寸釘の龍は熱海にこられるはずがなかったのだ。

「あんたはそんな列車はないと断言した。後になって俺も確認したんだ。日本交通公社の『時刻表』でな。別冊の『ポケット時刻表』なら、ひと目で特急・急行・準急のダイヤがわかる。東海道本線上りのページを繰ったが、そんな都合のいい列車はなかった。いちばん条件のいい〝霧島〟でも一時間二〇分の遅れ……おい、カツ。なにをニヤニヤしてるんだ」

風早は苦笑を隠さない。

「もうひとつ謎があっただろう。ユイちゃんを助けた人が消えてしまった……」

「あった。ズブ濡れだったのに、分譲地のどこかで見えなくなった」

「その後でぼくは思いついたよ、車が一台停まっていたのを。それがあの人のマイカーだとすれば問題はない」

「自家用車だったというのか」

大杉は面食らっていた。

テレビ、冷蔵庫、洗濯機が三種の神器である昭和三六年、庶民の感覚では、誰もが自家用車を持つ世の中なんて未来の夢でしかない。びしょ濡れだったあの男が、自分の車を持っているなぞ思案の他だろう。ＣＨＫ職員でも車を持っているのは、ごく一部の裕福な存在なのだ。

「あの人物が、伊丹龍三郎なら話は別だ。戦前に免許をとっていたし、熱海には前日のうちに車を停めておけばいい」

「そうなるとますます、名古屋・熱海間の移動手段が謎に残るぞ」

ふたりの後ろに、一兵がきていた。

「そう……それがオレにも謎だった。だがそこをクリアできれば、事件の動機の根っこがみつかると考えた」

一兵は佇立するマスターに声をかけた。

「あなたにはわかりきったことでも、オレたちは自力で解明したいんです。風早さんは学生のころから鉄道マニアでしたから」

大杉が風早を睨む。

「あんなこといわれたぞ。大丈夫か」

「心配するな。解答はあった……『時刻表』だ」

「だからそんな列車は、東海道本線のページに載っていない、ない！」

「それでも『時刻表』には載っているんだ」

「なんだって？」

「高校三年のとき、別宮先生に連れられて湯谷温泉へ出かけたな。覚えてるだろう」

大　阪・京　都→

駅名	306	404	102	36	4	2304	104	32	106	308	406	108	6
種別	準急	準急	急行	急行	特急	準急	急行	急行	急行	準急	準急	急行	特急
列車名	東海3号	比叡1号	六甲	高千穂	第1つばめ	はまな2号	やましろ	霧島	いこま	東海4号	比叡2号	第1なにわ	はと
記事	(電)	(電)	✕ (電)	[0 2] ✕	✕ 展 (電)	(電)	✕ (電)	[0 2] ✕	✕ (電)	(電)	(電)	✕ (電)	展 ✕ (電)
始発駅	大垣	大阪	大阪	西鹿児島	大阪	浜松	大阪	鹿児島	大阪	名古屋	大阪	大阪	大阪
始発	…	…	…	1200	…	…	…	15 55	…	…	…	…	…
大阪 発	…	816	830	840	9 00	…	930	10 22	11 00	…	1130	1230	13 00
京都 着	…	849	902	921	9 30	…	1001	10 59	11 32	…	1204	1302	13 30
京都 発	…	850	904	926	9 32	…	1003	11 04	11 34	…	1205	1304	13 32
大津 〃	…	859	913	942	レ	…	1012	レ	11 43	…	1215	1314	レ
草津 〃	…	911	レ	レ	レ	…	レ	レ	レ	…	レ	レ	レ
近江八幡 〃	…	925	レ	レ	レ	…	レ	レ	レ	…	レ	レ	レ
彦根 〃	…	943	949	レ	レ	…	レ	レ	12 21	…	1254	レ	レ
米原 〃	…	949	レ	レ	10 17	…	1054	レ	レ	…	1300	1356	レ
大垣 〃	947	1018	1024	レ	レ	…	レ	レ	12 54	…	1329	レ	レ
岐阜 〃	959	1028	1035	1110	レ	…	1133	レ	13 06	…	1339	1433	レ
尾張一宮 〃	1009	1039	1046	レ	レ	…	1143	レ	13 16	…	1350	1444	レ
名古屋 着	1025	1053	1059	1134	11 13	…	1157	13 06	13 30	…	1405	1458	15 11
名古屋 発	1030	…	1102	1139	11 18	…	1200	13 12	13 33	1400	…	1501	15 14
熱田 〃	1035	…	レ	レ	レ	…	レ	レ	レ	1405	…	レ	レ
大府 〃	レ	…	レ	レ	レ	…	レ	レ	レ	1418	…	レ	レ
刈谷 〃	1050	…	1120	レ	レ	…	1219	レ	レ	1423	…	1520	レ
安城 〃	1056	…	レ	レ	レ	…	レ	レ	レ	レ	…	レ	レ
岡崎 〃	1103	…	レ	レ	レ	…	1231	レ	レ	1436	…	レ	レ
蒲郡 〃	1115	…	1141	レ	レ	…	レ	レ	14 11	1450	…	1542	レ
豊橋 着	1128	…	1155	1232	レ	…	1255	14 04	14 25	1504	…	1555	レ
豊橋 発	1129	…	1156	1233	レ	…	1256	14 05	14 26	1505	…	1556	レ
浜松 〃	1159	…	1129	1308	レ	1304	1325	14 38	14 55	1533	…	1628	レ
磐田 〃	レ	…	レ	レ	レ	1320	レ	レ	レ	1542	…	レ	レ
袋井 〃	1212	…	レ	レ	レ	レ	レ	レ	レ	レ	…	レ	レ
掛川 〃	レ	…	レ	レ	レ	1333	レ	レ	レ	1555	…	レ	レ
島田 〃	1238	…	レ	レ	レ	1356	1401	レ	レ	1614	…	レ	レ
藤枝 〃	レ	…	レ	レ	レ	1408	レ	レ	レ	レ	…	レ	レ
焼津 〃	1248	…	レ	レ	レ	1415	レ	レ	レ	レ	…	1713	レ
静岡 着	1259	…	1325	1408	レ	1426	1420	15 38	15 51	1639	…	1724	レ
静岡 発	1300	…	1327	1410	レ	1428	1422	15 41	15 53	1642	…	1726	レ
清水 〃	1309	…	1336	レ	レ	1437	レ	レ	16 02	1651	…	1735	レ
富士 〃	1329	…	レ	レ	レ	1455	1449	16 09	レ	1712	…	1754	レ
沼津 〃	1348	…	1410	1457	13 58	1518	1505	レ	16 35	1731	…	1812	17 50
熱海 〃	1415	…	1429	1516	レ	1542	1525	16 46	16 55	1750	…	1829	レ
小田原 〃	1437	…	1451	1537	レ	1605	1546	17 07	17 15	1817	…	1849	18 28
大船 〃	1508	…	1520	レ	レ	1638	レ	レ	17 46	1856	…	レ	レ
横浜 〃	1525	…	1535	1625	15 08	1655	1634	17 55	18 03	1913	…	1933	19 08
品川 着	1544	…	1551	レ	レ	1712	1650	レ	18 21	1931		[illegible]	レ
東京 〃	1553	…	1600	1650	15 30	1721	1700	18 20	18 30	1940	…	2000	19 30

『ポケット時刻表　特急　急行　準急』日本交通公社　昭和三六年一〇月号付録より転載

「当たり前だ。ささやかな俺たちだけの修学旅行にな……」大杉の顔に浮かぶのは懐旧の情であった。

「だが、それがどうした」

「大人どもは男女の旅行に淫らな空想をめぐらせたが、一二年たった今はどうだ。修学旅行に国鉄がサービスする時代になってるんだぜ」

「わかったよ、風早さん！」

一兵が手にとった『時刻表』をパラパラとめくった。

「ここだ、スギさん。注文通り〝やましろ〟の一時間遅れでこんな列車が走っている」

首をのばした大杉が、大仰に天を仰いだ。

「〝きぼう〟号！」

修学旅行専用電車は、本文と別に末尾のページに纏められていた。

2

急行〝やましろ〟　名古屋発　一二時〇〇分　熱海着　一五時二五分
〝きぼう〟号　名古屋発　一二時四二分　熱海着　一六時二四分

上り 東海道本線（神戸―豊橋）（その5）

（東海道本線・上り）
発1736）

東京	品川	品川	青森（荷）	東京（荷）	京都（荷）	東京（荷）	東京（荷）	東京（荷）	駅名
20	1134	1132	2047	48	2012	44	46	42	
…	…	…	…	鳥栖 1216	門司 1750	熊本 1643	阪 …	児島 2123	始発
…	913	…	…	421	526	1106	…	2231	神戸
…	レ	…	…	レ	レ	レ	…	レ	元町
…	917	…	…	428	532	1112	…	2237	三宮
…	レ	…	…	レ	レ	レ	…	レ	芦屋
…	941	…	…	455	600	1137	…	2309	大阪
…	945	…	002	523	626	1156	1703	2336	
…	レ	…	レ	レ	レ	レ	レ	レ	高槻
…	1020	…	043	558	701	1229	1740	017	京都
1945	1026	1926	052	608	（荷物専用列車）	1244	1758	029	
レ	レ	レ	レ	レ		レ	レ	レ	山科
レ	レ	1935	104	622		1256	1812	042	大津
レ	レ	レ	レ	レ		レ	レ	レ	膳所
レ	レ	レ	レ	レ	…	レ	レ	レ	石山
急行	レ	レ	116	レ	…	1309	1828	101	草津
レ	レ	レ	レ	レ	…	レ	レ	レ	守山
レ	（修学旅行用電車）	（修学旅行用電車）	（荷物専用列車）	（荷物専用列車）	…	（荷物専用列車）	レ	レ	野洲
レ					…		レ	レ	篠原
レ					…		1844	124	八幡
レ					…		（荷物専用列車）	レ	安土
レ	レ	レ	レ	レ	…	レ		133	能登
レ	レ	レ	レ	レ	…	レ		138	稲枝
レ	レ	レ	レ	レ	…	レ		144	河瀬
レ	レ	レ	204	レ	…	1343	1904	153	彦根
2055	1130	2020	212	715	…	1350	1911	200	米原
2058	1132	2027	225	729	…	1359	1921	208	
レ	レ	レ	（北陸本線経由）	レ	…	レ	レ	216	醒井
レ	（きぼう）	（ひので）		レ	…	レ	レ	223	長岡
（京都・南紀観光団体専用）				レ	…	レ	レ	230	柏原
				レ	…	レ	レ	238	関原
				レ	…	レ	レ	245	垂井
	レ	レ	青森2317	803	…	1431	1955	253	大垣
	レ	レ	…	804	…	1434	2004	258	
	レ	レ	…	レ	…	レ	レ	307	穂積
	1213	レ	…	816	…	1447	2017	313	岐阜
レ	1214	レ	…	818	…	1453	2031	318	
レ	レ	レ	…	レ	…	レ	レ	328	木曽
レ	レ	レ	…	831	…	1508	2045	336	一宮
レ	レ	レ	…	レ	…	レ	レ	レ	稲沢
レ	レ	レ	…	レ	…	レ	レ	レ	清洲
レ	レ	レ	…	レ	…	レ	レ	レ	枇杷
2211	1240	2155	…	849	…	1523	2102	359	名古
2220	1242	2200	…	906	…	1535	2120	413	
レ	レ	レ	…	920	…	1543	2130	422	熱田
レ	レ	レ	…	レ	…	レ	レ	レ	笠寺
レ	レ	レ	…	レ	…	レ	レ	（荷物専用列車）	大高
レ	レ	レ	…	レ	…	レ	レ		共和
レ	レ	レ	…	レ	…	レ	レ		大府
レ	レ	レ	…	940	…	1602	2152		刈谷
レ	レ	レ	…	レ	…	1610	2200	レ	安城
レ	レ	レ	…	955	…	1622	2210	454	岡崎
レ	レ	レ	…	レ	…	レ	レ	レ	幸田
レ	レ	レ	…	1016	…	1636	2227	レ	蒲郡
レ	レ	レ	…	1021	…	1640	2232	レ	三谷
レ	レ	レ	…	レ	…	レ	レ	レ	大塚
レ	レ	レ	…	レ	…	レ	レ	レ	御津
レ	レ	レ	…	レ	…	レ	レ	レ	小坂
2334	レ	レ	…	1034	…	1653	2246	522	豊橋
530	1759	500	…	1620	…	2248	440	1050	終着

上り 東海道本線（豊橋―東京）（その4）

・上り）
┌大分1736

(cut off)	長崎・大分	京都	神戸	大阪（荷）	鹿児島（荷）	鳥栖（荷）	熊本（荷）	駅名
0	1038	1132	1134	46	42	48	44	
45	1547	1926	913	1703	2123	1216	1643	始発
35	1055	レ	レ	2251	525	1037	1658	豊橋
′	レ	レ	レ	レ	レ	レ	レ	二川
′	レ	（修学旅行用電車）	（修学旅行用電車）	（荷物専用列車）	（荷物専用列車）	（荷物専用列車）	（荷物専用列車）	新所
急行	急行							鷲津
′	レ							新居
′	レ			レ		レ	レ	弁天
′	レ			レ	648	レ	レ	舞阪
′	レ	レ	レ	レ	レ	レ	レ	高塚
18	1124	2352	1416	2325	559	1110	1732	浜松
20	1130	002	1420	2330	607	1120	1741	
′	レ	レ	レ	2336	レ	レ	レ	天竜
′	レ	レ	レ	2345	レ	1141	1753	磐田
（観光団体専用）	（九州観光団体専用）	（ひので）	（きぼう）	2354	レ	レ	1802	袋井
				004	レ	1156	1820	掛川
				レ	レ	レ	レ	菊川
				レ	レ	1214	レ	金谷
				レ	レ	レ	1842	島田
	レ	レ	レ	031	655	1227	1851	藤枝
′	レ	レ	レ	レ	703	1234	1858	焼津
′	レ	レ	レ	レ	レ	レ	レ	用宗
51	1234	118	1521	049	716	1247	1910	静岡
52	1236	120	1523	053	720	1251	1917	
′	レ	レ	レ	レ	レ	レ	レ	草薙
′	レ	レ	レ	105	732	1302	1931	清水
′	レ	レ	レ	レ	レ	レ	レ	興津
′	レ	レ	レ	レ	レ	1319	レ	由比
′	レ	レ	レ	レ	レ	レ	レ	蒲原
′	レ	レ	レ	レ	レ	レ	レ	岩淵
′	1308	レ	レ	126	754	1333	1952	富士
′	1309	レ	レ	128	757	1335	1956	
′	レ	レ	レ	レ	レ	レ	レ	吉原
′	レ	レ	レ	レ	レ	レ	レ	田子
′	レ	レ	レ	レ	レ	レ	レ	原
51	1325	223	1607	146	814	1352	2013	沼津
53	1327	225	1608	153	823	1400	2029	
′	レ	レ	レ	レ	831	レ	レ	三島
′	レ	レ	レ	レ	レ	レ	レ	函南
21	1347	250	1624	214	847	1419	2050	熱海
23	1348	252	1626	216	849	1422	2052	
′	レ	レ	レ	レ	レ	レ	レ	湯河
′	レ	レ	レ	レ	レ	レ	レ	真鶴
′	レ	レ	レ	レ	レ	レ	レ	根府
′	レ	レ	レ	レ	レ	レ	レ	早川
′	1408	317	1648	240	910	1443	2113	小田
′	1409	319	1649	246	913	1445	2115	
′	レ	レ	レ	レ	レ	レ	レ	鴨宮
′	レ	レ	レ	レ	レ	レ	レ	国府
′	レ	レ	レ	レ	レ	レ	レ	二宮
′	レ	レ	レ	レ	レ	レ	レ	大磯
′	レ	レ	レ	レ	レ	1508	2139	平塚
′	レ	レ	レ	レ	レ	レ	レ	茅崎
′	レ	レ	レ	レ	レ	レ	レ	辻堂
′	レ	レ	レ	レ	レ	レ	レ	藤沢
′	レ	416	1723	329	954	1530	2157	大船
59	1456	434	1739	347	1011	1548	2214	横浜
00	1457	438	1741	357	1018	1552	2217	
′	レ	レ	レ	レ	レ	レ	レ	川崎
′	1516	500	1759	レ	レ	レ	レ	品川
′	レ			434	1043	1614	2241	新橋
10	1536			440	1050	1620	2248	東京

『時刻表』日本交通公社　昭和三六年一〇月号より転載

当然のことだが、ダイヤは優等列車空白の時間帯に組み込まれた。選ばれた駅にしか着発しない修学旅行専用電車だから、急行に追いすがることができたのだ。

風早が補足した。

「大会で伊丹さんと最後まで話していたのは、東名高校の教頭先生とわかった」

大杉が目を丸くした。彼や風早が高三の一年だけ在籍した学園だ。

「五寸釘の龍と親しげに話しているおじさんの襟に、見覚えのあるバッジが光っていたのを、梅子が思い出してくれた」

カッちゃんの校章として、彼女は記憶していたのだ。

「引率役だった先生の計らいで、あなたは〝きぼう〟に便乗できたんですね？」

風早に確認を求められて、マスターは頭を下げた。

「友人に無理を申しました」

「ユイちゃんが堀内バレエの熱海スタジオを訪ねる予定を、あなたはこの店で知った。娘が渡米する前に、ひと目でも顔を見ておきたい。その思いは叶えられたが、ユイちゃんが川に落ちてしまった。足の悪いあなたがよく踏ん張ったものです……だがユイちゃんは発熱して倒れてしまった」

結果として渡米もなにもかも流れたのだ。そのときのことを、今更のように瑠璃子は悔やんだ。

「先生たちのお話でユイが落ちた理由がわかりました。こらえきれずあの人に電話をかけて罵りました。『あなたのおかげでユイは死ぬところだった』……アメリカ行きがなくなりプチミスへもどろうとしてももう遅い……妾はまた電話で悪態をついたんです。『あなたのせいで、ユイが主役を盗まれた！』……伊丹は身に沁みたでしょう……娘の機会を奪ったのは自分と」

氷の柱となって唇を結んでいるマスターに、一兵はいう。

「自分を責めたあなたの目には、みはるくんは娘の椅子を攫った女でした」

彼の言葉に問責の険しさはないが、語気が柔らかなだけに、いっそうマスターは、自分が醸した殺意の空虚さを、思い知っているはずであった。

「ユイちゃん」

声をかけられた少女は、ビクンと肩を震わせて一兵を仰ぎ見た。

「あなたがお父さんを責めるのは当然だ。だがおなじお父さんが死に物狂いであなたを助けようとしたことも、忘れずにいてほしい」

ユイは黙ってまた視線を落とした。

「弁解できることではございません」

絞り出すような伊丹龍三郎の言葉。

「取り返しのつかぬことをいたしました」

「いや、ちょっと待って」

声をあげたのは大杉である。

「俺はまだひっかかってるんだ。みはるがいってのけたじゃないか。体を壊してもＣＨＫは面倒を見てくれないって」

風早は呆れた。あのときのスギ、狸だったのかよ。

マスターがうなずいていた。

「さようでございます。その口ぶりで、ああやはり戦後のドライな育ちだ、舞台と心中した大江美智子とは違うんだなと……」

女剣劇で一世を風靡した宝塚出身の彼女は、公演にこだわり盲腸炎で急死している。戦前芸能界の有名な逸話だ。

「こうしてお聞きしましても、今ひとつわかりかねますのは、つまりあの子は心底テレビに命をかけたのでしょうか？」

そこでマスターは軽く自嘲した。

「私ども戦前の世代なら、カミカゼもふしぎはないのですが」

一兵が答えに窮したのは稀なことだ。兵役についた彼には、マスターの疑念がよくわかるのだろう。

ひとつ深呼吸して、風早が切り出した。

「その説明なら、ぼくができる」

「えっ」

大杉は驚いた。

「ホントに？」

「一番にあんたに話す。そういったはずだろ」

風早は手提げをかきまわした。

「『時刻表』の話はもう聞いたぞ」

「そうじゃない。『幸福が売り切れた男』の台本だ……みはるさんのね」

慎重に摑み出したが、ホチキスが抜けてバラバラ寸前だ。最後のページがぺろりとひろがって、紙の裏が見えた。鉛筆でびっしり書き込んである。

「みはるさんは、台本の裏をメモ代わりに使っていた。演出の覚書がほとんどだが、おしまいのここだけは違っていた」

カウンターに載せたので、みんなの視線が集中した——龍三郎まで。

そこには、綿々とみはるの綴った文字がならんでいた。

『なつや好き　なつや好き　なつや大好き　ナツ　ナツ　大好きです　愛していますナツなつなつなつああナツナツナツなつ！　あたしを向いてよ　あたしあたし　こんなになつやが大好きなのに！』

3

長い時間、一座は凝然(ぎょうぜん)とみはるの〝遺書〟を見つめていた。

すすり泣きが聞こえた。ユイであった。

「わかった、やっとわかった」

大杉のぶっきらぼうな声。

「なんだってみはるが笑顔で死んだか、やっとわかった」

風早が同調した。

「それが村瀬さんの演出プランだったからだ。『きみの最高の笑顔を見せてほしい。恋人にしか見せない笑顔』……その指示通りに彼女は、あの笑顔で天使になって登場しようとした……」

今にして思う。

リハーサルで粂野課長の激励に、村瀬が即応したときのことを。

胸を張った彼はいきいきとした表情で叫んでいた——。

「FDは俺です。誰にも絶対にミスさせません！」

その意気込みを聞いたみはるは、ものもいわずただ両膝に乗せた拳をギュッと握りしめていた。

……。

けたたましく電話のベルが鳴り響き、マスターが受話器を取った。

「律子か。後にしてくれ……なに？」

面食らったようにカウンターを越えて、受話器を差し出した。

「仁科さんにかかってきました。こちらに切り換えるそうです」

「俺に？」

「愛知県警の犬飼さんからです」

その名前を知っている三人が顔を見合わせ、仁科が受話器を受け取った。

「仁科です。犬飼さんか……しばらくですな。……なに？　中里みはるならいかにも俺が担当している事件の被害者だが……なんだって！」

ガタンと椅子が倒れ、仁科は受話器に嚙みついている。

「その父親が殺された？」

風早も大杉も腰を浮かせた。

いったいなにが起きたというのだ。みはるの父親なら、佐々井観光旅館のオーナーで、確かに愛知県警の管轄だが。

「そうか……そうでしたか……ありがとう、よく知らせてくれました……」

全員の注視をあびて電話を切った仁科は、やがて受話器をマスターに返し、椅子に座ろうとしてものの見事に尻餅をついた。

誰も笑わない。隣の大杉が転がっていた椅子をもどしてやる。

自席についた仁科は、怒ったように一同に告げた。

「佐々井氏が、養女に包丁で刺し殺された。娘もその場で自分の喉を突いたそうだ。おなじ戦災孤児でみはるの妹分……五つ年下だ」

はっとするユイを風早は見た——おない年の彼女。

「彼女はかねてから警察に投書しておった。佐々井氏は、戦争で身寄りを亡くした少女を引き取り——その子を自分の女にしていたらしい。だが慈善家として知られる地方の名士だ。半信半疑の警察は腰が重くて……その間に事件は起きた」

泣くことをやめたユイは茫然と仁科を見つめている。

「虐待に耐えられず、養父を殺したんだな。みはるもおなじだったに違いない……」

ライオンレコードに逃げ込んだから、みはるは辛うじて加害者とならずにすんだ。その代わり被害者になった、そういうことか。

風早の背に隠れるようにして、ユイが小さく呟いている。

「父親の話……私に合わせただけと思っていたのに」

大杉が太いため息と共に、言葉を吐きだした。

「そういう男が親の仮面をかぶって育てた。どんな人生観を持てばよかったんだ、みはるは」

三宅家と佐々井は同業者だ。噂話でも耳にはいった可能性はある。だから彼はみはるへの思いを吹っ切った……のか？　そこまで考えた風早は、自分の頰をひっぱたきたくなる。探偵癖は捨てたはずだぞ！

童顔の裏にみはるがどんな地獄を抱えていたか、ぼくに想像する力はない。

男なんて、みんなブタ。

そう思い知りながら、村瀬夏也にひかれた女の子。だがそのナツには恋人がいる。

風早は立ち稽古のひと幕を思い浮かべた。

村瀬の視線の先には、決まって摩耶がいた。決してみはるに注がれることはなかった。それでも彼女は、彼のために精根尽くして演技して死んだ。

とうとう村瀬は、そんなみはるの心根に気づくことがなかった。

跋　かくて昭和はうつりゆく

言葉すくなに仁科が先に立つと、カラカラといつもの音があがる。

「参ります」

答えたマスター――伊丹龍三郎はカウンターを潜り、仁科の背後に立つ。両の手首を揃えるゼスチュアをしたが、仁科は黙って首をふった。

アコーディオンがカウンターに残され、封書が挟まれていた。このまま『星の寄生木』に帰らなくても、律子たちが困惑しないよう、事情と事後処理を記してあるという。

龍三郎につづこうとした瑠璃子が、一兵の目配せで退いたので、ユイが前に出た。みはるを悼んで溢れ出た言葉のあと、少女はもう口をきこうとしなかった。

風早は龍三郎の心中を察した。

（ユイちゃん、黙って父親の自首を眺めるつもりかい？）

おなじく父を疎んじながら、みはると自分の決定的な違いを思い知ったはずなのに、それでも父にかける言葉はないのだろうか。

殿（しんがり）となって『星の寄生木』を出ようとした大杉が、店を振り向き立ち止まった。

風早が声をかける。

「どうした」

無人の店はダウンライトひとつを残し、明かりを落としていた。壁にかかったダーツの標的は、もう見えない。辛うじて闇に手風琴が浮かんでいる。

もそりと大杉が返答した。

「あのとき歌ったんだな」

なにを、とは風早は聞かなかった。闇からみはるの歌声が忍び出ていた。

人の気も知らないで　涙も見せず
笑って別れられる　心の人だった……

（ああ、そうか）

風早は思い当たった。

あのとき歌ったのは被害者で、伴奏したのは犯人で、涙したのは探偵であったことを。

全員が階段に出て、カラカラとウッドカーテンの音を残しながら、ドアが閉まった。

名残の音に、龍三郎は思わず振り向いたのだろうか。

右足が階段を踏み外すと、彼は逃れようもなく前にのめった。背後につづいた瑠璃子も一兵も、のばした手が届かなかった。それでも龍三郎は転落しなかった。素早く先回りしたユイが、小さな体で踏ん張り彼の転落を救ったのだ——手すりを摑み、両足を踏ん張り、唇を嚙み締めて、少女は必死の面持ちであった。

「お父さん、大丈夫っ」

「……すまん、ユイ」

階段を下りきっていた仁科が、目を見張って親子を仰ぎ見、半白の髯をそよがせた。笑ったように風早には見えた。

『夢中軒』の提灯に照らされて一兵が足を止めると、両脇の風早と大杉も立ち止まった。その先を、龍三郎とユイ、瑠璃子が一固まりになって公会堂めがけて歩いてゆく。まるで護衛のように付き添った仁科が、一兵たちをふりかえってヒョイと片手をあげた。

頭を下げた一兵が、小さく声をかけている。

「よろしくね、タワシさん」

「あやっ、スギ先輩!」

横手の番組センター裏口から、飛びだしてきたのは村瀬と摩耶であった。不意打ちを食らったが、さすが大杉はとっさに態勢を立て直している。

「ナツ、明日のリハーサルはすんだか」

「ええ、バッチリです」

威勢のいい声は摩耶だが、後半はもじもじした様子で、

「あの……これから村瀬さんのお祝いにゆくつもりでした」

「お祝い？　ああそうか。ナツの昇格祝いか。いいじゃないか！」

「えっと。本当ならスギさんもお呼びしたいんですけど……」

大杉は一笑に付した。

「なにいってるんだ。勝手にふたりで祝ってこい。ゆくアテはあるのか」

「帝国ホテルのラウンジです」

申し訳なさそうに小声で答える。

「いいじゃないか、ムードがあるぞ……なんだ、ナツ」

村瀬がなにかいいたそうだ。

「はぁ……手塚プロに動画部ができたらしいですね」

「知ってる。手塚先生に聞かされた。それがどうした」

「さっき『ふしぎな少年』を取材にきた記者に教えられました」

「だから、なにを」

「ゆくゆくはテレビアニメを作るそうですね」

「先生はそのつもりらしいが」

路地を先に行った摩耶がじれている。わかりやすい女の子だ。

それに構わず村瀬がいった。

「そんなのやめた方がいいです。スギさんから手塚先生にいってあげてくださいよ。東映でさえ年一本の長編動画がやっとなのに、個人のプロで年に五二本！　いくら三〇分番組だってそりゃ無茶だ。金も人も足りるわけないです。テレビの現場でヒーヒーいってる俺たちだからわかるんだ。日本がテレビアニメを作るなんて**馬鹿みたいな話**です！」

「ナツ、まだ――？」

向こうで摩耶が焦れている。大杉は苦笑した。

「ヨメさんがわめいてるぞ。さっさと行けって」

「お疲れさまでした！」

すっ飛んで行くのを、三人で見送った。ふりかえったときは、むろんもう龍三郎たちの姿はない。

とたんに『夢中軒』の提灯を揺すらんばかりに、店内から大道具たちのダミ声があがった。

　わかっちゃいるけど　やめられない！

『スーダラ節』である、植木等である、クレージーキャッツである。

風早も大杉も一兵も苦笑した。

昭和はまだ終わりそうにない。時代がぼくらをどこへ連れて行くのか。立ち尽くす三人の耳に、いかにも昭和な合唱が押し寄せてきた。

スイスイ　スーダララッタ
スラスラ　スイスイスイ
スイスイ　スーダララッタ
スーダララッタ　スイスイ！

参考文献

『テレビ番組事始』志賀信夫（日本放送出版協会）
『テレビ創世記』白井隆二（紀尾井書房）
『昭和ドラマ史』こうたきてつや（映人社）
『商業テレビの知識』田中史郎（宝文館）
『ムーラン・ルージュ新宿座』中野正昭（森話社）
『テレビ美術』橋本潔（レオ企画）
『TV-ART OF JAPAN』日本舞台テレビ美術家協会（JASTA）
『トットチャンネル』黒柳徹子（新潮社）
『昭和漫画雑記帖』うしおそうじ（同文書院）
『昭和36年の東京と現在の東京』（塔文社）
『地図物語　あの日の銀座』佐野洋一／武揚堂編集部（武揚堂）
『殺人者の科学』福本義裕（作品社）
『図解ダーツ入門』下沢栄子（虹有社）
週刊昭和　14号　昭和36年（朝日新聞出版）
『眼で見る昭和』朝日新聞社編（朝日新聞社）

『朝日新聞に見る日本の歩み　高度成長への信仰』朝日新聞社編（朝日新聞社）
『読める年表　昭和篇』監修　奈良本辰也／執筆　高野澄（自由国民社）
週刊20世紀シネマ館　1961（講談社）
『服装流行の文化史』木村春生（現代創造社）
『東京ファッションクロニクル』渡辺明日香（青幻舎）
『国鉄監修　時刻表　1961年10月号』（日本交通公社）
『推理小説作法（昭和34年刊）』江戸川乱歩／松本清張　共編（光文社）
『推理小説入門（昭和35年刊）』木々高太郎／有馬頼義　共編（光文社）

ほか、ネットや新聞スクラップなど参照しています。

昭和ミステリ　あとがき

無責任で終わった〝昭和ミステリ〟三部作、実はシリーズにする予定はまるでなくて、無責任にはじまっている。年をとると昔話がしたくなるもので、物心ついて最初に体験した大イベントをネタにした『深夜の博覧会』が第一作。

昭和一二年開催の汎太平洋平和博覧会が、あれほど地元名古屋では喧伝されていたのに、東京ではまったく知る者がなく（あの時代に『平和』を名乗るだけでも特筆したかった）、私憤をおぼえ小学校にはいったころの記憶をむりやりかきたてた。父親がそのころの名古屋市会議員で博覧会の記念誌を所持しており、幼児でも理解できる図録多数だったから長く愛読したものだ。戦争の旗色が悪くなり、昭和一九年に栄町（さかえまち）東南角（東京なら銀座四丁目あたり）が防空のため強制的に取り壊された経緯のある、生家のおでん屋〝辻かん〟の追憶も多分に含まれている。料理長はじめ店につとめていた人たちを片端から実名（といっても通称だが）で紹介している。みんないなくなってしまった。

昭和二四年が舞台の第二作『たかが殺人じゃないか』でも、殺人事件を除けば実際にあったエピソードを多く取り入れている。モデルも数人いたが個人情報に厳しい昨今、ぼくが墓の中へ持ってゆくほかない。初共学の雰囲気はあんなものだったと思う。参考になりそうな当時の資料をあたったが、書き手はとっくに大人だった人たちだから、教条的表面的な記述ばかりつづきげっそりした。こんな文献が記録としてのこるのかと思うと、当の共学制度に翻弄された生徒として憮然となる。

　では現実に翻転する歴史の砂埃をかぶったぼくが、ちゃんと書けるかといえばそれもむつかしい。筆力の問題は別にしても、個人の、それもたった一年の体験である。巨象の鼻の先端に触れた程度では、客観的に歴史のうねりを描出なんてできっこない。だからあくまで、ぼく個人の失恋小説という位置づけで書いた。ミステリとしては木に竹を継いだ難点があって、予想外な好評を戴きながら忸怩たる思いを消せない。今ごろ作者にそんなことをいわれたら買った読者の立場はどうなると、叱られるだろうなあ。ごめん、でもお願いします、読んでほしい。というのが本音です。

　三作目、つまり本作を書くにあたって、いくつものドラマ史を覗き見したが、誕生の混乱ぶりを活字で追体験しようにも、当時の熱気や乱痴気騒ぎ（キョウの漢字を当ててはめてはマズイようで、ご推察ください）の再現は困難だろう。だいたいＣＨＫ（で通させていただくが）テレビでは、下っ端の三級職の名前なんか字幕に出せなかったのだ。人がいないから入局後二年でＰＤの席に座ったが、美術や音楽担当の名は出せても演出者のぼくの名前は字幕に出せない。だから資料を当たってもぼくの名前はありませんよ、念の為。

「名前なんか出されては迷惑だ」というＰＤの先輩もいた。台詞をトチる、マイクの影が出る、カメラ前をスタッフが通る、そんなミスが連日だったから、「みっともない。俺がテレビジョンに関わっているなんて、大学の同期生に知られたくない」と仰っておられた。そんな状況ではぼくがなにをなん本演出したか、調べようもない。

作中で大杉が演出した『お笑い三人組』『バス通り裏』『ふしぎな少年』については実話に沿っている。ぼくはこれまでにもテレビ草創期を舞台にしたミステリはいくつか書いているが、ナマとビデオが混交する時代の話ははじめてかと思う。今更だが、もうあのころの演出術は消えてしまったんだな……ＣＨＫ退職後はスタジオ番組にほぼ無縁だったから、令和のテレビドラマ制作についてはまったく無知だ。昭和三六年、一時期の通過儀礼でしかなかったドラマ演出を思い出しながら綴った。六十余年前の昔話である。

おなじ映像文化でもフィルムではなくビデオもなく（あったが高価だったため、ぼくがタッチした群小ドラマは、たとえビデオ化されても上書きされて消えていった）、当時のスタッフ・キャストの他界により、記憶もろとも完全消滅の運命にある。若干の感傷が物語の底に流れたかも知れない。

むろん本作はミステリであって、テレビの楽屋裏はリアリティを保証するアクセサリだ。その意味で芸能人の大半をあえて実名で出している。どなたもスタジオで一度は関わった人たちで多くは故人だけれど、ぼくが見聞した範囲の挿話にとどめた。名を汚すような負のエピソードではないつもりだが、文責は当然ぼくにあります。現在もご活躍の人々を含めて、どうかご了承を戴きたい。

テレビ裏話が主題なら、たとえば水の江瀧子（ご年配の読者なら、『ジェスチャー』のターキー、あるいは石原裕次郎や浅丘ルリ子を発掘したプロデューサーとしてご承知か）のドラマ出演場面――障子を開けたとたん鴨居が落下して（欄間を吊っていた縄が切れたのだ）、脳天を直撃された瞬間に飛びだしたアドリブ「建て付けのわるい家だね」に内心喝采した思い出だの、フランキー堺が一人三役で歌って踊ったら、はじめに録画した分からだんだんと影が薄くなって（そのころのビデオテープはそんなもんでした）、幽霊と生霊と本人が共演した場面に見えたとか、話の種にコト欠かない。つけ加えると、刃物を持たない運動のさわぎも実話である。

めったなことではグチらない手塚治虫だが、部長と打ち合わせのあとでしみじみとこぼされた。

「はじめと約束が違いますね」

放送当初は手塚の方で気を遣って、「あまりハデにやらない方が……」と言ったのに、部長は「かまいません、爆発でもなんでもドシドシやって下さい」――それが一転して、ギャングに銃を撃たせては困る、ピストルを見せてもいけない、と変わった。

会長がくしゃみをすると管理職が風邪を引き、われわれ現場は高熱を発してのたうち回ったのだ。

ま、それはさておき。

本作みたいな絶対的ピンチにたったら、演出のぼくはどうしただろう。本番中でもかまわずフロアへ駆け下りてAカメラの前に立ち、蒼白な顔で土下座して視聴者を啞然とさせただろうか。そんな悪夢をなん度か見た覚えがある。

スタジオの対角線に光の道を敷いたのは、『ふしぎな少年』で試みた。キンキンが催眠術にかかるシーンで、本作と逆に彼のアップからカメラがぐいぐいバックして見せたのだ。どうしてあんな大ロングが撮れたのか、見た人はふしぎだったに違いない。陰画を張ったセットを陰陽逆転させ（登場人物はネガとなり）、異形の幻想空間を醸成したこともある。ＰＤのぼくの一度きりナマ放送の記憶だから、たぶんに楽天的思い出かも知れない。愛川欽也扮する新聞記者がサブで大受けしたのに味をしめ、拙作に最多出演した可能克郎（かのうかつろう）のモデルとした。那珂一兵のモデル永島慎二（ながしましんじ）はご本人の承諾ずみだが、キンキンの場合は作家転身後お目にかかることがなく、許可を願う機会がなかったのを残念に思っている。

ミステリのあとがきという性質上、この調子で作者がネタバレさせては自家中毒だ。実話の部分をトレースするにとどめ、作者としては具眼の読者の判断を、お待ちするほかありません。

辻　真先

（２０２２・３・23　作者卒寿の日に）

ミステリ史上空前の視覚効果

小山　正

1　〈人間推理悲喜劇〉の境地

本書『馬鹿みたいな話！　昭和36年のミステリ』（二〇二二）は、『深夜の博覧会　昭和12年の探偵小説』（二〇一八）、『たかが殺人じゃないか　昭和24年の推理小説』（二〇二〇）に続く、辻真先の連作長篇〈昭和ミステリ〉シリーズの三冊目にして完結編である。

シリーズで重要な役割を担うのが、辻真先ワールドでおなじみの登場人物「那珂一兵」。物語のキーマンかつ名探偵の彼は、激動の昭和史を背景に、個性豊かな登場人物たちと丁々発止の渡り合いを繰り広げ、一二年ごとに起きる怪事件を解決する。

辻は二〇一六年に上梓した長篇ミステリ『残照　アリスの国の墓誌』（東京創元社／二〇一六）の後書きに、次のように書いた。

「脳細胞の硬化までぼくに多少の時間があるときは、みたび那珂一兵少年の探偵談を書きたいという夢がある」（『残照　アリスの国の墓誌』二五二ページ）

そんな夢想を育んで、辻は二年後、日中戦争直前の東京と名古屋を舞台に、長篇『深夜の博覧会』を完成させた。その後、本書を含む続編の長篇二冊も執筆。敗戦混乱期の名古屋を舞台に、高校生たちの哀切に満ちた青春と推理を描く第二作『たかが殺人じゃないか』は、各種の年間ベスト・ミステリ第一位の栄誉に輝いた。

このシリーズは、それぞれを独立した作品として読むことができる。が、やはり本書を含めた三冊をセットで読むのがオススメだ。謎解きの要素に加えて、各作品を横断するキャラクターが、オノレ・ド・バルザックの小説群〈人間喜劇〉の「人物再登場法」さながらに次々に現れ、歴史のうねりと犯罪とに抗して果敢に生きてゆく。大げさに聞こえるかもしれないが、〈昭和ミステリ〉三部作は彼らの成長と社会の変遷を劇的に描く、壮大な〈人間推理悲喜劇〉と言ってもいい。

第三作『馬鹿みたいな話！』は、前作『たかが殺人じゃないか』の一二年後の物語だ。

昭和三六年（一九六一）の夏。東京都千代田区内幸町のテレビ局中央放送協会（ＣＨＫ）が管轄する放送番組センタービルで、芸能局のプロデューサー兼ディレクターの大杉日出夫は忙しい日々を送っていた。彼は駆け出しのミステリ作家・風早勝利に、ミュージカル仕立てのミステリドラマ『幸福が売り切れた男』の脚本を依頼する。『たかが殺人じゃないか』で高校生だった彼らは、今や働き盛りの社会人だ。

三〇分ドラマとはいえ、生放送の準備の大変さは半端ではない。風早は知恵を絞り、なんとか台本を仕上げた。紆余曲折の末に役者も決定。主役の一人である一五歳の降旗ユイは、『深夜の博覧会』に登場した元女性新聞記者樽井（旧姓・降旗）瑠璃子の娘だ。演出プランに基づく美術デザインは、元東宝の美術デザイナーの画家・那珂一兵が担当。放送日時も一〇月二八日土曜日の二一時三〇分からに決まった。

大杉は、スタッフや演者とともにミュージカル曲の仕込みやダンスの稽古をこなし、戦場さながらの忙しさの中、本番当日を迎える。特殊効果やスクリーンプロセスを駆使した特撮等のチェックとカメリハを終え、いよいよCスタジオで本番開始。しかし、OA中に主演女優の歌手・中里みはるが行方不明になり、番組クライマックス直前のスタジオセット内で死体で見つかる。放送中のスタジオは重い扉が閉められており、衆人環視下の〈密室〉状態だった！

今回は前二作以上に、辻真先自身の体験が生かされている。二十代の頃に働いた日本放送協会（NHK）時代の出来事が、リアルな筆致で盛り込まれているのだ。

2　テレビマン辻真先の世界

ファンの方はご存じだろうが、辻真先は脚本家・ミステリ作家としてデビューする前は、第一線のテレビマンだった。日本のテレビ本放送が始まった昭和二八年の翌年にNHKに入った辻は、草創期の番組制作に明け暮れ、残業が毎月二百時間を超える多忙な日々を過ごした。

その頃のことは、自伝的ノンフィクション『テレビ疾風怒濤』（徳間書店／一九九五）に詳しい。抱腹絶倒、悲喜こもごもの回顧録で、生放送に真剣に挑む辻の若き日の姿が、秘話満載で語られている。

とはいえ未読の方もいるだろう。そこで、この書籍に記されたテレビマン辻の軌跡を、以下にダイジェストでまとめておこう。『馬鹿みたいな話！』を鑑賞するための良きガイドにもなると思う。

辻がディレクター・デビューを飾ったのが、音楽課時代の番組『素人のど自慢大会』だった。辻はこう書いている。


「ぼくの取柄はマメに動くのと映画の知識があった（それもＮＨＫマンが知りそうもないＢ、Ｃ級日本映画について）程度」（『テレビ疾風怒濤』一〇〇ページ）

――いやいやご謙遜を。番組歴を見る限り、辻のキャリアは大変すばらしい。

その後、連続ドラマ『バス通り裏』でドラマのディレクターに抜擢された。まだ十代だった女優の十朱幸代や、この番組でデビューした岩下志麻らとともに、精力的に番組作りに励んだ。昭和三五年に始まった新番組『お笑い三人組』では、プロデューサーとディレクターを兼ね、さらに昭和三六年四月からは自らの企画・演出で、手塚治虫原案の連続ＳＦドラマ『ふしぎな少年』を手掛けている。

『ふしぎな少年』は、夕方の〈こどもの時間〉の枠で、四月から始まった一五分の生ドラマだ（毎週月～金、一八時三五分～五〇分。一〇月以降は二五分物に変わり、毎週土曜、一七時四五分～一八時一〇分。この枠で翌年三月まで続いた）。

手塚ファンだった辻は、愛読中の漫画『新世界ルルー』の主人公のセリフ「時間よ止まれ」をヒントに、新しいドラマを作りたいと手塚プロダクションに打診した。すると深夜一時、内幸町の放送会館に手塚本人が一人現れた。そこで辻は手塚マンガの良さを熱くプレゼンする。感激した手塚は「ならばオリジナルの原作を提供しましょう」と提案。企画が実現し、テレビ放送と漫画雑誌の連載が同時に進む、メディアミックスの先駆けのような番組となった。

若き手塚と辻が真夜中に、新作のSFドラマについて嬉々として語り合う姿は感動的だ。『テレビ疾風怒濤』によれば、カメラ撮影とセットに工夫を凝らして特撮を駆使し、ジャン・コクトーのファンタジー映画『オルフェ』（一九五〇）さながらの幻想画像を、副調整室のビデオ効果を使って生み出すなど、様々な映像トリックを用いて面白さを追求したという。直後に刊行された『NHK年鑑／昭和三六年版』（日本放送出版協会）は、『ふしぎな少年』をこの年の代表的番組のひとつとして紹介し、「子どもたちに夢を与えた」と絶賛している。

『ふしぎな少年』はテレビマン辻真先の代表作といっていい。しかも後に手塚プロダクションのアニメーションを多数手掛ける辻の脚本家人生にも繋がる番組だ。昭和三六年は、辻にとって運命の年だった。

一方で辻は、激務の合間をぬって、同時期にいくつもの脚本執筆もこなしている。ＮＨＫのドラマ『ガード下の讃美歌』（一九五七）では原案を手掛け、フランキー堺が主演し、島田一男が原案のドラマ『乱吉君と遺産過多症』（一九五七）では「桂眞佐喜」名義でシナリオを執筆、好評を博したという。また、江利チエミ、石原裕次郎主演の日活映画『ジャズ娘誕生』（一九五七）でシナリオを松村基生と共作。ＮＨＫのミュージカル・シナリオ公募にも応募し、三本が入選した。

ところが昭和三七年、地方転勤が打診され、辻はＮＨＫ退社を決意する。以降は脚本家として、そしてミステリ作家として、フリーランスの道を歩むのは、皆さんご存知の通り。ちなみに、最後の企画・演出ドラマは、江戸川乱歩原作の『月と手袋』だった。

とにかく『テレビ疾風怒濤』は、テレビマン辻真先の世界を知るにはもってこいの一冊だろう。番組をめぐるエピソードの面白さはもちろん、異能のスタッフたちとの交友譚は鮮烈だし、著名な女優・男優・芸能人が次々に登場するのも楽しい。

しかしオモシロおかしいことばかりが書かれているわけではない。テレビマンとしての反省や悩みもしっかりと記されているし、芸能界には付きものの、アンモラルな人間関係にも苦言を呈している。当時、別の男性プロデューサーに惚れられた女優が他の役者にいじめられて辻に助けを求めてきたり、抱いた女優を自分の番組に平然と出す制作マンがいたり、出演女優に対するセクハラまがいの会話が頻繁に行なわれたりしていたという。

なお、昭和一八年の名古屋を描く歴史青春ミステリ長篇『悪魔は天使である』（創元クライム・クラブ／二〇〇一）の巻末で、辻は自身が関わったテレビ番組について、ひとつひとつ丁寧なコメントを寄せている。『テレビ疾風怒濤』には書かれていない逸話も載っており、これも貴重な記録である。

3　昭和三六年という時代

『馬鹿みたいな話！』で描かれ、辻の運命の年となった昭和三六年とは、どのような年だったのだろう？

流行っていた歌謡曲・映画・書籍・番組等は、小説中に頻繁に出てくるので、時代の空気感はビビッドに伝わってくる。とはいえ今は令和の時代。昭和は遙かに遠くなった。そこで、鑑賞のさらなる補完資料として、昭和三六年のトピックスを以下にまとめてみた。

- 昭和三六年の日本の内閣総理大臣——池田勇人（いけだはやと）。
- 高度経済成長の時代

  太平洋戦争の敗戦から一六年経ち、「もはや戦後ではない」と『経済白書』に記載されて五年が過ぎた。復興した町にはビルが建ち、鉄道や道路などの交通網が整備され、様々な産業が活況を呈していた。
- 「地球は青かった」

ソビエト連邦の宇宙飛行士ガガーリンが人類初の宇宙飛行を成し遂げ、その際に放ったのが、この名文句。

●流行った歌謡曲

『銀座の恋の物語』『スーダラ節』がこの年のヒット曲。前年（昭和三五年）に発売された越路吹雪のシャンソン『幸福を売る男』や、西田佐知子の名曲『アカシアの雨がやむとき』も人気が続いていた。

●出版界のベストセラー

小田実のノンフィクション『何でも見てやろう』、カッパ・ブックスの岩田一男著『英語に強くなる本』。また、ミステリ界では、陳舜臣の長篇『枯草の根』が江戸川乱歩賞に、水上勉の長篇『海の牙』と笹沢佐保の長篇『人喰い』の二作が日本推理作家協会賞に輝いた。松本清張の長篇『砂の器』がカッパ・ノベルスから出たのもこの年。マンガ界では昭和三四年に創刊された『週刊少年サンデー』『週刊少年マガジン』が引き続き大人気。

●日本映画の黄昏

黒澤明監督の『用心棒』や、加山雄三主演の『大学の若大将』などが話題になったが、実は映画界は曲がり角を迎えていた。観客動員数は昭和三三年がピーク、映画館数は昭和三五年がピークで、以降それぞれが減少に転じた。

●テレビ産業の躍進

昭和二八年から始まったテレビ産業は順調。受信契約数は一千万を突破し、視聴環境も街頭テレビからお茶の間の受像機へと変わりつつあった。民間放送も番組を増やし、日本テレビのバラエティー『シャボン玉ホリデー』が大人気となる。新しく始まった「連続ドラマ」「ホームドラマ」も大人気に。

とまあ、実に賑やかな年である。特にテレビの魅力と影響は、誰もが認めるところとなった。しかし、番組低俗化への懸念が生まれたのもこの時期だった。放送内容の適正化と番組の基準に係る法整備も、昭和三三年から三七年にかけて頻繁に行われ、放送全般が体系化されてゆく。特にNHKは、暴力的な描写を自主規制する独自の方針を打ち立て、繁栄を謳歌するテレビ界に水を差した。

ついでに、この年のNHKと民放各局の高視聴率番組を挙げておこう。トップから順に記すと、①プロレス、②プロ野球、③ジェスチャー、④ララミー牧場、⑤モーガン警部、⑥事件記者、⑦ローハイド、⑧私の秘密、⑨ディズニー・ランド、となる。どれも視聴率が四〇パーセントを超えており、スポーツ（①②）は不動の人気。海外ドラマも強い（④⑤⑦）。③⑧はNHKのバラエティー、⑥はNHKの初期を代表する社会派事件物のドラマである。

ちなみに余談をひとつ。今回の原稿を書くリサーチの一環で、前出の『NHK年鑑／昭和三六年度版』を読んでいたら、こんなラジオ番組を見つけた。八月の夜に放送された文芸番組で、特集は「ハードボイルド」。四夜にわたって当時訳されていた海外ミステリ長篇を紹介しているのだ。第一夜がロス・マクドナルドの『人の死に行く道』。第二夜がビル・ピーターズ

（W・P・マッギヴァーンの別名義）の『金髪女は若死する』、第三夜がカーター・ブラウンの『死体置場は花ざかり』、第四夜はレイモンド・チャンドラーの『長いお別れ』。詳細な番組構成は不明だが、朗読にせよ解説にせよ、カーター・ブラウンを一時間もかけて取り上げるなんて、どういう番組？

『馬鹿みたいな話！』の主人公、大杉日出夫と風早勝利が、生ドラマ『幸福が売り切れた男』の打合せで必死になっていた頃、このようなマニアックなミステリを取り上げた文芸番組が実際に放送されていたのは、ちょっとした発見だった。

4 『馬鹿みたいな話！』への道

辻真先は『馬鹿みたいな話！』を書く前に、テレビ界が舞台のミステリを二冊上梓している。昭和五八年（一九八三）に出た作品集『なつかしの殺人の日々』（カドカワノベルズ）と平成元年（一九八九）刊行の長篇『電気紙芝居殺人事件』（講談社）である。

二冊ともCHKのテレビディレクター鬼堂修一郎（きどうしゅういちろう）が登場、それぞれの事件に深く関与する。『なつかしの殺人の日々』は回想形式で、昭和三四年に起きた女優の怪死がメインの事件だ。私立探偵夫婦が登場する生ドラマ『黒のエチュード』の制作時のスタジオで準主役の女優が変死。現場に居合わせた若き日の鬼堂や、NHK時代の辻と関わりの深い芸能人や女優が実名で登場し、謎解きに絡む。

次の『電気紙芝居殺人事件』でも鬼堂が登場。昔話を取材に来た可能キリコから、この際だからテレビの裏話に基づくノンフィクションか小説、あるいはミステリを書かないか、と提案される。取材を進める鬼堂は、かつての同僚を捜すなかで、二十七年前の昭和三十六年に起きた、脚本家・八木沼光一の謎の自殺事件を知る。鬼堂は真相を探ろうとするが——という話。

なんと後者の舞台は、『馬鹿みたいな話!』と同じ昭和三十六年。どちらの作品も辻の実体験であろうテレビ草創期のドタバタ話や芸能人秘話が次々に紹介され、それだけでも充分に楽しい。が、物語の主眼は事件解明と、辻ミステリらしいトリッキーな構成の妙にある。

ちなみに『なつかしの殺人の日々』の裏表紙には、こんな作者のことばが記されている。

「あなた、テレビおもしろいですか? 不幸にもぼくが生まれてはじめてテレビを見たのは、スタジオの中=制作スタッフの一員としてでしたから、おもしろがる暇もありません。ただただ追いまくられておりました。だからせめて、小説のタネくらいになってもらわなきゃ、割が合わないよ」

この二冊には当時のテレビ秘話が、虚実を取り交ぜて描かれている。しかし、辻が「小説のタネくらいに……」と書くように、メインの事件を際立たせる背景素材といった感じが強い。ところがその後、平成七年(一九九五)に書かれた『テレビ疾風怒濤』では、辻はこんな心境を語っている。

「社会的なルールも知らず、ドラマ演出のデッサンも知らず、もののはずみで初期のＮＨＫテレビを駆けずり回ったあのころ、多くの人たちの迷惑を無視して、猪突猛進していたぼくの実像を、いまごろになって客観視できるようになってきた」
「あやふやな記憶を、あやふやなまませめて文章に固定しておこう」
（『テレビ疾風怒濤』一二三五＆二五三ページ）

ＮＨＫを離れて三〇年以上が経ち、辻は自身のテレビ体験の重さと当時のモノ造りの特異さを、改めて噛みしめたのだろう。

そもそもテレビ番組を含むメジャーな映像作品は、小説とは違い大人数で全体を作りあげる集団芸術である。文芸・技術・美術・制作・演者といった各フィールドのそれぞれのエキスパートが、専門分野のノウハウや技量を尽くして、皆で作品を構築するのだ。仕事は細分化されており、当事者の視点だけで全体を語るのは難しい。しかし、辻はそれらを統括する立場に近かったので、記録が残せる適任者なのだ。

初期のテレビ番組は生放送が多く、ビデオテープが高価だったこともあり、番組を保存することが難しかった。限られた一部の番組と宣伝用の広報資料等が保存されるのみで、メイキング資料や裏話を体系的に残す余裕は無い。ヒット番組に関わったテレビマンの中には、「いやあ、たいしたことはやってないよ」と、功績を語らないことを美学とする映像人も少なくなかった。

　これはテレビというメディアの特質にも起因する。テレビを称して「お前はただの現在にすぎない」と看破されたこともあるし（確かにそういうメディアなのだ）、そもそもデータベースを重要視する考えがなかなか根付かなかった。

　しかし、今やアーカイヴスは当たり前の時代。現在放送されている番組を保存するのはもちろんのこと、過去のコンテンツを再整理し、欠落した記録は関係者から集め直さねばならない。テレビ草創期のテレビマンは、右も左も分からず、ノウハウも無く、試行錯誤を繰り返した。新しいメディアだからこそ、実験精神も旺盛だった。そうしたモノ造りのスピリッツに溢れた挑戦の数々は、記録に残すことで、次世代へと伝承される。それらが新たな刺激となり、破壊と創造を生むはずだ。

　――とまあ、そんなことを私が力説するのは、私自身が長い間テレビ局でプロデューサー＆ディレクターとして働いた人間だからだろう。私はＮＨＫではなく、民放の日本テレビに三〇年以上勤務し、その大部分の期間を番組等の制作畑で過ごした。仕事の関係で往年の大先輩に頻繁に会ったが、実績を残した巨匠に限って、自らの実績を記録に留めることに関心が薄いのだ。四方山（よもやま）の昔話はするが、話すだけで終わり。辻のように文章を上手く書くことが出来る人間は稀（まれ）で、秘話や裏話をカタチに残す者は少なかった。彼らのノウハウを活字や映像で残せば、偉大な知の集積になるのに！　でも彼らから草創期や黎明期の話をヒアリングするには、そろそろタイムアウトだ。

辻は、『馬鹿みたいな話！』が刊行された際、中日新聞の特集コーナー「ほんの裏ばなし」のインタビューを受け、次のようなコメントを語っている。

「昭和三十六年はぼくのテレビ修業の真っただ中であり、もはや幻となった生放送制作のテクを文字にとどめておくことに意義があると信じ、詳記したつもりだ」

（中日新聞「ほんの裏ばなし」二〇二一年八月二七日 夕刊より）

5 辻真先ワールドの集大成

『馬鹿みたいな話！』は〈昭和ミステリ〉シリーズの完結編というだけではない。辻のテレビ・ミステリとしても、質と量ともに過去作を凌駕（りょうが）する大作である。もっといえば、辻のモノ造り人生を集大成する壮大な叙事詩といえるだろう。しかし、そんな人生の書を軽やかで楽しい殺人ミステリに仕上げるところが、実に辻らしい。

『馬鹿みたいな話！』の中身の濃さは言うまでもない。テレビ局のスタジオを〈密室〉に仕立てた本格ミステリであり、歴史ミステリであり、フーダニット物であり、緊迫のサスペンス物でもある。しかも、ハリウッドノベルのような映像業界物なのだ。

それらを構築する個々のエピソードや、ミステリ的な諸要素も徹底的に練られている。

例えば、作中の生ドラマ『幸福が売り切れた男』の放送時間は、一〇月二八日土曜日・二一時三〇分から三〇分間だ。架空の番組ではあるけれど、調べてみると面白いことが判明する。

朝日新聞の縮刷版で、当日（一〇月二八日）のテレビ欄を見てみると――。

CHKテレビのモデルになったNHKは、この三〇分間に「きょうのニュース」という報道番組を流している。おそらく辻は、架空のドラマを置くにはちょうど良い枠である、と考えたのだろう。ちょっとイタズラ気分で、『幸福が売り切れた男』を同時間帯の民放各局の裏番組と一緒に並べてみよう（当時は在京民放キー局は四局）。

CHK　「幸福が売り切れた男」　※本当は「きょうのニュース」
日本テレビ　「ヒチコック劇場」
東京テレビ（TBS）　「日真名氏飛び出す」
フジテレビ　「ズバリ当てましょう！」
NETテレビ（テレビ朝日）　「第三の男」（海外ドラマ）

いまで言えばゴールデン帯の激戦区だが、なんと「ズバリ当てましょう！」以外はすべて超人気のミステリ番組ばかりだ。「幸福が売り切れた男」は特別番組とはいえ、史上最大のミステリ決戦地帯に打って出ているのである。CHKは肝が据わっているなあ（作者である辻の編成マンとしてのセンスも、勝負師さながらだ）。

また、『テレビ疾風怒濤』で紹介された辻の実体験に基づく爆笑エピソードも、作中に上手く盛り込まれている。

例えば、淡谷（あわや）のり子が歌うシーンで枯葉をスタジオの上から降らせるが、暑さで汗をかいて手が滑り、枯葉の入ったバケツを落としそうになる――という辻自身の逸話は、大杉の愉快な失敗譚として挿入されている。

さらに、『テレビ疾風怒濤』で語られる大騒動の話――菊田一夫（きくたかずお）脚本の文部省芸術祭参加作品の生ドラマの脚本が完成したのが、放送当日の午前一時。役者は次々に降板、コピーが無い時代で印刷にも難渋。しかもミュージカルなので譜面の書き写しも大変。ダンスミュージックができてこないので振り付けが出来ず、音楽もなしで振り付けをして欲しい、と辻が無茶を言って、怒られたり――という秘話は、ＣＨＫテレビ最初の芸術祭参加ミュージカル『スポンジの月』に関する秘話として、愉快に紹介されている。

美術セットをやりくりする苦労話や、生放送時のカメラへの指示の出し方やカット割りの重要さ、次々に起きる非常事態を処理した実話も、『幸福が売り切れた男』放送時の大騒ぎを描くシーンに見事に組み込まれており、しかもそれらが大変リアルに活写されている。また、スタジオで準備されるスクリーンプロセスや美術道具を用いた特撮の数々は、『ふしぎな少年』を作った際にあの手この手で考案した、映像トリックのノウハウの集大成なのだろう。

そして、主演女優で歌手の中里みはるが消えた後のスタジオのシーンは、〈昭和ミステリ〉シリーズのクライマックスを飾る大迫力だ。ディレクター大杉の指示のもと、スタッフ全員が演出・技術・美術・特撮に関するアイデアと知識を総動員し、壮絶な戦場と化した修羅場を乗り越える。思わず手に汗を握る緊迫感があるし、さらにその後に、見事な謎解きと、胸を打つような結末が用意されるのだから、まさにてんこ盛りの面白さだ。

ひとつの小説の中に、視覚効果満点の映像作品が有機的に組み込まれているという複合的な構造も本書の特長だろう。小説の中に小説が盛り込まれる入れ子スタイルの作品はいくつもあるが、『馬鹿みたいな話!』では内包される作品が小説ではなく、目で見ているかのようにビジュアルに再現される映像作品なのだ。活字と映像の世界が、これほど見事に融合した現代ミステリ小説は、世界的にも類がないと思う。

6　伝説と邪推

とまあ、こんな風に本書の魅力を語るとキリがない。

最後に私が勤めていた日本テレビに伝わる〈辻真先伝説〉をお披露目しよう。

日本テレビのアニメーション番組の脚本を辻に依頼したプロデューサーが、たまたま新橋駅のガード下で辻にバッタリと会い、「お原稿はいつもらえますか?」と確認したところ、辻は「今すぐに書くからチョット待ってて」と言い、その場で中腰になり、膝の上に原稿用紙を置いてスラスラと書き上げ、仕上がったシナリオを渡してくれた、というのだ。

路上で!　しかも膝の上で執筆!

辻は面白い脚本を素早く仕上げる名人として名高いが、この逸話も超人的としか言いようがない。

　先日とある機会があり、辻本人に直接この話を確認したところ、ご本人曰く。

「いや、それは違うなあ。膝の上じゃあ、書けないですよ」

と伝説を否定したかと思いきや、

「膝の上ではなくて、駅のそばにあった掲示板の上で原稿を直したんですよ」

と修正してくれたのだ。なんと、掲示板の上?!　それはそれで凄すぎるんですが。

　後日、辻の返答を元プロデューサーに返したところ、

「うん。それとは別だな。でも膝の上で書いたのは間違いはないんだ。だってボクの目の前で、本当に膝の上で書いたんだから」

　掲示板の上といい、膝の上といい、超人以外の何者でもない。いやあ、辻伝説、恐るべしだ。

　最後の最後にオマケの邪推を記しておこう。

　本書の正式タイトルは『馬鹿みたいな話！　昭和36年のミステリ』である。しかし、この題をよく見ると――「バカミス」という言葉が浮かび上がってくるではないですか！　なんとまあ――辻さん!?　これもこの本の仕掛けですかね？　いやあビックリ！


（本書は二〇二二年、小社より刊行された作品の文庫化です。）

著者紹介　1932年愛知県生まれ。名古屋大学卒業後、NHKを経て、テレビアニメの脚本家として活躍。72年『仮題・中学殺人事件』を刊行。82年『アリスの国の殺人』で第35回日本推理作家協会賞を、2009年に牧薩次名義で刊行した『完全恋愛』が第9回本格ミステリ大賞を受賞。19年に第23回日本ミステリー文学大賞を受賞。

馬鹿みたいな話！
昭和36年のミステリ

2025年3月21日　初版

著者　辻（つじ）　真（ま）先（さき）

発行所（株）東京創元社
代表者　渋谷健太郎

162-0814 東京都新宿区新小川町1-5
電話　03・3268・8231-営業部
03・3268・8201-代　表
URL　https://www.tsogen.co.jp
組版　フォレスト
暁印刷・本間製本

乱丁・落丁本は、ご面倒ですが小社までご送付ください。送料小社負担にてお取替えいたします。

ISBN978-4-488-40524-3　C0193